混血之裔 3
永恆（完結篇）

The Styclar Saga, Book3

Jonah

妮琦・凱利 著
高瓊宇 譯

Nikki Kelly

有時人們需要的不只這些，他們的信心應該得著鼓舞和回報。

——蝙蝠俠語錄，《黑暗騎士》（注）

注　《黑暗騎士》（The Dark Knight），二〇〇八年上映的美國電影，是蝙蝠俠的續集。

序幕

愛爾蘭盧坎鎮

大約三千年前

起初來到這裡的有兩位。

大天使穿過時空交匯口的時候，銀光閃爍，伊甸赤腳走在碧綠如茵的草地上，這裡空氣清新、一望無際。他深深地吸了一口氣，將地球暖暖夏季的獨有氣息吸入，他欣然從蘋果樹的樹蔭下走了出來，白色羽毛的翅膀往上往外伸展，輕輕拍動，帶出微拂和煦的清風。

歐利菲爾漫步跟在伊甸身後，進入第二度空間的氛圍裡，他情不自禁地揚起鼻子，腳下的大地帶著濕氣，在他們抵達之前，水滴從天空落下。

凡人把這種現象稱爲下雨。

冰冷潮濕的水珠從天空灑落。

他們把雨水喝進肚子裡。

水和食物——是人類維持脆弱的身體機能不可或缺的必要物質，對歐利菲爾而言，這樣的概念非常陌生。因爲在水晶星際，神奇的水晶不只造出他的世界和居住在其上的物種，更支應他們綿延不絕的生命，換言之，水晶的光輝是他和他的同類賴以生存、繁衍興盛的根本。

大天使跟人類迥然不同，他們的外觀毫無弱點，在水晶形象中應運而生，身體非常堅硬，可以說是耐磨耐撞，在第二度空間裡面，歐利菲爾還找不到任何物質的硬度足以刮破、傷害、亦或在他身上留下痕跡。

唯有一種物質能夠滲透大天使堅不可摧的白色盔甲。

黑暗。

眞正的黑暗。

就在星際的水晶逐漸黯淡的那一天，籠罩而下的正是這樣的黑暗。

那一天，他的世界——第一度空間——出現了一道裂縫，歐利菲爾隻身穿越而過，發現自己到了第二度空間的地球上，就在這裡，他找到了壓制黑暗、維持他的世界永存不朽的方法。人類死後，光明潔淨的靈魂就會脫竅而出，只要將人類死亡後留下的純淨靈魂遷移至一度空間，就可以爲水晶注入燃料，抑制黑暗無法越雷池一步。

就在這一天，歐利菲爾救了整個水晶星際。

也是末日的第一天。

❦

「距離這裡很遠嗎？」伊甸詢問。

「不遠。」歐利菲爾聚精會神看著低垂的樹枝，運用思想的力量、用意念命令它們分開。處在第二度空間，他總是竭盡所能、極力避免讓皮膚接觸這世界的物質。樹枝順從地讓開，他伸手指向前方，引導伊甸遠離那顆年代久遠的老樹、走到那片小空地。

伊甸猶豫了一下，結實累累的紅色蘋果讓他大爲驚豔，忍不住舉手挑了一顆，他用拇指按壓紅潤水果那光滑帶蠟的外皮，靜靜地探究起來。

地球上的年輕人躲在鄰近的樹叢後面，急切地竊竊私語，一男一女躲得很隱密，身上一絲不掛，只用無花果的樹葉遮住重要部位，極其巧妙地融入周遭的環境，好奇地窺探著他們。

大天使肩並肩、繼續往前走，微風裡隱隱約約傳來玫瑰花甜美的香氣。

「你喜歡這裡？」歐利菲爾問道。

「當然，你說這是什麼地方？」伊甸問道。

「一個花園。」歐利菲爾朝四周看了幾眼，這裡的玫瑰花莖沒有尖銳的刺，感覺很像站在身旁的這位朋友。「姑且把這裡稱爲伊甸園吧，我親愛的兄弟，算是向你致敬，紀念你所做的一切。」

那對年輕男女在樹與樹中間穿梭奔跑，追隨這二位帶有翅膀的物種，滿臉好奇地打量、傾聽他們的對話。

伊甸微微一笑，伸手朝他們呼喚。「來吧……告訴我你們的名字。」

年輕人僵住不動，神情緊張地低頭躲藏，不知道該怎麼辦。

「男孩叫亞當，女孩是夏娃。」歐利菲爾主動替他們回答，不時露出和藹的笑容、安撫躲在樹叢裡的年輕人，讓他們不要害怕。

「你們認識？」伊甸提問。

「他們沒有惡意，也不會傷人，他們是無知的一群生物，人類對萬事萬物的了解和認知顯然……非常有限，」歐利菲爾鄙夷而不屑地揮揮手。「當我第一次抵達第二度空間，男孩看到我跨過時空交匯口，站在蘋果樹的枝葉底下避雨，竟然沒有拔腿就跑，所以我就問了他的名字，他也順口說了，似乎把我當成光之神的僕人，因此稱呼我爲大天使，於是我將錯就錯，懶得去更正他的誤會。」

「光之神？」

「對，人類崇拜白晝，相信有一位神掌管太陽，也因爲日光能讓農作物生長，是生命之源。但他們畏懼黑夜，掌管黑暗的神就是魔鬼，也就是魔獸任尼波。」

「魔獸任尼波……」伊甸好奇地重述一遍。「大天使？你把亞當給你的名稱用在我們眾人身上？」

「是啊，我還滿喜歡這個名稱，人類把他們的子孫稱爲『後裔』，我一聽就覺得心有戚戚焉，決定把這個字眼用在我們創造出來的天使上面，畢竟是人類這個物種給我寶貴的啓發和靈感，找到解決我們人口問題的答案。」

伊甸深思地點點頭。「男孩竟然沒有試圖跟隨你穿過交匯口，這一點讓我非常驚訝。」

「我告訴亞當，這棵樹守護了善惡的智慧，樹枝中閃閃發光的東西人類不得碰觸，低垂在樹梢的蘋果是最好的掩護，長大的果實更是禁止採摘，才能繼續遮蔽交匯口，以免被人發現。爲了確保他乖乖聽話，我還特地解釋了萬一有任何人，不論男女，只要違背我的吩咐，黑夜的魔鬼就會幻化爲人形，將帶來可怕的黑暗及災難，這個世界的末日就會開始計時。」歐利菲爾停頓了一下，探索著伊甸的表情，果然跟他預期的一樣，對方的嘴角往下彎，不太能夠理解欺騙的概念。

「嗯……」伊甸低聲咕噥，輕輕撫摸蘋果的表皮，剛想要提出心底的疑問，突然有某種異樣的動靜吸走他的注意力。伊甸仰起頭，看得目不轉睛，附近的河流撞上岩石，水花四濺，發出嘩嘩地聲響。

「人類說那是一條河——也就是天然的水流渠道，河床當中的物體——石頭——擋住了河水，兩者互相對抗才會發出那種聲響。」歐利菲爾解釋道。

「對抗？」伊甸問道。

「對抗，就是打仗，也就是嘗試擊敗某一方，第一股力量是河流，隨著河水奔騰，撞上相對的力道——就是岩石。河水要經過，會嘗試往上或往下，尋找物體當中的孔洞和裂縫，水是非常聰明的，千方百計尋找通路，超越任何阻撓，所謂滴水穿石，最終會是贏得對抗的一方。」

舉凡對抗、打仗、贏得勝利等等字眼對伊甸而言既新鮮又陌生，忍不住發出沉重的嘆息。

「這個世界還有許多有待學習的知識，等我們搬遷過來以後必須盡快進行才好。」

歐利菲爾點點頭，繼而放慢腳步，逐漸落在伊甸後面，他的雙手在背後交握，指尖揉搓著手掌心。

伊甸停下來，打量眼前的景色。「梅拉奇在哪裡跟我們碰面？我想見識一下他發明的結構，看看未來的新家。」伊甸不想離開水晶星際，但他知道必須這麼做，保持現狀不做改變是錯的。

「就在不遠的地方，來吧，再陪我多走一會兒。」歐利菲爾毋庸多加勸說，同行的大天使欣然順從他的請求。

出生於完美祥和的世界，水晶星際的居民從來不曾遭遇過欺騙這樣的事情。但歐利菲爾與他們不同，他經常造訪地球，到處探索，對於這個世界駭人聽聞的一面頗有第一手經驗，他當然不打算跟同胞們分享那些可怕的故事，寧願他們跟水晶星際一樣，繼續保持純眞無瑕、不受汙染。

走在前面的伊甸突兀地停住腳步，因爲眼前的景象嚇了他一跳。

「歐利菲爾？」他鎭定呼喚，鼓動著翅膀，凝神觀察懸在半空中的黑色裂縫。

歐利菲爾跟著站住，開口說道。「當我第一次從水晶星際穿越縫隙開始時空之旅，如你所知，交匯口就定住了，似乎每一次跨越，就有另一道門被開啓、自此留在那裡，不過你也看到了，通道的本質似乎有所不同。」

伊甸審視那慢慢滴落的黑墨汁，一股冷冽的寒氣襲上頸脖。「你覺得它通向哪裡？」

「我不認爲它會通到哪裡去，」歐利菲爾猶疑了一下。「水晶的光輝創造生命，繼而有了水晶星際，而今眾所周知，在我們的世界裡，沒有光的地方，就被黑暗塡滿，抹滅既有的生命。那個通道既然黑漆漆，肯定是虛空，應該是通向死亡。」

伊甸瞥了一眼墨黑的通道，望著背後的歐利菲爾，試著理解領袖所說的一切。

「爲什麼梅拉奇要把我們的結構體建立在危機四伏的險境裡？」

歐利菲爾的答案來得迅速無比。「不是梅拉奇。」

「我不懂。」伊甸轉過身去，背對闇黑的時空縫隙。

「你當然不懂，說起來也很感傷，今天的我是河流；而你，我的朋友，就是那塊石頭。」

伊甸調整了身體重心，移往另一隻腳。「你的本意是反對我們離開水晶星際，對嗎？更不打算搬遷到地球？」

「是的，水晶星際是我們的家，絕無僅有的家。」歐利菲爾雙手向前，手指收縮預作準備，指關節劈啪作響。

「但我們不能繼續留在那裡……哭號的聲音，太、太……」淚珠瞬間成形，滾落伊甸的臉頰。「不能再繼續下去，你也聽見了——」

「對，我不只聽見了，也跟你一樣明白背後的含意，但我不會因此改變。」

「不，必須改變！我要去告訴其他人——」伊甸悍然回敬。

「不，你不會說的，大天使是我的子民，水晶星際是我的世界，你不能因爲聽到它的哭號就奪走屬於我的一切。」歐利菲爾雙手舉在胸前，專注的命令光出現在手掌心。「但我寬大爲懷，賜予某種你無法理解的恩典，因著憐憫，讓你再也不用聽到哭號的聲音。」

白色火舌突然從歐利菲爾雙手間竄出，火焰纏住伊甸，在他的指縫間盤旋。伊甸楞楞地站在原處，搞不清楚歐利菲爾的意圖。

歐利菲爾朝手掌心吹了一口氣，注入能量，促使火舌射向前方，接著他將雙手分開、手指收縮，並命令眼前不計其數、光芒耀眼的小小水晶球集結凝聚，形成一條細線、盤旋在一起。

「你應該沒看過蛇。」歐利菲爾從容不迫，指揮水晶集結在線圈末端，幻化成箭頭的形狀，繼而直視伊甸的眼睛，慢條斯理地開口。

「再見了，親愛的朋友。」

接著他將雙手互握，水晶蛇陡然竄向前方。

伊甸一臉錯愕，立刻伸展翅膀、膝蓋微彎，準備一躍而起，可惜他遲了一步，白色火焰形成的箭正中他的眼珠，衝擊力道迫使他結實的身軀向後飛，手中的蘋果掉落。他用翅膀裹住身體，遮蔽臉龐和頸項，光升上表面，每一根羽毛瞬間帶電，充當防護盾牌，但是歐利菲爾無須再次出手攻擊，第一擊的力道已經讓伊甸彈射而出，飛向幽暗的入口。

伊甸嗚咽地呻吟，如鴿子般的羽毛旋即融化、剝離，角質和液體融在一起，嗚咽變成尖銳的哀號，臉孔、脖子和肩膀盡被吸入黝黑的通道，墨液擴散全身，塑形成黑色翎毛，宛如在皮膚的刺青。他身體往後撲倒，白色斗篷瞬間被黑色煤渣汙染。閃閃發亮的小蛇跟著爆裂，像天女散花似的迸成數百萬顆微小的水晶，緩緩消失無蹤。

幽暗的通道如漣漪般輕輕地蕩漾，突然間往內一縮，硬是把伊甸整個吞了進去，不久便恢復成歐利菲爾抵達之前，那種停滯不動的狀態。

事情了結後，歐利菲爾掉頭循著原路回去，小朋友仍然躲在樹叢後面，只是從原本的竊竊私語變成一片寂靜。

他走近蘋果樹，命令枝枒分開，舉步跨向閃亮的交匯口。在走進去之前他稍作停頓了一下，伸展宏偉的翅膀，深信自己再一次拯救了水晶星際的命運，忍不住露出志得意滿的笑容。

事實上，歐利菲爾一無所知，絲毫沒想到自己這麼做反而開啓了星際的沉淪。

❦

他的腳趾頭才剛踏入轉換的通道，一股涼意循著腳尖溯及小腿，就在被交匯口捲進去前的那瞬間，大地突然傳來驚天動地的巨吼，歐利菲爾驚訝地轉過頭去，隔著濃密的枝葉，看見伊甸園深處有一只裹著斗篷的怪獸伸出利爪對著他。

河流和石頭。

到了最終，唯有一方可以存留。

1

我在水裡載浮載沉，處於失重狀態，此時此刻無事可做，只能等待潮水不停地沖刷，將我帶向岸邊。

靜悄悄的，一點動靜都沒有。

或許我太過疲倦、快要撐不住。

甚至還來不及完成我直通第三度空間的旅程。

搞不好還沒抵達目的地，我就已經一命嗚呼。

各樣思緒翻來轉去、飛掠而過，隨即察覺這些念頭裡面都有我的存在，立刻明白自己還有一口氣，並沒有死掉。

不久之前，我曾經困在生與死之間，時空混沌的狀態，虛無縹緲，那時候連理解「我」這個字眼指的是自己存在的狀態都有困難。

而我現在依然記得自己的名字。

萊拉。

也記得他的名字。

喬納。

我奮力睜開雙眼要看清楚周遭的環境，卻沒有東西可看。

梅拉奇說第三度空間冰冷黝暗，近似眞空狀態，也就是另一種型式的虛無……然而純種吸血鬼跟他們的嘍囉都能存留在這裡，所以就算是虛無，裡面肯定也有某些東西或是某個地方存在？

接著我就撞到了大石頭。

⸙

失去方向感的同時，對於悄悄爬上脖子的寒氣，我的反應慢了半拍，地面是黑色冰原，我臉朝下趴在上頭，臉頰貼著冰塊，當我想到用手撐起身體時，皮膚立刻破皮，就像在撕下維可牢的魔鬼沾一樣，痛得我瑟縮皺眉，不過那是因爲意念閃過，而不是眞的感受，畢竟我已經很久沒有感到疼痛，幾乎忘了那種感覺。

當時那個女孩甚至不知道自己眞正的名字。

她不斷追尋，卻又逃避改變。

我已經揮別了那個女孩。

現在的我，體內同時存在天使和吸血鬼的血緣，光明與黑暗處於完美的平衡點，灰色的本質讓我得以超越這個世界的任何人和任何事物，無論多麼漆黑的幽暗都無法蒙蔽我的眼睛，無法阻止我看見這裡的眞面目。

抱持這樣的念頭，意隨心轉，遮住四周的幽暗簾幕開始緩緩升起。

我站起身，手一伸似乎碰到某種物體。

突然看到純種吸血鬼，把我嚇了一跳、完全措手不及，雙腳還來不及站穩，就往後跳開。牠高聳地矗立著，張開手臂，彎曲的腳爪上方是尖銳的利爪，危險地指著前方，我本能地舉手防衛，不過立刻就發現牠根本不會動。

這個吸血鬼是一具雕像，不是雕塑作品，而是眞正的魔鬼。

至少牠曾經是。

這個純血從裡到外凍成了冰塊——僵死在這個地方。

我繞過他身旁，迅速往前走，腳下的黑色冰原微微發光，就像夜空裡繁星點點，放眼望去，周圍都是一模一樣的景象，儼然就是一大片冰封而且死氣沉沉的石塊。

當我追著一排排裂縫和碎片越走越遠，一座塔樓從平地拔地而起，完美的圓柱型設計顯得巨大宏偉、壯觀無比，同樣如星點的微光在塔樓外部閃爍著，環繞著圓柱的弧形扶搖直上。高塔無門窗，沒有接縫或連接點，也沒有任何證據顯示它是一磚一瓦打著地基慢慢建造起來的，反而像是一體成形，如同直接用一大塊黏土捏造出來的一樣。

這是什麼東西。

一大片雲朵停滯不動，遮住塔樓的尖頂，頎長的雨滴有如黏稠的柏油從上面落下，一滴一滴全都流入圍繞巨型建築物基座的護城河裡，液體以順時針方向翻攪，流動的速度非常遲緩，最後岔出兩條支流，繼續流向遠處。只是從我所站之處，看不清楚它們究竟流向哪裡，因爲塔樓再過去的一切都隱蔽在陰影當中。

指尖傳來冰冽刺骨的寒氣讓我忍不住發抖，但是我的專注力迅速擺脫寒冷的侵襲、重新凝聚，因爲頭頂上方傳來裂縫開啓的隆隆聲響，原本無聲無息的眞空狀態，現在卻不甘寂寞，竟然發出了聲響。

我試著理解周遭這一切現象。

❦

古老而充滿睿智的墮落天使梅拉奇還在水晶星際的時候，曾經獲得Ethiccart的頭銜，親口要我「讓大天使和他們所存在的世界走向終點」，並且暗示純種吸血鬼一度也是大天使，後來墜入第三度空間，再度出現的時候就成了純種吸血鬼，因此純種的起源跟加百列認定的完全不一樣，他們的前身並不是自甘墮落的天使後裔。

看來梅拉奇是對的。

純種吸血鬼艾莫瑞臨終的瞬間，我看見了牠原來的形體——就是大天使——這一點證實了梅拉奇的說法。此外，我也相信他對第三度空間的描述是對的，這個世界的組成或許是冰冷、幽暗的物質，但是撇開它發生的時間點和過程不論，有一個在水晶星際的水晶光輝中誕生的實體——某一位大天使——因某種原因而淪落到這裡，而變成最初的純種吸血鬼——魔獸任尼波。

自從大天使來到這裡，本來的眞空狀態就不復存在。

時空的裂縫逐漸成形，地面上下振動，就有了裂痕，背後那隱隱約約的咯咯聲越來越大，變成轟隆巨響，頭頂上方突然憑空飛出一顆圓球，滾動了三次，最終懸空停在正前方，怪物的脖子又大又沉重，頭顱壓在上面，牠小心翼翼地伸展瘦骨嶙峋的肢體，慢慢地往後擺盪，彷彿在凝聚動力、預備往前一躍而起，然後就釘住不動，顯然是嗅到我的氣味，歪著腦袋對著我轉過身來。

如果牠有眼珠的話，我們就剛好四目相對。

食腐獸。

這個東西我以前見過，知道它肩負的任務——就是運送二度空間的人類死亡時釋放出來的闇黑能量。至於魔獸任尼波把它們送來這裡的原因和目的，我就一無所知。

我試著轉移注意力，專注在隆隆聲起源的地方，食腐獸就是從那邊的裂縫鑽出來的，但是周遭的黑暗增加了辨認的難度。

直覺告訴我靜止不動比較安全，但我已然進化到不再倚靠簡單的直覺行動。

也不再滿懷恐懼。

爲了喬納，我情願一命換一命，讓宇宙的天平和等式的兩端能夠維持平衡，既然來到這裡，就不期待自己能夠全身而退、逃出生天。

抱持這樣的念頭，看著食腐獸竄上竄下、一路在鳥不生蛋的荒涼大地朝著塔樓疾奔而去，我決定跟過去一探究竟。

望著護城河，想像自己就在旁邊，果不其然，心隨意轉，我瞬間就移了位，從容地靠在河岸旁邊，這時有另一隻食腐獸，宛如從大砲投射而出的砲彈，跟我擦肩而過，速度快得讓人懷疑牠會直接撞上塔樓，然而有一股隱形的力量中途把牠攔住，懸在護城河上方，牠先是靜止不動，隨即緊緊地蜷縮成一團，然後慢慢上升，雖然就我所知，牠們不會飛翔，眼前卻有某種力量讓牠們飄然升空。

我正在搜索答案的時候，猛然察覺隨著自己在這裡的時間一分一秒經過——我逐步接受這裡也是一處所在——四周的能見度越來越清楚，就像在暗房洗底片一樣，中間的影像開始曝光，畫面的顯影漸漸清楚浮現。

原來不是只有一隻食腐獸被拽向塔樓上空的烏雲裡面，而是許許多多，數量多得我看不清楚原先觀察的那隻。牠們就像磁鐵一樣，一個接一個地被往上拉升，即便有其他隻從烏雲裡往下墜落，兩邊的食腐獸還能及時避免相撞。

旁邊一隻食腐獸突然撞上冰凍的石頭，地面立刻凹陷了一個坑洞，牠手腳並用地爬回地面上，最後伸展四肢攤在地面，牠的喉嚨不再腫脹垂墜，但牠又突然地急速竄了出去，高速飛掠，在空氣中聞來嗅去，搜尋另一個空隙。

我看得莫名其妙，完全搞不懂這一切運作的用意，爲什麼食腐獸要升上烏雲？雨又爲什麼流入溝渠？

陡然靈光一閃，原來我都想錯了。

這裡不是地球——是第三度空間。

那些不是一般的雲層、不是正常的雨水和普通的河流。

人類死亡時釋放出闇黑的能量，由食腐獸負責收集運送，脫離人體的黑色物質構成一縷縷的煙霧，食腐獸的喉嚨不再膨脹是因爲裡面已經是空的，牠們冉冉上升的緣故就是要把煙霧帶進烏雲裡面。

現在漆黑的雲層降下如柏油般黏稠的雨水，流進護城河裡，這是爲什麼？皮膚突然傳來一股尖銳的刺痛，驟然打斷我的思緒，雙手已經冷到快要凍僵了。

寒氣……冰冷……這個世界的狀態就是冰冷的黑暗……

煙霧就跟我的雙手一樣，在嚴寒的氣候裡逐漸冷卻，只不過它是氣體，一旦冷卻就會化成液態——變成柏油般的雨滴。雨水流入護城河，接著湧進河中，然而那兩條支流通往何處？它們的作用是什麼？

皮膚的刺痛再一次提醒我周遭是冷冽的寒氣，我試著不斷擺動身體來取暖，卻是白費力氣。我的雙手沉重地垂在身體兩旁，要非常專心才能舉到臉上，要用力彎曲手指頭，才得以一根一根地擺脫凍僵狀態，這裡的冰霜顯然不以刺痛皮膚爲滿足，還迅速地擴及血管，試圖把我吞下肚，意圖使我變成冰棒。

我快速思索，加百列向來可以控制溫度的變化，而今我也能夠運用思想的力量來發揮天使的天賦。我閉上眼睛，專心想像克雷高鎮那棟荒廢的宅邸裡有一座古老的壁爐，當時木頭就在身旁熊熊燃燒，沉悶的熱氣瀰漫在屋子裡，溫度高得讓皮膚幾乎發燙。我靠著意志力命令胸口的暖意擴散到身體和四肢，直到雙手變暖、掌心出汗。

我的幾乎被凍結的骨骼逐漸恢復正常，四肢終於可以收縮自如、不再僵硬。

現在是好好履行承諾的時候了：我和宇宙談定條件，讓時光倒流，用我的性命交換喬納的人生。現在正是償還的時機，假若注定要死在這裡，當然不能白白犧牲，總得拉人陪葬，這個世界和住在這裡的純種吸血鬼一個都跑不掉。

說到魔鬼，牠也應該要現身了。

「任尼波。」我大聲呼喚。

來來去去的食腐獸驟然停住匆忙的腳步，各個扭轉粗大的脖子，轉向聲音的來源。

唯獨沒有任尼波。

我不死心地再喊一次。

還是沒出現。

我盯著護城河的闇黑物質靜心思索，說起來這些都是純種和他們的嘍囉——第二代吸血鬼的燃料，連我都需要這些燃料，這裡或許是第三度空間，但在地球上，舉凡燃料都具有可燃性，因此很有可能，或許可以……

我立刻揉搓雙手，不只運用想像力，同時靠著摩擦產生些微的熱氣。食腐獸依舊文風不動，眼前至少有上百隻，我靜靜地打量著牠們，其中一隻食腐獸竟然主動走上前，伸展脊骨，並極力站直身體，牠的外型雖然歪七扭八、感覺詭異，但乍看之下，卻像普通人類。

食腐獸沒有眼睛，但我相信牠可以看得到我，或許牠上前一步是要阻止我？緊接著奇怪的事發生了，怪物對著我點了一下頭，彷彿是要我繼續執行我的行動。

我一直以為食腐獸是第三度空間的產物，生於黑暗、屬於黑暗，其他的細節便一無所知。牠們生於這裡，這裡就是牠們的家園，運送人類的靈魂來到此地就是牠們被創造出來的目的，既然這樣，這個食腐獸為什麼要選擇死亡？

在牠身後的遠處，我看到一隻渡鴉狂亂地拍動翅膀，眾多的食腐獸一哄而散，唯有眼前這一隻斷然堅決地站在原地，並張嘴打了個哈欠。牠下頦低垂，遮住口鼻的表皮裂開，濕滑肥厚的觸鬚從洞口探了出來，只不過食腐獸這一次並不是要吞噬闇黑的能量，而是嘗試開口。

我向前一步，伸手放在牠的後腦勺，將牠的臉壓近我的耳朵，就在這時候，那隻渡鴉俯衝而下，凶惡地尋仇，只是當我的肌膚觸及食腐獸的那瞬間，渡鴉驟然停止下降的速度。其實我無意這麼做，只是心中的意念太強，我很想聽聽食腐獸想說什麼，強勢到扭曲了時間的河流，阻擋了渡鴉來襲。

眼前的食腐獸伸出濕滑黏膩的手放在我手上，牠的聲音突然變得清晰無比：「求求妳。」食腐獸的外表或許畸形得駭人，不管誰看了肯定作噩夢，但牠誠摯的祈求話語卻像天籟之音，讓我回想起梅拉奇曾經說過的一句話。「很多事情不能單看表面。」

我的眼睛頓時炯炯發光，霎時看穿食腐獸半透明的皮膚，我看見籠罩牠全身的黑暗之中，是一張年輕、美麗的臉龐。

這時我才明白食腐獸的眞實面目，忍不住有些感傷，不只是爲牠——也爲了他們——那些已然逝去、永遠迷失的墮落天使及他們的後裔。

我靜心考慮牠的懇求。

食腐獸不像純種吸血鬼一樣，凶狠地奪走人類的生命，而是清理遺骸，眼前這一隻食腐獸一心求死的事實，讓我明白這樣的存在方式並不是牠自願的選擇。

因此我決定尊重牠的選擇。

我低聲回答墮落天使的後裔，「你自由了。」

2

墮落天使在灰色地界流連，徘徊在過去的他和現在的面目之間，就是這個懸宕未決的狀態讓我有緣瞥見他的笑臉，聆聽他渴望脫離這個世界的心聲，我放開他的手，召喚潛藏在內心的光芒，滿足他的願望。

然而就在我舉起手的那一瞬間，停駐的時間竟恢復運轉。

這是不應該發生的現象，明明按的是暫停鍵，也不是「播放」，反而突然快轉、時間加速前進。渡鴉回過頭來，展開兩側的翅膀，降落在眼前這隻食腐獸的肩膀上，尖銳的利爪插進牠的背，再用力拔出，體液從牠被貫穿的裂口噴射而出，濺在地上，隨即溶入黑色冰塊裡。墮落天使流乾牠最後一滴的闇黑物質，瞬間凍結、變成發亮的石頭。渡鴉順勢飛向高空，再次俯衝而下，直接撞進雕像。牠竟連墮落天使的遺骸都不肯放過，包括他的笑容，也在化成塵土的那一刻，跟著灰飛煙滅，絲毫沒有存留。

渡鴉最後一次鼓動翅膀，這時牠才改變形體，幻化成我熟悉的模樣：純種吸血鬼。

應我召喚而來的光輝升上表面，像電流般的通過指尖，我重新跟這個世界的速度同步。

我定睛看著眼前的純血，眼睛上方凸起的結痂證實牠是那個獨一無二的純種吸血鬼：惡魔的化身，魔獸任尼波。

我所關心的人盡都安然無恙的留在第二度空間，讓我沒有後顧之憂，更不再猶豫，全心準備摧毀任尼波所創造的一切，包含我自己。

我預備出手，這次準備齊全，再無猶豫。

在第二度空間，唯有擁抱並接納灰色的一面才讓我屹立不搖、所向無敵，但在第三度空間裡，要征服對方就必須分歧。

要驅走滿室黑暗的唯一方式就是打開電燈，因此，我潛心召喚體內的天使能量，啓動內在的電燈開關，電光自動從指尖流出，集結在一處，建構成片狀。不過我的行動早在任尼波的預料之中，光束剛離手，就碰撞上牠射出的能量，如同橡皮圈一樣，反彈的光束把我撞飛到半空中，直到背撞到在護城河上方的一面隱形盾牌才擋住衝撞的力道。

這時我才明瞭是什麼力道在拉升那些食腐獸，現在我親身體驗了，像是滑輪組成的動力系統把我往上拉，不論我如何用力掙扎抵抗，依然一路往烏雲處爬升。

相較於上升這一邊，位於「下降」那面的食腐獸則是一個接一個直墜而下，落到地面，一接觸到地面上的黑色冰層，就急急忙忙地溜走，躲開矗立在那的魔獸。

任尼波的目光一路緊緊追隨我上升的身影。我被明明看不到但眞實存在的絲繩捆住全身，像是不慎落入蜘蛛網陷阱的蒼蠅。

任尼波舉起手臂，控制自如地穩穩往上飛起，斗篷的下襬飄盪翻滾。這回我大搖大擺地從大門進入他的勢力範圍，而且我再也不是陰影中的女孩，她已經消失了，如今的我能夠掌控自己的意志和靈魂，不再聽憑牠的指揮，這樣的結果讓牠無計可施，只剩唯一的選項，就跟歐利菲爾一樣，從我出生之後，一直在努力不懈執行的任務——把我殺了。

牠不慌不忙地往上爬升，心滿意足地看著我被困在隱形的蜘蛛網裡面動彈不得，畢竟這個世界由牠主宰，牠握有主場的優勢。

就在逐漸接近雲層的時候，一股熱流在指尖跳躍，任尼波的能量或許能夠彈回我的光束，卻無法徹底吸收消滅。如同仙女棒末端的黃色火焰，即使光芒銳減，依舊劈啪作響。

所謂星星之火可以燎原，只要有一點火苗存在……

我的嘴角一扭，冷冷一笑，聚精會神地從指尖射出火星，準確射中捆住我的絲繩，電流立刻流竄其中。

僅僅一眨眼，任尼波就直撲而來到我面前，然而我的意念比牠飛升的速度快了一步。

我把熱量注入星星之火，火苗從上往下、由左而右開始竄燒，點燃捆在四周的絲繩和網絡，位在中央的我光芒四射、露出笑意。

任尼波直視我的眼睛，但我心無旁鶩、不受影響，感覺身體越來越熱，血液逐漸加溫、沸騰，即使這樣我依然不管不顧，繼續發揮意念的力量。

白色光環一個接一個依序顯影出來，從腳底開始，像腳鐐似的圈住腳踝，按著順序一圈一圈往上——從小腿到大腿再到腰際，最終來到胸口的位置，光環高速旋轉，數量倍增，熱度強化成藍色火焰，這些致命的光圈環住我的軀幹和四肢，繼續快速旋轉，我等待著最終的一擊。

我變成中世紀的女巫，這個世界就是烽火台的柴堆，在我吐出最後一口氣之前，必須讓它燒到一乾二淨才可以。

滑輪繼續往上拉升，隱形的絲繩強度卻逐步減弱，白色光環夾帶著藍色火焰橫掃而過，絲繩熔化，滴滴答答地掉下去，炙熱無比的火焰持續延燒，繩索依序崩裂，掉進護城河裡。

我的意念命令火圈往外擴散，電光般的火焰往上竄升，觸及被烏雲遮蓋的高塔尖頂，著火的斷垣殘壁逐漸崩塌，一片一片砸向結凍的石頭。

攪動護城河流淌液體的機制顯然存放在塔樓裡面，因爲建築物四分五裂的時候，河裡的物質也不再移動。

接著滑輪也開始瓦解，但我試圖抓緊勾住我身體的繩索，想要留在原處，唯有利用這個制高點，才能俯瞰存在於這個世界的一切，著手逐一銷毀。即便耗費全身的能量維持火圈的光芒已經讓人筋疲力盡，我還是咬著牙繼續。

護城河和兩條支流相繼著火，河岸兩側連帶也發生爆炸，火光照耀出本來隱藏的地方。河流分布的走向其實是五芒星的形狀，現在全都起火燃燒，五角星的端點各自佇立著一座塔樓，全是背後這座的縮小版，然而隨著基座的黑色物質付之一炬，光環竄上圓柱形的建築物，只是一碰上掩沒尖塔的烏雲就失去蹤影，一個接一個的就像瀑布似地傾瀉而下。

周遭的世界對我俯首稱臣。

被我緊緊抓住的絲繩逐漸瀕臨瓦解的邊緣，再加一根稻草就可以壓垮它，我只需要再撐一下下。

支撐我意念的動機就在眼前——魔獸任尼波。

牠應該知道我並沒有活著離開這裡的打算，即使有光環圍繞著我全身上下，牠依然一步一步靠過來，一把扣住我的後腦勺，用扭曲的拇指擠壓我的眼角。

我的身體動彈不得，光環停滯不再旋轉，負極的能量吸走正極的電光，逐步往牠而去。光圈開始被我的皮膚吸收，重新回到體內，而任尼波的碰觸卻把那些能量順著血管導引過去，以至我體內的臟器滋滋作響。就像避雷針的作用一樣，牠把我的攻勢轉向特定一個點，阻止我繼續把電流注入到網絡裡面。

即便牠在汲取我的光芒，並不表示牠的黑暗足以湮滅觸及牠的微弱星光。

決定權在我身上，依然可以選擇玉石俱焚的命運。

我要燃燒——燒到光芒萬丈。

沒有猶豫，絕不遲疑。

這時任尼波突然大聲吶喊，叫聲跟我在地球上聽到的不太一樣，這不是牠的聲音，恐怖駭人的程度前所未聞，立體聲效環繞著我們，單一的音調把我和牠緊緊縛在一起，我突然氣喘吁吁，不明所以地流出血紅的淚滴，隨著音調從牠體內發出的呼籲，傳入我的心底，這時我才直視著牠的眼睛，也是牠第一次用眼神陳述自己的故事。

牠只想說這個故事。

關於石頭、河流、和報復。

惡魔竟然向我求助。

那時我才領悟牠汲取光芒是爲了爭取時間，希望能夠說服我——不是命令我——去實現牠創造我的目的：消滅水晶星際，並把歐利菲爾送來牠這裡。

但是在我內心某處，胸口猛然受到巨大的撞擊。

吶喊聲歸於沉寂，切斷了我和任尼波膠著的目光接觸。叫聲的來源是解不開的謎題，它的重要性和任尼波接著要傳達的訊息，以及牠們交戰的原因，我都一無所知，既然找不到原因，我的決心也不會改變。白色的光圈環環相扣，就像原子一樣，在我體內創造出威力驚人的炸彈。

任尼波知道接下來是什麼。

糾纏的線團已經磨損，隨時都會崩斷，任尼波繼續把我懸在半空中，不死心地再一次努力，試圖拘鎖我的目光。重獲能量的光芒在我體內累積，卻又像磁鐵一樣被任尼波的負極拉過去，牠用力搖晃我的身體，彷彿要搖醒我，讓我明白這一切箇中的道理。

當我抬頭一看，竟然發現本來漆黑的天空產生奇特的改變，明亮璀璨的緞帶不停地盤旋飛舞，就像橘紅、翠綠的彩帶襯著背後的紅色布幕，創造出美得難以想像的極光之舞。

當我身陷在地獄最深處，即將面對臨終的這一刻，竟然還能有幸目睹天堂之美，讓我深深感受到自己的卑微……

然而就在這時候，那撞擊胸口、堵住吶喊的巨響再一次出現，力道和音量都比剛剛更強。而且一連三次、一聲接一聲。

咚碰。

咚碰。

咚碰。

敲鼓的聲響。

讓我回想起就在亨利小鎮那棟房子的花園裡面，篝火熊熊燃燒，猛烈得似乎可以融化周遭的世界。孤獨的大兵邁步前進，在陰暗的荒原大聲呼喊，呼喚著要我回應。

底下的畫面以慢動作播放。

五芒星在冒煙，坐落在五個尖點的塔樓開始融化，冒出藍焰的火球繼續滑動，環繞星星的五個尖點形成一個圓，河流彼此接連。

這是任尼波掌控的世界，牠的標記在地面盤旋，上下顛倒的五芒星圖案就是牠的署名。數以萬計的食腐獸爭先恐後地撲向河岸，爲了搶奪蒸發前的黑色燃料打得你死你活，身體殘缺；一直矗立在那，卻被凍結的純血已經銷毀不見了，只剩食腐獸在搶奪燃料。

經過橘紅色火光的啓迪，我逐漸明瞭這一切的含意，放眼望去，極力搜尋發出聲音卻找不到人影的大兵，終於了解雲層、雨滴和河流的意義。

純血在地球上啜飲闇黑靈魂的人血，從中抽取物質作爲燃料，用在第二度空間裡維持牠們的形體並增強力量。到了第三度空間，牠們創造出源源不絕的供應量，四周的科技、機械設備和建築物，操控建造的目的只有一樣……

多如潮水的靈魂。

仔細觀察任尼波的曠世之作，在我看來，不管怎麼花俏都遮不住眞相，地面的一切代表死亡。

如同篝火的回憶一樣，想來那鼓聲也是虛構的想像。

可是那聲音又出現了。

我努力睜大眼睛在地面搜尋，直到……在毀滅的景象和一團混亂之間，終於找到了。

對於被拋棄的他，位於下方這位孤獨的士兵，我的亮度肯定像汪洋中的燈塔——在這一切眞空狀態裡竟然有個人！

肩膀後方的火光，照亮了那個孤獨的人影，他大步走過寸草不生的地面，頭上的帽子往後滑落，那個人抬頭往上看，直視我的眼睛。

「喬納。」我低聲呢喃。

縫隙持續開啓的聲響壓過其他的聲音，我內在的光更加明亮，連任尼波放在我後腦勺的手都變得溫暖，假如我要終結這個純種吸血鬼和牠存在的世界，現在就是最好的時機，免得牠們從時空的縫隙逃了出去。

但是喬納就在底下，他也會跟著灰飛煙滅。我曾經犧牲自己救過他一次，而今要再救一次的話，可能要犧牲更多人的生命，因爲這個當下如果爲了拯救喬納，我必須暫時放過任尼波和牠所掌控的一切。

喬納的命和很多的人命——兩相權衡，*多數人的利益更重要*……

只是有時候，無法忽視這個人在自己心裡舉足輕重的地位。

對我而言，沒有人比喬納更重要。

任尼波和我都是磁鐵，一時靠得太近，我的光——內在的炸彈——已經升到側面臉頰，脖子的血管膨脹得幾乎迸裂，任尼波如利爪般的拇指把我吸附過去，我的左眼突然射出光紋，光中的電流沿著指尖竄上牠的手臂。

我忍不住大叫。

靜電在左眼劈啪作響，導致視力有些受損，任尼波奮力掙扎，試著拉開距離，我更加努力阻止自己的光再度發射出去，我下了決定，救出喬納是目前首要的任務，即使任尼波因此脫逃也在所不惜。

任尼波終於切斷磁場，往後退開，再次化形成渡鴉，然後瞬地撲了過來，還把我的肩膀當成槓桿增加摩擦力，接著一躍而起，瞬間後座力讓我摔倒在地還翻了一圈。渡鴉展翅高飛，朝環繞在高塔尖頂的烏雲飛過去，在我受傷的視力裡，牠逐漸變得一片模糊。

光的照耀讓人看不見另一道光，因此大天使察覺不到一度和二度空間當中的縫隙，而在第三度空間這裡，明明聽見聲音，就是看不到漆黑世界裡闇黑裂縫的開啓，現在背後的黑幕染上秋天的色彩，再者少了建築物的遮蔽，通往第二度空間的交匯口立刻顯現了出來。

沒有任尼波能量的牽引，身上的電流終於安靜下來，不再劇烈起伏，等候我下一步的觸發或解除。

一開始我像秋天的落葉那般乘風而起，隨風飄盪，可惜風勢很快緩和下來，害我急墜而下，摔向冒煙的護城河，周圍完全找不到繩索去抓。

其實我並不需要繩索幫忙。

一如往常，喬納站在那裡及時接住我。

他一躍而起，跳到空中迎接，我們一起降落在護城河的河岸邊，而我緊緊貼在他的胸前，他的雙腳穩穩站在地上，下巴抵著我的額頭，輕嘆一口氣，呢喃地呼喚我的名字。

翻騰的煙霧變成氣旋，喬納雙臂箍緊著我，讓我安然無恙地站在旋風中央。

「在上面。」他沉重地吐氣說道。

我瞇著眼睛，從他的懷抱中抬頭仔細觀察，就在很上面的地方，橫跨橘紅和翠綠的美景前端，就是那道交匯口，那是回家的路——只針對喬納而言。

是我開始的也必須由我來結束。

我僅僅勾住喬納的手臂，一起浮上空中，我不敢冒險直視他的眼睛，知道他可以輕而易舉說服我改變心意，因此就維持讓他的下巴繼續抵住我的額頭的姿勢，避開與他眼神接觸。

我們來到跟交匯口平行的位置上，下方的世界煙霧瀰漫，幾成廢墟，我必須摧毀剩餘的一切，永遠封閉縫隙不容任何人通過。

但我拖延著時間，想要最後一次放縱自己，於是深深地吸取喬納的味道。我驀地一把將他推開，並且瞄準交匯口把他推了進去，但他反應快速地將手臂往下一滑，扣住我的手腕把我拉了回去。

我剛才的猶豫已經給了他足夠的信號。

我想要開口解釋，其實毋庸多說，因爲他了解我。因此他舉手按住我的唇，搖搖頭，示意我不要作聲。

「不，萊拉。」他的眼睛是靈魂之窗，赤裸裸的呈現他的眞面目，只要我願意鼓起勇氣去看。「妳留我就留，不是同生就是共死，沒有中間灰色地帶。」

他抓住我的雙手放在胸口，咚碰心臟跳動的聲音跟我的同步。

「妳向來吵不不贏我，不是嗎？」

意味這件事沒有商量的餘地，沒有我，他不會獨自離開。

看著他堅定的眼神，我只好命令體內的能量分解，收起光環，和喬納十指互扣，不再多說廢話，逕自引領他回家。

3

黝暗的交匯口把我們吸進去，隨即將我們吐回黑暗裡。

我無心注意周遭的環境。

摸黑甩掉喬納，我抽回自己的手，用力拍打左邊臉頰，試著平息皮膚顫動帶來的不適和酥麻，天旋地轉的感覺讓我頓失方向感，虛弱地跪在地上。

「萊拉。」喬納彎腰掐住我的肩膀。

我的視線一片模糊，看不見喬納，他試著把我拉起來，但我渾身無力，根本站不穩，四肢著地的趴了下去，試著往前爬，我的兩隻腳使不出力氣。我撞到地面突起的矩形石頭，整個人虛脫地爬到石頭上，翻身仰躺，努力想找回平衡。

既然我同時擁有天使和純種吸血鬼的超能力，混血的優勢讓我勝過任何一方，透過擁抱融合後的灰色地帶，接納雙方的特質分別存在體內，讓我特立獨行，置身在他們之外，所以我能夠在地球上終結純血的生命。但是到了第三度空間，就必須把自己分別出來——隔絕天使光明的一面——才有擊潰任尼波的機會，這也意味著白色光芒帶出電流，然而被電擊的不只是牠，我——的黑暗面——也受到衝擊，而今回到第二度空間，電擊的傷害仍然遺留皮膚上頭。

我深吸一口氣，凝視頭頂的石塊，剛才穿越的縫隙把我們捲入星光閃爍的洞穴裡，類似第三度空間的石頭。

「任尼波……」我粗聲警告，純血在我和喬納之前穿過交匯口，這表示牠還沒走多遠。

「不，這裡沒人，我帶妳出去，很快就能曬到陽光。」喬納承諾。

聽到陽光，我的胃就咕咕嚕嚕地響，如同肚子餓時渴望食物的反應，這段旅程耗損了我太多光明的能量，喬納明白我此時此刻需要添加燃料。

這次的經驗讓我體會靈魂分裂的危險性，眼前迫在眉睫的是重新恢復光明與黑暗之間的平衡，不只為身體注入光能，也得保持優越的戰力以防範敵人。

話說回來，做決定的當時，靈魂狀態不是考量的關鍵，那時抱著必死的決心，根本沒打算返回第二度空間，如果按照原定計畫，這時候我應該已經死了。

在我聽來，大石塊和燧石相互摩擦的聲音尖銳得難以忍受，就像刀尖劃過玻璃瓶的噪音，但是每一次的摩擦都意味著喬納推動頭頂巨石的努力，隨著石頭一吋一吋地移動，更多陽光灑進洞裡，越來越靠近我躺臥的地方，最後，終於見到久違的豔陽。

脖子上的水晶戒指已經被我送了加百列，不過少了它也無所謂，我不需要它傳遞能量。金黃的光輝籠罩，肌膚溫暖許多，光線滲透表皮，促進能量的吸收，餵養靈魂的需求。我整個人沐浴在陽光下，水晶的光輝從體內輻射而出，接著咻一聲，好像爆炸一樣，身體恢復正常，不再反光。

光明與黑暗融合，靈魂再度塗上灰色。

霧茫茫的視線看不清楚，過了半晌才察覺喬納退出光的輻射範圍、伏在洞穴中等待。我們現在脫離了險境，但我的心情卻是五味雜陳，一半是期待他衝過來大喊大叫、罵我不知死活，做這種自殺性的行爲；另一半卻是希望他把我擁進懷裡，說他來找我是因爲愛，不是因爲受不了黑暗中的寂寞。

喬納忽然冒出頭來，從矩形洞穴上方俯瞰著我，張著嘴巴，卻沒有說話。

「喬納？」我搖搖頭，一臉迷惘。

一眨眼間他跪在旁邊，拉我坐了起來，說道。「沒事了。」

喬納吞嚥著，喉結鼓起，攙扶我從石頭上下來，因著灑下的陽光，勉強看到右邊最遠的地方就是通往第三度空間的交匯口，徐徐滲出墨黑的汁液。

喬納推開石頭讓陽光進來的地方就是出口，我彎曲膝蓋一躍而起，像貓咪一樣落在洞外，日光從葉落枝枯的樹幹間灑下，陰影在我皮膚上交叉，放眼望去，落葉覆蓋著大地，有些隨風颳起，在空中迴旋，四處飛散。

加百列說過，通往一度和三度空間的交匯口都位於愛爾蘭的盧坎鎮，這裡是翡翠島，現在是秋天，但我在英格蘭進入縫隙的時候正是冬季，季節的變換違反常理。

我舉目四望，檢視周遭的環境，尋找可能的線索。

掉光葉片的老樹屹立在中間，高聳的枝幹宛如紀念碑一樣，巨大的樹幹兩側是高度驟降的斜坡，從我的位置放眼所見的地方都罩著薄灰，顏色黯淡，沒有草地也沒有植物，彷彿這裡是寸草不生的荒土。

交匯口把我們拋入的結構體深埋在地底下，看起來是跟第三度空間一樣的建築材料，都是冰冷闇黑的物質，應該也是純種吸血鬼的傑作。

用來隱匿交匯口的大石塊被人蓄意切割、做成類似墓碑的形狀，只有在這個特定的角度才看得到，顯然擺放的目的就是要遮住地底的秘密，奇怪得很，搞不懂純血怎麼會在意這件事。

遠處看起來是一個懸崖，我大步走了過去，同時跟喬納揮揮手、示意他留在原地，給我一點時間整理混亂的思緒。

摧毀第三度空間的任務終究宣告失敗，等於白忙一場，沒有任何改變，純種吸血鬼逃過一命，我也活著回來，雙方沒有輸贏，或許唯一的差別就是我終於明白任尼波所要的，以及牠這樣做的大致原因。

但我忍不住有些氣憤，如果喬納肯乖乖聽話，現在我所愛的每一個人都能安然無恙，再也不需擔心純種吸血鬼。雖說換回他的命是我個人的決定，他卻不肯尊重我的想法，還害我因此欠了宇宙一個債務，哪天它找機會催討的時候，肯定要跟我連本帶利追回。

一部分的我很想忘懷這一切，但這是我的一部份，完全無法逃避。

因爲喬納，我失敗了。

因爲喬納，純血依然逍遙自在。

我回頭望著喬納，我們眼神交會，一個不應該有的念頭——不，是一種感覺——浮現心底，至少目前不應該……

因爲他，我會害怕。

我不安地揉搓光溜溜的手臂。喬納偷走我的死期，這麼做的結果是把我送回最初的原點，現在該怎麼辦？

我站在懸崖邊緣，仰望天空，默默搜尋答案，下方的波浪前仆後繼地沖刷著崖壁，河流努力要磨穿石頭。

答案就像河流一樣顯而易見，沒有選擇，只能重頭再來一遍。

我轉身面對喬納，淺褐色的眼珠似乎要把人看穿，他定睛看著我走過去，我也凝視著他的眼睛，一股寒顫陡然竄過全身，彷彿有人走過我的墳頭。

那是無比熟稔的感受，周遭的景色扭曲變形、近似重疊，我停住腳步。

彷彿藝術家拿著炭筆素描，以秋天爲底，勾勒大致的輪廓，接著畫風一轉，原本呼之欲出的形狀，變成幽靈般的剪影。臉孔模糊的人體三五成群擠在一起，分散環繞著老橡樹的樹根，準備加上色彩，變得栩栩如生。

天空雲朵堆積，水聲潺潺，懸崖邊緣以外的一切都停滯不動，靜靜等待，唯一不受畫面影響的是喬納，雙腳穩穩地站在墓碑上面，表情困惑地瞅著我。

忽地身後有人在呼喚我，我轉過頭。

景色上下跳動。

我搖搖晃晃，陡然靈魂出竅，看著自己猛然摔倒。

就像做夢一樣，夢中的自己還沒落地，我就被嚇醒了。

我立刻明白自己看到什麼：那是時間之窗，不是過去的景象，而是預知未來，我的身體晃了晃，寧靜得很奇怪。

實在太安靜。

完全停滯不動。

人未到聲先到，一個尖叫著喬納名字的聲音打破寧靜的氣氛，把我拉回現實的狀態。

飛快的腳步攪動地上的落葉隨風揚起，她直接跳到喬納背後，手臂扣住胸口緊緊抱著他。

布魯克。

我立刻如釋重負，幸好她平安無恙。

布魯克跟佛格私奔的時候，即便我已經盡力，佛格仍然受到重傷，幾乎奄奄一息，當時還以為他會撐不過去。然而撇開他的兩面手法、口是心非和奸詐的欺騙，我知道布魯克很愛他，萬一他死了，我更擔心布魯克會因此承受不住打擊。

正要舉步走向布魯克，水中些微的動靜引起我的注意，我偏頭去看，水中波浪起伏，不過一瞬間，剛剛的異狀已經消失不見。

我轉身走向喬納和布魯克。

「萊拉！」布魯克滑下喬納的背，驟然停住沒有擁抱我，轉而望著喬納。

「妳在這裡做什麼？」我問，沒有把她的遲疑放在心上。

「我一察覺到喬納的存在，就立刻趕過來了。」她回答道，將額邊垂落的紅色瀏海撥進紫色帽沿裡面。

「立刻？」我聽了深感困惑。「交匯口在盧坎鎮。」

「是啊，」她說。「我們就在那裡。」

「我知道，只是不懂妳怎麼能這麼快就趕過來。」

喬納和我穿入第三度空間的縫隙本來位於亨利小鎮，就算她有吸血鬼的超能力，總要橫越愛爾蘭海，不可能在幾分鐘之內就趕來盧坎鎮。

「你們失蹤以後，我們就搬來這裡了。」她給喬納一拳。「順便感謝你棄我而去。」

「我又沒離開很久。」喬納抓了抓他的一頭亂髮。

我還沒機會打岔，布魯克就答道。「三年對你不朽的壽命而言或許是滄海一粟，轉眼即過，可是你眼前這個女孩可是飢腸轆轆！感謝你喔！幸好我在你失蹤之前就學會了自己獵食。」

「三年？」我和喬納異口同聲的驚呼。

「對，已經三年了，你們肯定不相信這裡發生的事情，全世界都瘋了。」她的語氣熱烈得很，彷彿知道全世界最大的八卦新聞。

布魯克還沒有逮到透露八卦的機會，後方便傳來沉重的腳步聲，我們三個同時轉向來人。

「小可愛。」羅德韓的聲音比他的人早了一步。

他粗壯的手臂伸過來把我抱住，嚇了我一跳，這才察覺自己竟然沒看到羅德韓來了。他先拍拍我的背，揉了幾下才放開，當他收起笑容，濃密的眉毛便往下垂。

我摸摸眉毛，左眼似乎毫無視力可言，好幾條鼓起的疤痕橫過左邊臉頰，這才了解喬納剛才試圖安撫的態度和布魯克看見我的時候遲疑退縮的原因。

手指剛揉過皮膚就開始顫抖，喬納反應極快，立刻脫掉帽T裹住我的肩膀。

「天氣很冷。」他拿天氣當藉口，抓住我的手腕穿過袖子，藉此阻止我繼續伸手抓臉。

喬納正要幫我拉起拉鍊，本來隨風飛舞的落葉陡然同時落回地面，潺潺的流水聲停滯下來，彷彿沒了氣息。似乎就在這個山坡上，短短一瞬間，沒有任何警告，萬物同時死去。連一臉不耐煩、不住扭動身體、等著要宣布八卦消息的布魯克都一言不發。

羅德韓率先打破怪異的沉默。「我們趕快走吧。」

喬納轉向地上的洞穴。「先把墓碑移回去——」

「孩子，沒時間了，」羅德韓打斷他的話，「來吧。」他勾住我的手，左看右看，彷彿父親帶著女兒過馬路。他先跨出第一步，他那保護的姿態讓我平靜下來，我捏捏他的手，這人從沒讓我失望過，謝謝他成為我人生中恆久不變的風景。

我們快步離去，帶動塵土飛揚，留下滿地的落葉、河流和岩石目送我們遠去的背影。

4

路程不是很遠，羅德韓帶我們穿過教堂後面的花園，一路下坡，順著馬路走了大約三英哩，停在一棟沒有左鄰右舍、獨立的住家前面。

我鬆開羅德韓的手，迅速退後好幾步，試圖避開窗戶、不想被屋裡的人發現，隨即跟後面的布魯克撞成一團。

「甜心？」羅德韓問道，撫平大衣皺紋，從容地跟在後面。

「他在裡面，對不對？」我踮起腳尖，把前院草坪邊緣的樹籬當成屏障、偷偷往裡看。

羅德韓溫柔的微笑。「對，親愛的，他必須來看一眼……呃，一聽到消息，他就親自趕過來見妳，只是他現在的狀況大不如前，趕不上我們的速度。」

我花了一點時間，才領悟羅德韓的言下之意。

「布魯克說我們離開三年了。」

「是。」

「整整三年，羅德韓，加百列墮落到現在？」

他點點頭。「加百列一直在等待，我告訴他要有心理準備……妳有可能回不來，即便那樣也是可以理解的。」羞澀的笑容在他的臉頰拉出皺紋。

「什麼？」

「我不應該忘記加百列縱然有說錯的時候，那種情況也是極少數的例外，不是常態。他曾經告訴我，萊拉，妳向來超乎常人的理解範圍，總是有辦法把不可能的事情變為可能。」羅德韓深思地摸摸下巴的鬍渣。「信仰的力量讓人難以想像，仔細說起來，他對妳的信心從來沒有動搖過，就算物換星移，也沒有絲毫猶豫。」

羅德韓以為我聽了這一番話就會心花怒放，其實他錯得離譜。我不要加百列繼續等待，因為我已經放手，希望他也跟著鬆開束縛。

早在我穿越時空回去之前就跟他談過，說明我的想法和用意，那次的對話內容印象猶新，只是對加百列來說，似乎沒有那回事。到最後，他從我這裡收到的唯一訊息既簡短又沒有任何解釋，更糟糕的，轉告的人還是喬納。

然而就算這些話是我親口說的，我也不敢確定加百列會聽進去。畢竟以我對他的認識，其中一個特質就是他永遠找不到夠好的理由來對我失望，顯然過去這三年來，情況依舊，沒有絲毫變化。

「親愛的，他在等妳，」羅德韓說道，「大家都在等妳。」

「包括封印獵人嗎？」其實不需要羅德韓證實，我們在盧坎鎮——他們的家鄉在這裡。

我先深吸了一口氣，再仔細打量這棟大小相當的磚造房子，前後院子都圍繞著鑄鐵製的欄杆，前面的草坪闢了美麗的小花圃，欣欣向榮的植物讓人心曠神怡。碎石小徑一路通到前方的門廊，寶藍色大門兩側都有盆栽當點綴。獅子頭造型的門環看起來就不像歡迎客人上門——暫且不說是用純銀的材質打造，光是外型就很足以震懾人。

「在我們進一步行動之前，應該先談談。」喬納走到旁邊。

我還來不及有所回應，大門就開了，加百列出來到門廊上，眼睛盯著我不放。我的嘴唇緊緊抿成一條線。

看到他，我的心情好複雜，勉強維持住冷靜和鎮定。我已經做了決定，選擇放他走，放開他只是諸多決定中的第一項，未來的任何決定都不會再把他納進考量，如果我希望他活下去、希望他恢復自由，就不能夠再跟他有所牽連。

加百列衝過來的時候，我低著頭，他一言不發地伸出雙手環抱住我的腰，一把將我摟進懷裡，他的臉頰貼著我的頭頂，輕輕地、溫柔地撫摸我的頭髮。

我沒有立刻掙脫，因爲有種奇怪的感覺，爲什麼他給我的感覺跟以前不同，或許是因爲本來很喜歡他身上散發出的柑橘味道，現在味道不只變得很淡、甚至聞不太到；耳朵貼在他的胸口，似乎連心跳的節奏都跟記憶中的不一樣了。

當然還有另一種可能，或許是因爲我變了。

我的手臂被壓在身體兩側，在他懷裡顯得冰冷空洞，加百列也感受到了，因此即便不甘心，也只能鬆開我。

「來吧，我帶妳進去。兩位一起進來。」他用近乎尊敬的態度對喬納點點頭。

我揚起下巴，加百列愣了一下。

「萊拉，怎麼了？」

他再一次伸手拉我，我退開一步並搖了搖頭。

喬納走了過來，伸手橫在我胸前，保護的意味濃厚。

「就是你把她送到死神門口，當我最後一眼看見她的時候，她還興高采烈地站在那裡、猛敲該死的門。」

加百列的藍色眼眸失去光彩，注意力從我身上轉向喬納。

「不要吵。」我說，實在沒興趣成爲他們爭吵的核心。

喬納乖乖讓步。

「事情已經發生了，沒什麼好追究的，重點是她在這裡，而且活得好好的。」羅德韓把我推向前。「來吧，我們聽從加百列的建議，進去再說。」

我跟著羅德韓穿過鐵門，沿著房子外圍，從屋前繞到後面的花園，喬納和加百列跟在後面，布魯克一反常態，安安靜靜地落在最後。

「我們通常不進主屋——至少我和布魯克不進去。」羅德韓解釋。

「吸血鬼在這裡不受歡迎？」我戲謔地回答，雖然左眼瞎了，右邊視力依舊非常銳利，足以偵測到藏在花園裡的銀製武器閃爍著威脅性的光輝。尤其是園區裡面那些點綴性的小矮人，眞是運用得宜的創意，乍看之下，純眞的設計毫無危險性，其實帶著殺人的用途。每一座雕刻品都藏著致命的銀製尖刀。

「絕對不歡迎進門。」羅德韓說道。

後院最裡面，就在圍籬外頭，是一片田野，封印獵人的行動家園就停在那裡，寬敞的拖車屋設備齊全，隨時可以移動，大約相隔二十公尺左右，是那台暱稱小藍的露營車，再左邊是一條黃土路，通到屋子前面的大馬路，路邊停了好幾台小貨車和自行車。

「這裡是封印獵人的總部？」聽到我的疑問，羅德韓點點頭。

他推著我走向最大一輛的拖車屋，他維持一貫的騎士風度，彬彬有禮地為我開門。裡面幾乎沒什麼改變，起居室就是超大的開放空間，中間是餐桌，更是我第一次和封印獵人的成員有所接觸的地點，他們順應天使——我母親——的要求，飄洋過海到威爾斯去救我，好些成員都在那一夜戰鬥中命喪黃泉。

站在這裡，我幾乎聞得到那天晚上艾歐娜預備的雞肉捲，誘人的香氣，讓我渾身暖洋洋的，不去在乎菲南的冷淡相向。拖車角落還放著同一張沙發，艾歐娜認為我是吸血鬼時，還從那裡抽出銀製的武器——她當時並不曉得我真實的身分。

這個行動家園看起來似乎沒啥改變，其實有經過重新裝潢，如果當年這群愛爾蘭殺手預知今天有吸血鬼和墮落天使住在這裡，肯定認為這個主意既荒唐又滑稽。

才剛進門，後面就傳來熟稔的嗓音。

「天殺的，你還真的說對了，她竟然能夠活著回來。」菲南的嘲諷跟著香菸的味道一起飄進來。

我猛然轉身，嚇了他一大跳，指縫間夾著的手捲菸掉在地上。

「抱歉，」我說，「我無法信任你站在背後不會趁機偷襲。」

當時或許看走眼，將信任感放在錯誤的歐希勒辛兄弟身上，以致被佛格俘虜，但我至今沒有忘記菲南的告白——那天晚上在克雷高鎮遇到喬納的時候，在我背後放冷槍的人就是他。

菲南迅速恢復鎮定。「彼此彼此，我也不敢信任妳。妳把雙面人這個字眼提升到全新的層次，」他點點頭，盯著我看。「一如我先前說過，對付吸血鬼是我們一貫的目標。」他瞥了喬納一眼，用力踩熄腳下的菸蒂。

「你說什麼？」喬納低聲咆哮。

「哎，小夥子，不要計較，」羅德韓充當和事佬。「那些都是過往雲煙，按照目前的處境，內鬥爭吵只是消耗彼此的精力。」

「目前的處境怎樣？」我提問。

還來不及聽到答案，就有人叩門，來人彬彬有禮地連敲兩下，接著就是低聲徵詢是否可以進來。「菲南？」

「進來吧，卡麥倫。」

男孩自行推門進來，神情緊張、手足無措地站在菲南旁邊，綁腿的地方插著銀製刺刀。光陰似箭，眞是眼見爲憑，我們離開的時間的確比感覺更久。當初稚氣的卡麥倫不再幼小，現在長得比他哥哥還高，四肢瘦長、像竹竿一樣，一頭紅髮弄得整整齊齊，後面跟兩側剪得很短，終於過了變聲階段。

「嗨，萊拉，很高興又看到妳。」他直視我的臉龐，還以爲他會跟別人一樣露出錯愕畏縮的反應，結果不然，他只是微笑著打招呼。

「眞的嗎？你也開始舞刀弄槍了？」我輕聲回答。

菲南插話。「妳已經離開了三年，又不是去拜訪天堂……，而且妳還有類似「化身博士」(注)的問題，所以在我更新現況之前，請妳先說一下，妳究竟是天使還是惡魔？因爲從我的角度實在難以分辨。」

「不要這樣。」加百列斥責。

我從桌底拉出一張椅子，揮手示意加百列不要作聲，決定開誠布公回答菲南的質問。

「跟你一樣兩者都不是，我是介於灰色地帶的生物，而你的能量，或者說你的靈魂，也是依照每天所做的不同決定，在黑暗和光明之間擺盪。」

不久之前，羅德韓曾經解釋一個人的靈魂可能輕而易舉就受到汙染，從光明變爲黑暗，反之亦然，轉捩點在於他們每次所做的決定。

「然而從內在來分辨，我跟你大同小異，這樣看來，我也是人類。」

菲南稍作思考，伸手按著毛線帽底下的太陽穴。「也對，呃，不過或許應該在『人』之前加上『超』字，妳是超人才對，畢竟我們沒辦法像妳那麼有效率，一出手就讓惡魔受到重創。」

「那你應該慶幸我跟你同一陣營。」我回答道。「現在是什麼狀況？」再次逼問他。

注 這個典故出於一八八六年出版的著名小說《化身博士》（*Strange Case of Dr Jekyll and Mr Hyde*）一書，作者羅勃．路易士．史帝文生（Robert Lewis Balfour Stevenson），描述翁傑奇（Jekyll）博士喝了自己調配的藥水變成邪惡的海德（Hyde）先生，在同一個人身上存在著截然不同的兩種性格。此書曾經多次被改編爲音樂劇和電影。

菲南瞥向卡麥倫再轉身看我。「好吧。」他在圓桌對面就坐，從耳朵後面摘下一捲菸塞進嘴角。「卡麥倫，」他說。「倒飲料。」

卡麥倫沒有怨言，一聲不吭就去準備。羅德韓陪他去廚房，加百列坐在身旁。

上次大家坐在這裡的時候，佛格也在場，他的缺席意味著他沒有逃過亨利小鎮的劫難，仔細一想，如果眞是這樣，布魯克的反應應該更加激烈。不過，畢竟是三年以前⋯⋯

加百列主動拉我的手，我假裝沒留意，傾身靠向一邊，喬納比個手勢跟菲南討香菸，但我看得出來他用眼角餘光觀察著我的反應。

「自己捲。」菲南直率地回應，丟了一盒菸草和瑞茲拉菸紙過去。

喬納接了過去，順勢坐在旁邊，布魯克選了沙發區，眉頭深鎖，可能不太高興竟然沒有由她來說明全世界都發瘋了的八卦新聞。

「首先我想了解妳爲什麼去了那麼久——在地獄搞什麼鬼。」菲南提問。

眞笨，早該知道他肯定要我掀底牌，然後才輪他透露。

我只能嘆氣地回答道。「這一切我覺得只有經過幾個小時，而不是幾年。」

「天堂的時間過得比較慢——」加百列開口。

我打岔。「等等、等等，對不起，我們依然要這麼做？」

「依然要做什麼？」菲南說道。

「稱呼那裡是天堂？」我轉頭詢問加百列，羅德韓在這個時候將兩只小酒杯和一瓶威士忌放在桌上。

進入第三度空間之前，加百列和羅德韓堅持不要讓封印獵人了解我們所知悉的一切，考量他們虔誠的信仰，似乎不需要讓他們明白自己所深信的天堂和地獄，其實另有眞相。

看起來，即使過了三年，加百列依舊認爲沒必要進行一段宗教與眞相的對話，話又說回來，連羅德韓自己都不是十分了解，相處那麼久，加百列依舊對他有所隱瞞，這也讓我突然想起當初沒有跟羅德韓說出所有眞相的理由，是因爲不想侵蝕他的信仰，信仰給了他安慰的力量，或許加百列不想讓菲南他們的信念分崩離析，也是基於相同的理由，畢竟他們一生都在奮力捍衛這個信仰，許多的至親和朋友甚至爲此獻出生命。由此看來，我們似乎還停留在「該不該知道」的階段。

「我知道妳對它的稱呼不太一樣，」菲南接住卡麥倫送過來的威士忌酒瓶。「很多人都這樣。不過那裡是天使和我們上主的居所，也是神聖來世的地方，不管是天堂、涅槃、應許之地……各式各樣的名稱，但我們這裡稱呼它天堂的國度，並獻上最崇高的敬意，誓死保護它和它所有的僕人。」菲南冷靜平和地幫自己倒了一杯酒。

他這番話勾起了我往日的回憶。我和喬納曾經有過類似的對談，他說無論我叫什麼名字，不管換過多少姓名，骨子裡還是同一個人。

菲南言之成理，只是立論點有些薄弱。

因爲有些事他一無所知，例如有一位名叫歐利菲爾的天使長差派他的天使後裔來到地球，收集人類死後釋出光明的能量或靈魂，作爲他定居的世界——水晶星際，也就是所謂的天堂——的燃料，藉此維繫水晶星際的生存。人類所謂神聖的來世，不過是特意扭曲的概念，並不是天堂的核心設計，菲南這些人相信人類是宇宙的中心，這是錯誤的概念。

我猜想他的聖經故事並未說明地獄其實是另一個空間，由冰冷闇黑的物質所構成，魔獸任尼波之所以存在是因爲天使長親手把另一個同伴推入黑暗的交匯口。就本質來說，他的天堂創造了地獄，以致地球受到連累，因爲黑暗勢力的滲入造成許多人命的損失。

喬納對我的信心，信任我眞實的一面，或許讓他得以看見名字底下的一切，然而對菲南而言，他的信念反而讓他盲目得看不見天堂底下的謊言。

「第一度空間的旅行速度比地球更緩慢，那裡的一天等於地球二十年，」加百列提醒。「妳在第三度空間只有幾小時的時間，短短幾小時等於這裡的三年，天堂跟地獄都在同一個時鐘上，唯有地球的時間很有限。」

「你沒說過。」喬納輕快地提醒，用誇張到極致的緩慢速度捲香菸，完全趕不上他喝威士忌的速度。

「妳去那裡做什麼?」菲南繼續逼問我，對著我的臉吞雲吐霧。

「代替我所關心的某個人，」我猶豫了一下，明知這句話很傷人，依舊用力撕開傷痂。「也是我所愛的那一位進去黑暗世界。」

加百列一言不發，只是緊緊抓住黑色毛衣的袖口，曾經白皙的手背，而今浮現的斑斑點點，無法掩蓋他發白的指關節。喬納環顧桌子四周，睜著淺褐色的大眼珠，第一次注意到加百列竟然不在我們中間。

「我去那裡自投羅網、赴死亡之約，並且打算讓魔鬼和地獄的一切跟著陪葬。」我用菲南能夠理解的措辭，套用宗教和戰鬥相關的語言，解釋自己原先的盤算，然而對加百列而言，這些話卻是無法承受之重，他突兀地站起來往門口走，但沒有奪門而出，而是垂頭喪氣站在門口，兩隻手臂扶著門框想穩住身體，他站在那裡沒打算回到座位。

「呃，既然妳沒死，我猜這表示惡魔還活著。」菲南慢慢啜飲他的酒。

我氣憤地瞪了喬納一眼，暫且沒有原諒他的打算。

「沒錯，現在你知道我去了哪裡和我離去的原因，就請換你告訴我——我們，究竟——錯過了什麼？」

「噢，妳知道的……」菲南嘴角一揚、露出諷刺的笑容。「就是末日災變已經露出了端倪。」

5

羅德韓應我要求再去拿了一只酒杯。我邊將杯子倒滿，邊聽菲南的敘述。

「從妳失蹤之後，我們就打道回府，才剛抵達家園，狀況就有了改變。」

「改變？怎樣的改變？」我問。

「到處都有惡魔的蹤影，牠們從地獄的洞口蜂擁而出，足跡遍布世界各地。」

我忍不住看向加百列，想要尋求更精確的說明，但他繼續背對我，沒有回頭。

「妳進去的那一天，牠們全都冒了出來。」菲南補充。

好吧，看來「該不該知道」的時間來了。

「他們不是通通跑來這裡，菲南，第二代吸血鬼一度就是普通的人類，只是來自第三度空間的純種吸血鬼轉化了他們，你也可以把第三度空間稱為地獄。」看來在我離開的時候，封印獵人對於他們所獵殺的惡魔一度也是人類的事實一無所知，顯然直到如今都沒有改變。

「妳弄錯了。」菲南堅持已意，繼續喝他的威士忌。

喬納嗤之以鼻地哼了一聲，伸手拿起桌上的火柴，點燃手捲菸，對於眼前的交談興致索然，整個人煩躁不安，那時我還以為他的焦躁是因為急著跟我私下交談，如果我再仔細一點聆聽他的心聲，就會察覺他是因為需要進食的緣故。

「我沒有弄錯，你在亨利小鎮看到純種吸血鬼，看到我送他上路，難道沒有發現牠跟你以前獵殺的惡魔有些許差別，不是嗎？」

菲南搖頭反對。「魔鬼有很多嘍囉和爪牙，萊拉，牠們戴上不同的面具、僞裝各樣的身分和形象，妳不要被錯誤認知扭曲了事實──只因爲魔鬼的僞裝、假扮成人類的模樣，並不表示牠們曾經是人類，那個大魔頭非常狡猾，絕對不會洩露──

「牠們有長角，」我打斷他的話。「對，我記得你家族當中某個人曾經這麼說。」

菲南終於喝完威士忌。「是的。」

「你有稍微花點心思，詢問羅德韓或布魯克嗎？他們也是你說的那種惡魔。」話一出口，我就察覺這個問題非常愚蠢，他不可能會相信吸血鬼說的任何話，無論是不是已經「改過自新」。

「嘿，妳說誰是惡魔？」布魯克從角落裡跳出來，一臉氣憤牠吹鬍子瞪眼睛。

羅德韓跳進來打圓場。「你們這樣是在語義上吹毛求疵。小可愛，菲南只是用他能夠理解的方式在闡述，他想說的是打從妳離開之後，吸血鬼就在世界各地出沒、人數驟然增加很多，相對的，人類慘死的數目也往上攀升，死者的血都被榨乾了。」

吸血鬼人數猛然竄升？爲什麼？任尼波是逃出了第三度空間，就在我離開之前，就在牠以爲我要把整個空間炸得粉碎、炸得片甲不留之時逃走。牠跟我離開的時間前後相差沒多久，至於其他純血，我不知道現場有多少人，牠們的確隨時都可能逃離。

我用指尖描摹酒杯邊緣，沿著外圍繞圓圈，這讓我聯想到河面上的藍色火球。

原來如此。

當我發光攻擊第三度空間的時候，塔樓、護城河、河流通通變熱，食腐獸爭先恐後、打得你死我活的搶食即將脫離液態的闇黑物質，因爲食物鏈被摧毀，斷了供給，純血和食腐獸再也沒有任何燃料可供進食。

「萊拉？」羅德韓說道，這才察覺大家都盯著我看，包括加百列，看我坐在那裡心思百轉千迴。

「第三度空間有一條河流，流淌的是闇黑的物質，多如汪洋的靈魂……」說到一半我就停住，喬納吐了一口煙霧，直視我的眼眸，不過幾分鐘之前，我們還一起經歷那段恐怖的回憶。

「靈魂的汪洋？」菲南重複。

卡麥倫從廚房流理台那裡走出來，直挺挺地站在起居空間，當著他的面我是極度勉爲其難地陳述自己的理論。或許在法律上他已經算成年人，但在我眼中的他仍舊是記憶中那個羞澀孤單的小男孩。

「天堂有天使，地獄也有它自己的幫手，我稱呼牠們食腐獸，牠們來地球只有一個目的，就是汲取死者的闇黑能量，或者說靈魂，把它們儲存到系統之中加以轉化，供給闇黑物質流入河道，並不停地攪動它們，換言之，那些闇黑物質就是靈魂的汪洋。」

「你也看到了，小夥子？」羅德韓揚起眉毛，瞥了喬納一眼。

喬納灌下第四杯威士忌，繼續咬著香菸，他回應羅德韓的眼神開始有些渙散，最後點點頭，證實羅德韓的提問。

「我的光射入黑暗，往四處擴散，闇黑物質遇到熱、溫度上升，逐漸蒸發不見。」我深吸一口氣後，繼續說道。「少了闇黑的靈魂，純血的食物來源被我截斷，」爲了菲南的緣故，我進一步解釋。「那是牠們的食物，少了靈魂，牠們只能完全仰賴闇黑的物質，也就是從人類血液中汲取。」

純血正在製造更多的第二代吸血鬼，不單純是爲了增建軍隊的數目，而是牠們需要吸血鬼幫忙劫掠更多的人類以供吸食，這也是人類死亡人數驟增，屍體被榨乾的原因。

喬納點點頭，顯然理解我做的推論，然後又開始吞雲吐霧。

「這些推論就足以解釋許多人類被殺的原因。」羅德韓跟著印證我的想法。

菲南傾身靠向桌子。「那又怎樣？妳眞的有摧毀靈魂的汪洋嗎？」

我再次憤恨地斜睨喬納一眼，但他毫無悔意地直直凝視我的眼睛。

「或許有，或許沒有，」我說。「喬納把我拉了出來，讓我沒機會——」

「沒機會做什麼，萊拉？」加百列突然出聲追問，並把衣袖捲到手肘。

周遭陷入沉默，大家都滿懷期待地看著我。

「摧毀黑暗、結束我所開始的一切，就此了斷。」我把話說完。

「爲此妳寧願犧牲妳的生命。」加百列的脖子上青筋浮現，即便我失去了一眼視力，依然無比清晰地看到他的痛苦。

「進入第三度空間前我就已經決定拿命去交換，我在那裡看到可以讓純血和黑暗世界一起陪葬的機會，當然要把握住，至少也要試試看。」

加百列眉頭深鎖，不知道我改寫了過去的歷史，也已經跟宇宙談妥交換條件。

「所以妳沒有擊垮惡魔，沒有封閉地獄的通道，反而把末日災難引來地球。這一趟冒險之旅實在不能說是成功，不是嗎？」菲南冷嘲熱諷地回應。

我仰頭乾掉那杯酒，威士忌灼熱了喉嚨。「沒錯。」

卡麥倫帶著孩子氣的天真和熱切，突然插嘴道。「沒關係，萊拉會拯救大家，傳說的救世主就是她。」

「對不起，你說我是什麼？」我情不自禁地用眼神朝羅德韓射出飛鏢。他最喜歡用這個字眼來形容我。

「救世主——」

菲南打斷卡麥倫的話。「她不是救世主，卡麥倫。」

現在換成是我看著羅德韓尋求解答。

「基督教教導第二次主的降臨，」羅德韓說。「耶穌基督會再次降臨地球，就是末日審判的時候。數百年來，封印獵人一直在等候救世主降臨，相信她會再度爲我們的罪孽受死，犧牲自己讓神與人之間得以重新和好。」他摸了摸下巴的鬍渣。「我們深信救世主將會滅絕魔鬼，驅逐邪惡離開這個世界，讓人類得以自由。」

「你認爲你們的救世主耶穌基督將以女性的姿態重返地球？」我實在無法忍住不用諷刺的語氣，以我看來，宗教都是男性製造的產物，只會把女人包裹成二等公民，現在聽到封印獵人認爲他們的救世主竟然要轉換性別，感覺奇怪得很。

「很久以前，」羅德韓說道。「有一個先知預言到大災變，還說災變來臨時，基督會重返地球，他的預言形容得十分清楚，救世主將會來到我們中間，而且是女性。」

「先知？」這可不是我第一次聽到關於末日到來的預言故事。

「我們看到妳所做的一切……我指的是那個惡魔。」卡麥倫的嗓音再次把我的注意力拉回他身上，看他一臉興奮、滿懷希望。

我忍不住覺得自己就像那個宣布世界上沒有聖誕老人存在的爛人。「很抱歉，卡麥倫，那是傳說故事。」

「妳錯了。」他立刻反駁。

我稍作退讓。「好吧，如果你們相信有救世主存在，我也不想跟你們辯論，但我必須告訴你，那位絕對不是我。」

「當然不是妳，」菲南咕噥地說。「如果我看到救世主，我想自己肯定認得出來。」

「哎，哎，」羅德韓說道。「你確定嗎？第一次見到萊拉，你還把她當成惡魔。」

「事實上，」我說。「只有這一次我和菲南意見一致。」

菲南嘆了一口氣。「妳不是救世主，只不過我的人手已筋疲力竭，惡魔又到了門口，如果妳站在我們這一邊，那妳的目標應該跟我們一致。」這不是詢問，是菲南希望能夠達到某種共識的陳述。

我望著羅德韓、加百列和喬納。「我希望所愛的人都平安無事，活在自由的世界。透過任尼波的眼睛，我看見了牠的故事，我知道牠想要追求的，一如我們所想到的，牠的心願就是終結水晶星際，比這個更強烈的企求便是迫使歐利菲爾進入第二度空間。牠並不關心人類死活，不計一切代價只求達成目的，爲此我們必須阻止牠。」我斜眼瞥了羅德韓一眼，繼續說道。「我一定要試試看。」

加百列搖搖頭，沒有多說什麼；喬納用肢體透露出防衛的姿態也算是一種表態——兩人顯然都不贊同我背水一戰的決心。唯有羅德韓伸手捏了捏我的肩膀，提醒我他會堅守諾言——永遠支持我的決定。

菲南推開椅子，「呃，那麼在這個房間裡我們都同意妳不是救世主，只是對我的手下、對盧坎鎮的居民，他們需要相信妳就是救世主，因爲現在，他們最需要來自希望的鼓舞。」

他站起身，拿走桌上的菸草和工具，塞進衝鋒褲口袋。

我跟著走過去。

「布魯克，」菲南斜睨一眼。「把她的臉弄一弄。」接著他轉身離開，推著卡麥倫走在前面。

「要做什麼？」布魯克的口氣不善。

她向來不是聽從指揮的類型，就算過了三年，依舊沒有改變。

「該死，我哪知道，」菲南回應。「弄一下就對了。化妝、換衣服，隨便做什麼都好，總之要讓她看起來就像『救世主』，至少也要漂亮一點。」爲了顧及我的顏面，他再追加了一句。「不是有意冒犯妳，只是鄉下人看到美麗的包裝，比較容易掏錢買東西。」

外表不過是雞毛蒜皮，左眼視力缺損才是我最主要的考量點，然而當我和喬納眼神交會時，我忍不住畏縮了一下。我非常在乎他的看法，無論如何都不希望他注意到我現在這副醜樣，等我生命的時間到了尾聲、死神來敲門之時，我要他記住的是我先前的模樣。

「妳的期限到下午，六點就出發去北極星。」話一說完，他就催著卡麥倫離開拖車屋，砰一聲摔上背後的門。

我不知道要先找誰說話比較好——是加百列還是喬納，兩個人似乎都急著找我私下談，此外我也想找羅德韓——省略寒暄，可以直接跳到要如何發動戰爭以保衛地球。

布魯克把我拽出起居室，代我做了決定。「妳聽到他說的話了，我們上工吧。」

「妳要帶我去哪裡？」我問。

「布魯克住在沃倫貝格，」羅德韓解釋。「她的東西都在那裡，加百列跟我留在這邊。」

我雙腳站穩，稍一使力，從容甩開布魯克的手臂。「加百列，你沒有跟艾歐娜住大房子？」

加百列搔搔他那金色頭髮，看似不解地回問我，「為什麼要住那裡？」

「啊……我以為……算了，當我沒問。」我說。

布魯克揪住我手腕。「走啊。」

「去吧，小可愛，慢慢來，順便休息喘口氣，」羅德韓說道，「先去預備，我們在這裡等妳。」

我猶豫不決，不想離開。一方面生喬納的氣，氣他違背我的意願，強行拉我離開第三度空間；另一方面又很感動，知道他是為我而來，冒著生命危險就是要把我救出去。胃部的焦躁和翻攪也不容許我否認自己最眞實的情緒——本來以爲他已經死掉了，從此天人永隔、再也見不到他。如今，我只想留在他身邊。

喬納朝我眨眨眼睛，讓我知道他沒有異議，不會陡然消失在空氣裡，我們私下交心的時間可以再往後延，他可以多等一會兒沒關係。但另一邊，加百列頗爲尷尬，渾身不自在，眼神帶著濃濃的憂鬱，黑眼圈也顯露出他的疲憊，加百列彷彿在一瞬間蒼老了好幾歲，歷經的不只是三年的歲月。

加百列的悲傷讓我愧疚不已，那是我一手造成的，然而在我內心深處，清楚知道這是情非得已，是最好的方法。短暫的傷痛可以換回長久的利益。我再次提醒自己。

到了屋外，我特意放慢腳步，慢慢走向小藍露營車，再次深深吸入青草地上露珠的清新香氣，歡迎涼爽的空氣吹在赤裸的手臂。

在這短短的時間裡，我要盡情享受還活著的喜悅。

6

沃倫貝格跟大型拖車屋那裡迥然不同，這裡已經大翻新，本來處處污漬的地板換成粉色系條紋狀的耐磨地毯，白色木製的百葉窗取代了原來那些骯髒褪色的橘紅絨布窗簾，連放在角落的小桌子也跟著升級，重新粉刷成清新的鵝蛋藍，最後再補上亮光漆，整個煥然一新。

造型不一的香氛蠟燭擺在正中央，然而最引人注意的卻是氣味的改變，屋裡不再充斥著沉悶發霉的香菸氣味，反而飄散著洋甘菊的清香，聞起來心曠神怡。

布魯克的重新設計與裝潢帶給小藍嶄新的生氣，現在就來看看她能不能也在我身上化腐朽爲神奇。

我一隻手放在門邊的餐具櫃上，繼續打量小藍內部每一個改變——從帶著蓄意的痕跡又散放在那裡的撲克牌到換裝新椅墊的沙發，每一樣都逃不過我的眼睛，不是我愛仔細查看每一個細節，而是這些日子以來，大腦反應比往常更快速，處理資訊的敏銳度跟著加快。

布魯克走向劃分駕駛座和起居區域的布簾，「需要鏡子嗎？」

「不用。」

她停住腳步。「妳確定嗎？如果是我就會想要看。」

我在桌子旁坐下來，並搖頭。「左眼看不見才是主要的困擾，其他的我倒不在意。」

布魯克脫掉毛線帽，逕自坐在對面，伸手摘下嫁接的黑色髮片，把紅色短髮撥整齊，現在她看起來跟我們當初認識的時候差不多。這件事本身或許沒什麼大不了，只是背後隱含了她不再嘗試把自己變成更能吸引喬納目光的美女。

「真的嗎？」她說，「妳的左眼完全看不見？」

「妳分辨不出來？」

布魯克目不轉睛地觀察我左邊的眼睛。「是啊，皮膚是看起來很糟，不過眼睛的感覺還好啊。」

這不是她第一次流露出愛爾蘭人慣用的語氣。「對，呃，既然這樣，那就麻煩妳幫我保守秘密。」

如果左眼失明從外表看不出來，那就沒有必要再去強調，讓人知道我的盔甲出了問題。

布魯克點點頭。「我會保守秘密，這點我比任何人都會——相信妳還記得。」

單看第一眼，我並沒有真正留意到布魯克外表上最重大的改變：她已經不戴太陽眼鏡。

一如水晶是帶給我安全感的毛毯，太陽眼鏡對布魯克而言也是一種屏障。在她還是凡人的時候，就有視力上的缺陷，因此出入必定戴著一副眼鏡，後來被轉化成吸血鬼，雖然視力恢復了，太陽眼鏡反倒成了她所倚賴的慰藉，一個很難擺脫的習慣。

「妳不戴太陽眼鏡了？」我問。

「反正也沒需要戴。」她說得很隨意，不過我從她淡然的語氣裡聽出一絲絲得意和驕傲的味道，就像嬰兒終於擺脫吸吮奶嘴。

「總之，我對妳感到虧欠，沒有更早告訴妳關於妳母親……」布魯克小聲地說。

佛格還是封印獵人首領的時候，把布魯克當成我，對她說了自己不僅知道天使安姬兒——我母親——的下落，還可以應她要求安排相見的機會。當然啦，那位是我母親，與布魯克無關。不過當我詢問布魯克，佛格是否知曉母親的去處時，她竟然說謊推託，只為了自己自私的理由——可以在佛格身邊再待久一點。

話說回來，當時布魯克和我都不知道那是佛格設下的陷阱——預備把我交給純血，以換回他哥哥皮德雷，無知的他不曉得哥哥已經被轉化成第二代吸血鬼，這個可能性他們肯定想都沒想過，只因為他和封印獵人們都不相信第二代吸血鬼是人類轉化的。

我瞪了布魯克一眼，大表不滿。「更早？妳根本沒說！」然而一想到她也吞了苦果，我就心軟了。「妳失去了佛格，我也很遺憾。」

她沒有應聲，只是皺皺鼻子，把話題轉回到正事上。「我有任務在身。」

布魯克逕自從桌子後面站出來，我把椅子轉向她。她將頭髮塞到耳後，然後勾起我的下巴，仔細打量著。「妳覺得怎樣才是美？」

我稍微思索了一下才回答。「關鍵應該是他們認為怎樣才是美？」

「我才不在乎，我這麼做不是為了菲南，也不是為了封印獵人，而是為妳。」她雙手合掌。「不管妳現在將外貌的優先順序排在多麼不重要的位置，相信我，如果妳用這麼疲憊憔悴的姿態出現，人們只會死盯著看，那時妳可能會很嘔。」

「很嘔？妳真的住在這裡，遠離那些獵殺魔鬼的鄉民？」我不解地問。

布魯克退後一步回答。「對。」

「那妳為什麼突然仿效他們的慣用語？」

「不知。」她撥開布簾，消失在其後。「我猜是不知不覺之間被感染了，妳知道我已經住在這邊好一陣子了。」她拎著化妝箱和梳子走了出來。「妳故意偏離主題喔。」她揮手要我站起來。

「說到美麗的定義，唯一重要的當然是妳的看法，」她笑笑地補充一句。「應該說妳和我，妳真的在乎是否有人相信妳是聖經所說的救世主？反正都是胡說一通，妳絕對不可能是耶穌！」

「菲南要讓他的人有所盼望，我能理解這一點。」

布魯克的腳趾有節奏地敲著地板。「然後……？」

或許她的智商比我判斷的更高。「然後，如果封印獵人相信我是他們等候多年的救世主，也沒什麼不好，尤其發生必要的情況，他們若肯接受我的指揮，那會更好。」

布魯克伸手過來將化妝箱放在桌上。

「意思是他們可能不聽菲南發號施令？」

「也是有可能。」

「很好，反正指揮權本來就不應該落在他頭上。」她一邊嘟噥、一邊梳著我的頭髮。

我再一次鼓起勇氣，提出她剛才那番話裡面衍生出來的主題。

「布魯克……佛格的遭遇，我深感抱歉。」

她沒有回答，僅僅放慢移動髮梳的速度，氣氛變得有點尷尬。她專心工作，幫我抹上護髮用品，滋潤頭髮，繼而轉向臉上的肌膚。「我不認為單單靠化妝會有太大幫助，可能要想一些更有創意的辦法。」

所謂更有創意，就是要答覆剛剛的問題：封印獵人和他們社區的居民認為美是什麼？對這些人而言，最美的事物莫過於他們的信仰，但是要怎樣把抽象的信仰具體化？用什麼來象徵代表他們的信仰？

這些年來，對我而言，美的象徵就是加百列寶藍色的眼睛和藍閃蝶。

對喬納，則是「el efecto mariposa」，也就是蝴蝶效應——這句話對他如同強烈的訊號，為混沌不明的局勢注入特殊的意含。

在我最需要盼望的時刻，喬納離世許久的妹妹瑪莉波莎——也就是蝴蝶女孩——親自顯現，為我帶來寶貴的希望。

美麗、信仰和希望，都以同一種形式出現。

「布魯克，」我靜靜說道，「能夠讓我像一隻蝴蝶嗎？」

布魯克捲起開什米爾羊毛衫的衣袖，雙手抱在胸前，沉思半晌，最後直視我的眼睛，她的眼眸閃閃放光。「對，就讓妳像一隻蝴蝶一樣閃閃發亮，怎麼樣？」

我耐心坐在沙發上等待，看著布魯克背對我、站在桌子前方認眞工作，兩次快速閃過，離開崗位去拿必要的物品，完成她所號稱的「曠世傑作」。

即便菲南捷足先登，比布魯克搶先一步敘述了最近三年的重大事件紀錄，但是沒過多久，布魯克就打開話匣子，繪聲繪影地描述她個人版的觀點，其中大部分都是菲南略而不提的。

布魯克告訴我，人類之間爆發慘烈的戰爭，西方世界和中東交火，不過兩邊的衝突非常短暫，全球的十大城市分別遭受化學武器攻擊之後，戰爭立刻宣告結束。雖然看起來毫無關聯，卻在同一段時間，吸血鬼的數目爆增，明明風馬牛不相及，卻有各式各樣的假設和聯結產生。

「妳一定記得，封印獵人相信第二代吸血鬼是來自地獄的惡魔，假扮人類出現在世上，但是其他地區的人不作如是想，吸血鬼的數目一下竄升太多，不可能時時躲藏。」

全世界的科學家沒有封印獵人那般豐富的經驗和「認知」，對這些「生物」眞正的成因，提供了迥然不同的解釋——歸咎於化學武器造成的。

「他們還稱呼第二代吸血鬼是Spinodes。誰會知道這個字的涵意？」布魯克隨口說道，「他們臆測第二代吸血鬼就是在化學武器攻擊中，直接接觸到有毒氣體的人類，」她稍微喘口氣，製造戲劇化效果，這才接續下去。「全世界當前處於緊急狀態，電視天天都在播放這些消息。」

布魯克繼續告訴我全球主要國家都嚴格實施宵禁管制，限制居民進出，通通侷限在屋內。街道上都是軍用坦克和士兵來回巡邏，白天時，吸血鬼都藏得不見蹤影，只在晚上出沒，攻擊落單的人類。當然啦，盧坎鎮不會發生類似這樣的事情，因爲封印獵人守護著這個小鎮。

布魯克活靈活現的敘述成功地吊足了我的胃口，我聽得入迷，整個人沉入可怕的場景裡，直到感覺有人接近沃倫貝格，才離開沙發過去查看。

手鐲叮叮噹噹、熟悉的聲響已經說明來人的身分，我先摀住左邊臉頰，這才過去開門。

「艾歐娜。」我招呼。

「嗨。」艾歐娜回應，豐滿的嘴唇往兩邊一拉，笑得很僵硬。「歡迎回來。」她迅速補充。

我點點頭，向來不穿牛仔褲的艾歐娜，今天穿了綠色素面洋裝、毛襪配短靴，她焦躁不安地玩弄著濃密的金髮，波浪般的秀髮傾瀉在肩上，脖子圍著鬆軟的羊毛圍巾，外表看起來跟印象中沒有太大的差距。唯一有別於其他人的，是她的身份。艾歐娜是OfElfi——墮落天使的後代，在我離開的那一天，她剛好滿十七歲，時光從此在她身上凝固，她再也不會老化。艾歐娜灰藍色的眼睛沒有變化，跟加百列墮落之後、眼珠蛻變成的新顏色剛好很搭配。

「菲南要我把這些東西拿來給妳。」她說，伸手拿下背包遞了過來。

我接在手裡。「裡面是什麼東西？」

「衣服、鞋子、還有一些零零碎碎的物品，他要妳今晚穿上再去酒吧。」

我早該猜到菲南會希望我穿上艾歐娜的衣物、而不是跟布魯克借那些奇裝異服。

「印象決定一切，我猜牛仔褲和布鞋看起來就不像救世主，對嗎？」

「對。」她老實說。

「我想邀請妳進來，可是——」

「沒關係，我知道妳們正在忙。」

徘徊不去的艾歐娜給了我一種感覺，她似乎有話想問，我還納悶她呑呑吐吐的原因是否和加百列有關。打從我離開之後，不清楚加百列究竟跟她透露了多少事情，她知道我和加百列是配對的天使嗎？或者加百列會用艾歐娜能夠理解的字眼來形容我，或許稱呼我爲「靈魂的伴侶」？不過他也有可能什麼都沒提。

我轉身離去，心想最好不要繼續留在原地，以免被迫解釋一些自己還不清楚狀況的事情，畢竟我離開了一段時間，誰知道他們的進展到哪裡。

「萊拉。」艾歐娜稍微整理了混亂的思緒。聽見她喊我眞正的名字，感覺有點奇怪，她一直把我當成布魯克，不過她有很多調適的時間，理解我白色謊言背後的眞相，不管加百列究竟認爲什麼是眞相。

「是的。」我語帶鼓勵。奇怪的是，她似乎在等我同意才敢開口。

「我只想謝謝妳。」她誠懇地說。

這句話跟預期的落差太大，我根本沒想到。「妳沒有謝我的理由，艾歐娜。」

「當然有。」

我靠著門框，猶豫不決地聽她解釋。

「我不明白佛格背叛上主的原因是什麼，只知道他這麼做，極有可能置妳於死地，但布魯克告訴我，妳完全不計較，最後還在森林裡原諒他的過犯，透過憐憫的恩典，試圖拯救他，布魯克還說就是因爲妳，他最終認罪悔改。」

艾歐娜不清楚佛格欺騙我的動機，既然菲南依舊堅持第二代吸血鬼自地獄而來，以此推測，所有的封印獵人都被蒙在鼓裡。布魯克沒有透露佛格臨終時刻的細節，誰知道他是否眞的像艾歐娜所說的「認罪悔改」，就算眞的有，我也不確定有沒有差別。

我不確定讓艾歐娜了解佛格死去的眞相，是否對現狀有任何幫助。如果說了，她便會知道，佛格和皮德雷再也無法進入她心目中的天堂，這肯定對她會造成難以彌補的傷害，我何必當壞人，增加她心中的傷痕。

就讓她繼續不知道眞相吧！——省卻彼此埋怨。

「妳的寬恕、憐憫和愛心，讓佛格得以重建信仰，我也想讓妳知道，萊拉，我對妳有信心。」

我稍微思索了一下，才敢進一步向她釐清話中的意思。

「妳的意思是，妳把信心放在救世主身上？」

「不，」她不假思索地回答，「我是對妳有信心，無論妳是何方神聖。」

她的語氣十分堅定，幾乎擲地有聲，而衍生出來的生命力，似乎跟她一樣永世不朽。

我躊躇了一下，微微點個頭示意，才轉過身去，關上背後的門。

小藍車內的空間非常擁擠，沒有隔出洗手間、浴室和臥房，只能在起居區域換衣服。

「全世界陷入瘋狂」的話題持續好一陣子，直到布魯克發洩完畢，這才轉移注意力，全神貫注在眼前的作品。

我不想聽，卻阻止不了那些話在耳邊打轉：駭人聽聞的恐怖遭遇，許多人失去生命。這一切原本可以避免的，只要我在第三度空間時將計畫付諸實行，就能阻止人類的悲劇發生，為此我極度自責。因此當布魯克終於轉移話題的時候，我是真的鬆了一口氣。

「還要很久嗎？」我一邊脫掉T恤，一邊忍不住詢問布魯克。

「藝術的創作過程禁不得催促，萊拉。」她嘖一聲，扭過頭來提醒。「妳真的不考慮去主屋那裡沐浴嗎？嚴格說起來，妳已經三年沒洗澡。」

「難道要我出去拋頭露面，冒險被人看見這樣的臉？」我指著左邊臉頰強調。「菲南肯定不喜歡這個主意，不是嗎？」

「也對，是我錯了。」她的注意力轉回手邊的工藝。

我脫掉衣物，只剩內衣褲，從背包掏出捲成一團的衣服，象牙色的雪紡紗如瀑布般傾瀉而下，長度及地的百摺裙拖到地板上。「噢，好噁。」我忍不住嫌棄地說。

布魯克回過身來。「嗯，削肩、低腰和長裙……有點波西米亞又有點嬉皮，這樣的設計從不退流行。」

「這種感覺非常……」

「我剛剛說過，是波希米亞跟嬉皮混搭。」布魯克咄咄逼人。

「我要說的是像天使一般清純。」我撥弄著衣服，手中感受著布料細緻的觸感，我不確定自己怎麼還會感到驚奇，除了這種樣貌，菲南還會期待救世主做什麼打扮？

我放下洋裝，轉身察看背包，裡面還有一雙平底鞋和一個大紙盒。我小心翼翼地拆開包裝，竟然是一只精雕細琢的水晶髮夾。

「我不能穿這些東西。」

「當然可以，妳應該這麼打扮。現在不要打岔，害我無法專心，我正進行到最後階段。」她揮揮手，繼續專注工作。

「現在妳先隨便穿，套上該死的衣服，免得感冒凍死。」我還來不及回應，布魯克又追加一句。「妳明白我的意思。」

在完成我臉上的精心創作之後，布魯克轉向衣服的搭配。栗色寬邊皮帶搭配長筒羊皮馬靴，本來保守傳統的洋裝，經過布魯克巧手點綴，不只增加時髦的現代感，也比較適合寒氣逼人的秋季。她只肯讓我多加一件名家設計、棕褐色的長大衣——這是她最鍾愛的一件——還要我信誓旦旦的保證一定用生命好好愛惜它。

她把針葉狀的水晶髮夾別在我右耳後方的頭髮上，強調右邊的髮夾對稱左臉的面具，剛好平衡。

「這樣應該可以了，」她終於宣布大功告成，用棉花球沾了某種黏著劑塗在我的左臉，然後輕手輕腳地拿起精心設計的面具，小心翼翼放在定位，等面具穩穩地黏在我左臉後，她舉起橢圓形的化妝鏡，戲謔地說：「魔鏡，魔鏡，牆上的魔鏡……」

看到鏡中的人影，我沒有特殊反應。

布魯克成功地遮掩住我左半邊的臉龐，她親手繪製這個面具，第一步就是畫上一大群翩翩飛起的蝴蝶，然後再進一步增加獨特感，運用布料和鐵絲做出立體3D的視覺效果，並在眼睛的位置剪出一條縫隙，避免讓人留意到我視力受損的問題。

每一隻精心設計的蝴蝶都從鼻樑的位置往外翻飛，給人一種自由飛翔的印象和錯覺，整體看起來，布魯克很巧妙地掌握了象徵性的意味。

「感覺如何？」布魯克問道，迫不及待地等待我的回饋。

我抓住鏡子的兩端，再看最後一眼，才把鏡子放回沙發上面。

自從在山頂上死去，又在新年元旦那天活過來，從此我就一再地努力嘗試辨認鏡中的影像：每一天都跟昨天的不一樣，明天又會變成另一個模樣。坦白說，遮住臉孔不會改變這一點，但我仍然希望喬納認得我，希望他看我的眼神不會改變，依然跟從前一樣。所以我願意精心打理外表，不只是爲了滿足菲南的要求，同時也是不讓自己跟喬納在一起的時候，心裡感覺自慚形穢。

我的指尖輕輕撫摸蝴蝶的翅膀邊緣。「妳是怎麼猜到我的心思的？」

布魯克撥開我的手，「猜到什麼？」

「畫成藍色？」我對加百列的信心，還有瑪莉波莎帶給我的希望，兩者都以藍閃蝶的形象出現——都是藍色。

「寶藍是神聖的顏色，對救世主的形象似乎非常適合。」她聳聳肩膀說。

這時我突然想到艾歐娜也有相同的說法，當時正詢問她爲什麼把沃倫貝格露營車暱稱小藍，她也是這樣回答，事實上，主屋的大門也油漆成藍色。

那一瞬間，布魯克跟我面面相覷站在那裡，一言不發。我們第一次默然相對卻不覺得尷尬，反而有一股怡然自得的氣氛瀰漫。

我扣上大衣的鈕扣，逕自走向門口，握住車門把手，轉身微笑地對布魯克說，「謝謝。」跨出露營車，迎面捲來一陣風，吹過門邊那疊紙張，它們隨風飄落在地板上。我彎腰撿了起來，這才發現這疊東西本來擺在眞皮封面的聖經上面，那些紙張則是教堂散發的單張。

「妳信了教？這是眞的嗎，布魯克？」我轉身面對她。

「對，呃，」她說，「妳也知道羅德韓多麼熱心，是他逼我去弄的。」

我從來不曉得布魯克會聽從羅德韓指揮——或接受任何人的命令，大多數的時候她就是自己的老闆，誰都對她莫可奈何。

不，肯定還有其他原因讓她踏入教堂，我搜索枯腸，尋找背後的因由，這時她突然開口。

「其實沒那麼糟，他們說的某些事情，呃，我也不知道，似乎可以發人深省，讓我忍不住思索，或許我們來到世界上，每個人都有自己生命的目的。」

「是喔！」我無法掩飾自己的驚奇，忍不住嘲諷她一下。

「他們說，神無所不在，常常透過隱喻的訊息傳達他的旨意，唯有願意向祂敞開心靈的人才能看到神蹟。」

隱喻的訊息。

這個理論和這些話聽起來有些熟悉，探索往日的記憶，達文的臉孔陡然浮起。這位衣冠楚楚的紳士是個理論型的科學家，近乎沉溺在研究裡面。我們第一次見面就在我工作的小酒館，之後沒幾天就在克雷高鎮附近的森林救了受傷的喬納。

達文的父親是加百列的商業夥伴，曾經在切爾西的宅第舉辦一場晚宴，就在晚宴上我與達文重逢，站在樓梯間的平台聊了許久，達文宣稱他的父親能夠洞察事件中的信號，那些就是隱喻的訊息。

我搖搖頭。「好吧，我得趕快走了，稍後妳和我必須聊一聊。」

他們究竟在我認識的女孩身上動了什麼手腳？

我伸手推門，另一隻手按著桌面的紙張，免得再一次被風吹走，眼角餘光突然瞥見某種東西，是黑色細字簽字筆畫了一隻蝴蝶的輪廓，仔細一看，感覺栩栩如生，同時看見輪廓下方的字體。

是一句諺語：毛毛蟲以為自己的生命到了盡頭，就在這時，牠化為翩翩飛舞的蝴蝶。

7

白天逐漸變短，現在已是下午，只剩少許的時間可整理等待已久的交談，喬納不願意排在最後一位，搶在我走過田野的時候堵在我面前。

「哇，布魯克真的大展身手，」他開口。「現在只缺一件斗篷。」

喬納向來不會讓我失望，言談舉止就像電腦一樣每次都回到最初的預設值，習慣嘻笑怒罵和講話帶刺的措辭，碰到深入與意義深遠的話題反而渾身不自在，但我可以從他撥得亂七八糟的頭髮看出他的焦慮和緊張，他很清楚沒有眞誠敞開內心會很難進行重要事情的討論。

我笑得很僵，他挺直胸膛，繼續一小段預期之內「看起來很適合妳，美女。」之類的閒聊。他已經換過衣服，黑色牛仔褲配羊毛長版外套，唯有領子跟往常一樣豎起來耍帥。

「加百列的衣服。」我還沒問，他就自己說了。

我只回答「對。」目前只預備說這句，紛雜的情緒依然有點小混亂，只要和喬納有關的事，總是把我困在矛盾的衝突裡，他強行把我拉出第三度空間，當時雖然我氣得發火，然而想到他是冒著生命危險要救我，單憑這一點，讓人很難再生氣下去。

我放慢腳步稍作徘徊，給他說話的機會，不管是開不了口或是不願意，他僅僅別開目光。

我忍不住搖頭。已經給過他機會，再不開口，我也沒輒。

我從旁邊閃過準備離開，他扣住我的肩頭。「等等，等……一下就好。」

他彎著腰，近乎耳語的程度說道。「我不知道妳怎麼會如此迅速地鑽進我的心底，讓我情不自禁地動了心，但我想，更值得追究的重點是原因而非過程。妳說妳的選擇是我，我不明白，尤其是在我說了那些話以後……」

我退後一步直視他的臉龐。「我知道那些話不是你的本意，而是你認爲自己這麼做才是對的，背後的原因我能理解，」我微微停頓了一下。「我現在只有一件事不明白，你不是有意說那些話，卻在我啜飲你的血之後拒絕我，爲什麼？」

他的回答坦誠而明快。「我了解血液的魅力，尤其是另一個吸血鬼的血液，會產生強勁的吸引力，我不希望妳屈服了，事過境遷後又感到後悔。」他握住我的手腕把我拉近。「我不希望與我有關的任何事情讓妳懊悔。」

從外表來看，我或許冷若冰霜，但內心卻逐漸被喬納的撫觸融化，他輕而易舉地侵蝕我的決心，這意味著無論未來還有什麼可怕的事情等在前方，都不會比眼前的狀況更嚴峻，喬納才是我最危險的剋星。

我從容不迫地拖延時間，想尋找對的方式來回應他。「你已經知道我會留下來、打算決一死戰。不管你相信與否，都希望你能夠了解我這麼做是爲了你、爲了大家，這是最好的方法。」我移開目光，狠心說道。「所以你想要的東西、我無法給你，對不起。」

聽了這些話，喬納的態度回到平時吊兒郎當的模樣。「妳覺得妳是專家，所以完全了解我的需要？要不要試著跟我分享妳的想法……」

我沒有被他激怒、反而愼重思考，仔細回答。「你在第三度空間對我說的話，後來回到第二度空間你看我的眼神，在在顯示你要的東西只有一件。但喬納，偏偏我無法給你。」

「請問我要什麼，美女？」

「你要我。」我的語氣發顫。「永遠的廝守。」

他張開嘴巴卻說不出話，溫柔卻堅定地扣住我的手腕，彷彿這句話無比沉重、墜落到地底深處他無法觸及的地方。

時間一秒一秒地溜走，他依舊默然無語，我的信心更加堅定，確信喬納想要的——他讓自己敢於渴望的——是人生的伴侶。特別是像他這樣的人，對伴侶的渴求無異是一種最近似愛情的表現，許久以來注定黑暗、寂寞的存在，而今終於找到一位可以互相分享的人。

這個人讓他不必擔心會因爲吸血而喪命。

這個人全然理解他的渴求。

那就是我。

我轉身要走，又被他拽回去擁入懷中。我們彼此的意志力堅定，相互駁火，勢均力敵，都沒有讓步的打算。

無論我們對彼此的感覺是什麼，我都不能退讓，人生的發球權已經不在我手上，現在我的生命和時間是暫借而來的，隨著指針進入倒數階段，在死亡永遠帶走我之前，我活著的唯一目的就是確保所有我愛的人都能夠平安。

我緊緊抓住他外套的衣襟，因爲太過用力，指關節變成紫色。我是多麼希望眼前的處境能夠有所不同，只可惜現實上沒有商量的餘地。

這回他說話的語氣不再嘻皮笑臉、意外地誠摯。「只要一個晚上，就這樣。」

因爲太過驚訝，我話說得結結巴巴。「就一個晚上？」第二個問題的呢喃聲低得連我自己都聽不太清楚。「這樣就夠了？」

「這是我僅有的要求。」

我跟上他身體的節奏，凝神傾聽。血液的連結造就我們之間的聯繫，讓我得以親身感受到他身上傳遞過來一股逐漸升高的期待。我沒有時間多想什麼，即便我非常需要專注。

我鼓起勇氣直視他淡褐色的眼珠，眼中邪氣的光芒一閃而過，既是警告也是變相的誘惑，他用手背撫摸我的下顎，順著滑向頸部，挑逗地按摩鎖骨，看我沒有反對，他捧住我的後腦杓，讓彼此臉頰貼在一起。他呼出來的氣息吹向我的耳朵，讓我必須非常專注才記得要呼吸，就在我用力吸氣的時候，一股鮮花的香氣漫入鼻尖，濃郁的氣息就像繩索一樣把他團團纏住。

心臟一路墜落到底部，我悍然倒退一步。

「爲什麼你身上有女人的香氣？」

他揚揚眉毛，似是表達才剛享受溫存卻猛然被推開的情緒，但沒有任何遲疑，從容地回應。「我需要進食。」

我沒有理由覺得受傷，但的確很不爽。

「我沒有殺她。」他迅速補充，好像這是我退縮的理由。

我卻不想坦白承認，自己一點都不在乎那個女孩的死活，真正讓我不爽的是他和別人有肌膚之親。

不過我隨即提醒自己，這種反應太過愚蠢，有沒有肌膚之親有什麼差別？宇宙即將來追討我的債務，時間有限得很，如果屈服於自己的慾望和喬納的需要，只會把池水攪和得更混濁。

「萊拉——」

我打斷他的話。「該走了，我不想遲到。」我應該聽從理智的判斷，而非情感的需要。我運用念力瞬間移位，一眨眼便回到拖車屋裡。

如果我和喬納的互動有所收獲，至少印證了一個結論：我需要有自己的空間。我進一步跟羅德韓稍作討論，彼此建立的共識就是我留在小藍車上，喬納搬進拖車屋，跟加百列一起住。

才剛勉強恢復平靜，一位不速之客沒有敲門就闖了進來。

「我先來看看效果怎樣。」菲南說，從鼻孔噴出菸霧。布魯克的外套遮住了我身上的洋裝，因此他只能看到我臉上的蝴蝶面具，「這樣應該算是過關吧。」

「很高興通過你的檢驗。」我以諷刺作回應。

這時加百列走進客廳。「她不只可以過關，更是這個世界有幸遇上的最美的存在。無論是不是救世主，你和你的手下都應該與有榮焉，跟她同在一處就是一種特權。」

加百列穿著黑色毛衣和深色牛仔褲，相較於以前的光彩，現在的他如同陰影一般。他大步走過來，這回完全不給我撤退的機會，直接抓著我的手。

「對，呃，盡量像一個救世主，不談別的，好嗎？」菲南揮揮手，示意我們跟著出去。

我往前走，卻被加百列拉住，他壓低聲音提醒。「儘量留在我身邊，別走太遠。」

即便過了這麼多年，加百列依然故我，對待我的方式仍然沒有改變，看起來我們需要一番嚴肅的交談。

一行人在屋外聚集，布魯克聽到小藍要重新改裝成爲我私人住所的消息，換言之，她得搬出去跟男士們住在拖車屋裡時，發了一頓脾氣，掉頭就走，她認爲與其跟我們豁在一起，還有其他更好的事情可做。羅德韓、喬納、卡麥倫、加百列和我一起跟著菲南回到通往這裡的大馬路邊，我們像一支訓練有素的軍隊，邁出步伐、朝著村子中央前進。

這裡與平常所見的村落迥然不同，古玩飾品店和小餐館擠在一起，順著鵝卵石鋪成的街道分布，每一間看起來都歪七扭八，一棟比一棟更傾斜，建築物前方都釘了交叉的十字形木條，木料幾近朽爛，讓人聯想到監獄裡面的牢房，彷彿看到囚犯困在裡面，死囚一個接一個的走過人生的最後一哩路，迎向宣判的死亡。

高聳的街燈有如典獄長，沿著道路分布兩旁，唯一的武器就是白熾燈泡，灑下白光映照著鵝卵石街道。

馬路盡頭位置最顯著的是一座酒吧，裡面大放光明，屋外招牌亮著巨大的花體字，店名是北極星。客人大聲喧嘩，杯觥交錯、酒杯碰撞叮叮噹噹，還有刀叉摩擦碗盤的噪音——再小的聲音都逃不出我的耳朵。

加百列把我拉過去，壓低聲音警告。「他們或許希望聽聽妳怎麼說。」

「他們想聽也很好。」我從容不迫地回答他。

加百列緊握我的手至少有十五分鐘之久，他肌膚的觸感卻仍然冰冷，讓我開始納悶自他墮落以後，是否再也無法控制自己的體溫，除此之外，不知他還失落了什麼。

我扭頭看了一眼站在背後的喬納，他一察覺被我發現他盯著加百列牽著我的手時，立刻移開視線。

菲南停在酒吧的雙扇門前面。「萊拉──」

我上前一步，滑出加百列的手心。「還在等什麼？」

菲南指著門板的欄杆，「那些都是銀鑄的，屋裡還不只這些。」

「我看得出來附近還有很多銀製的物品，不用特地警告，我都知道。」

「很好，那些都是我的手下，妳以前見過那些人，他們都知道妳的身份。」

輕輕碰觸面具邊緣的蝴蝶翅膀。「意思是他們都知道我擁有惡魔的某些遺傳？」說起來就在不久以前，菲南和其餘的封印獵人曾經懷疑我是魔鬼的一份子，因而撒出銀網攻擊我。

「對，傑克、雷利、克萊兒、艾歐娜和卡麥倫通通在這裡，他們當然知道妳是我們所要拯救的女孩，也知道妳不完全來自於天國，不過就這樣，多數人不清楚所有的細節，眼前就是維持現狀，我不想弄得更加複雜。」

菲南維持一如以往的習慣，只是敘述狀況而不是請託，過去三年來負責統領一批烏合之眾的經驗，讓他本來就高人一等的優越情結更是有增無減。不過姿態向來強硬的菲南，態度逐步在轉變。就在許久以前──至少對他而言是很久以前──在篝火旁邊的那一席交談，讓他開始尊敬我，即便只有一點點。我正想提出這一點，突然察覺其他詭異的現象。

「傑克、雷利、克萊兒，艾歐娜、卡麥倫……你還少算某個人。」他問。

「我們少了很多人，其中一位是狄倫。」菲南緊抿的嘴唇形成一條線。「準備好了嗎？」

我望著羅德韓，他鼓勵地向我點點頭；接著我轉看向加百列，他期待地伸出手臂。「妳的外套。」他提醒。

我的手臂滑出衣袖，脫掉布魯克最寶貴的資產，調整胸前的蕾絲、撫平裙襬的皺褶，然後對著菲南點點頭。他一看到我的打扮，嚴肅的眼神變得柔軟，但僅僅一瞬間。優雅保守的洋裝無法改變他對我的觀感，而我獨特的身份也讓他無法認眞考慮或許我是那位救世主，一如他嘗試說服其他人相信的。

菲南拉開雙扇門的其中一扇，並揮手叫來卡麥倫拉開另一邊，我從乾冷的空氣裡走進悶熱的大廳，屋裡煙霧瀰漫。

滿室的噪音立刻變得鴉雀無聲。

菲南竟然沒有提到他最近一趟招募之行的成果：現在屋裡至少擠了兩百人，每個人都瞠目結舌、表情呆滯地盯著我看。

菲南站在我身邊，對著大眾宣布。「我們祈求上主，祂果然垂聽。昨天世界還屬於魔鬼，今天就開啓嶄新的一頁，藉由救世主的協助，明天我們將會打贏這場戰爭。」菲南停頓了一下，「她已經來到。」

室內寂靜無聲，只聽到洗手間開門時樞紐摩擦轉動的吱嘎聲，一個二十來歲的年輕人跌跌撞撞地闖了進來。

「誰死了？怎麼這樣安靜？至少告訴我是史蒂文，我騙了他二十歐元！」他大聲埋怨，對周遭的發展一無所知，逕自從桌上抄走一大杯啤酒，沉醉在渺渺茫茫的世界。另一位高大強壯的年輕人揪住醉漢的衣襟，拽過來面對我們，醉漢不慎滑開手裡的酒杯。

我靠著意志力瞬間移位，在眾人眼前，彷彿化成稀薄的空氣，然後重新出現在醉漢眼前，和他面面相覷，鼻尖對鼻尖，並及時接住掉落的杯子。

屬於天使的光輝呈現在眾人眼前，金黃的光暈籠罩了我全身。

「你喝得夠多了，不是嗎？」我說。

金光微微閃爍隨即消失不見，僅僅一眨眼，我又再次回到菲南旁邊，禮貌性地點點頭，遞過那杯健力士啤酒，當著手下的士兵，向他們的指揮官致敬。菲南受寵若驚，他高興地舉起杯子說了一聲「乾杯」，然後咕嚕咕嚕地一口飲盡。

酒吧再次熱鬧起來、人聲鼎沸，心情愉悅的菲南帶著我們走到最後面，已經擺了大方桌和椅子等著我們。

喬納坐在老舊的皮椅上，搶在加百列選他旁邊座位之前說道：「羅德韓？」

羅德韓欣然從命，安靜入座。

「就這樣？」我問菲南。

「是的，對他們而言，目前這樣就夠了。卡麥倫，去拿飲料，萊拉，妳要什麼酒？」

「紅酒或許最合適。」我挖苦地笑了。

「對，卡麥倫，一杯紅酒。」

卡麥倫撥了撥格子襯衫的胸口，直勾勾地瞪著吧台，顯然心不在焉。

「你想抓蒼蠅啊？閉上嘴巴，小鬼。」菲南喝道，推了弟弟一把，把他從白日夢裡面叫醒。

隨著卡麥倫的視線看過去，原來他正偷偷打量一個年輕嬌小的黑髮女孩，她從吧台端了好些飲料走向好幾個大男人圍坐的桌子。

卡麥倫打起精神，匆匆離開，一路跟熟悉的臉孔打招呼。傑克、雷利、艾歐娜從擁擠的人群裡走過來，坐到我們這一桌，我發覺艾歐娜似乎猶豫了一下，眼睛望著加百列，似乎用眼神詢問他是否可以坐在旁邊。

我不確定加百列是否回應她徵詢的眼神，但她還是坐了下來，兩腳交叉，撫平外套的皺紋，對我露出眞摯的笑臉。因爲靠近她那側的眼睛被面具遮擋，必須轉動脖子才能對她回以微笑，但她一看見我的打扮時，表情隨即從愉悅轉成肅穆，後來才明白是因爲我頭髮上那個水晶髮夾的緣故——那是她母親的遺物。

菲南的聲音打斷了我的沉思。

「我從沒想過自己有一天會這麼說。現在就來討論一下，封印獵人、墮落天使、三個改過自新的惡魔和救世主，要如何聯手拯救這個世界免於毀滅？」

8

趁著喝紅酒的空檔，菲南填補了我和喬納這三年來空白未知的部分：說明他們一行人如何返回盧坎鎮，招兵買馬壯大組織成員，透過教堂發布資訊，消息從南到北傳遍全國各地，舉凡趕過來加入這場對抗魔鬼與爪牙戰爭的人，他都張開雙臂歡迎。

我和喬納失蹤期間，西方世界和中東國家爆發了一場戰爭，更是幫了他的徵召計畫一個大忙。

戰爭是目前最夯的議題，雷利絲毫不浪費時間，掏出智慧型手機從桌面上滑過來，搜尋引擎已然連接了新聞頻道，一張一張可怖的畫面呈現在眼前，肢體殘缺的屍體堆得跟山一樣高，這是警方在今天早晨才發現的多人塚。

「他們的死狀總是如此悽慘，」雷利說道。「從來不會只是一兩具屍體，而是成百上千，全部堆疊在一起，軀體四分五裂、面目全非，完全難以辨認身分。」

我用力吞嚥口水，腦中迅速捲過那些畫面——男男女女屍橫遍野，死狀殘酷至極——我摧毀了純血的靈魂汪洋，少了暗物質的豐沛供應，不經意地迫使他們洩露行蹤、別無選擇地提早行動，將大量靈魂光明的人類轉化成第二代吸血鬼，以協助他們掠奪資源，至於人類是被榨乾血液或者轉化成吸血鬼，仔細說來，結果並無不同。

都是死亡。

都是我的錯。

雷利用手機點出更多的新聞報導，消息來自於美國、歐洲、俄羅斯……名單綿延不絕，到最後我難以忍受，直接把螢幕關掉不想再看。我往後靠著椅背，才發現卡麥倫正在吧檯那裡預備第二輪的飲料，托盤幾乎裝滿，但他心不在焉地東張西望，又一次盯著同一個女孩看得目不轉睛。

菲南受不了卡麥倫慢吞吞的動作，發出一聲刺耳的口哨，不只打斷雷利漫無止境的絮絮叨叨：他正說到慕尼黑的火車鐵軌附近發現眾多屍體，也同時嚇到周圍交談的人群。本來沒有盯著我們看的人，現在通通轉過來盯著我，與其說我是蝴蝶，倒不如說是小魚缸裡的金魚。

卡麥倫手忙腳亂地端著托盤，匆匆趕過來，差點被另一個大塊頭一腳絆倒。雷利咳了兩聲，又把更多噁心的照片塞到我鼻尖下面。

「抱歉，借過。」我分別對他跟菲南這麼說，後者正和羅德韓、加百列熱烈討論要如何運用我的超能力，發揮到極致；喬納看我起身，跟著站了起來，但我搖搖頭。「去個洗手間。」

菲南指著酒吧最遠處的角落。「傑克（注1）在那邊。」

羅德韓、雷利分別滑出座位，我搶在別人提議護送之前先行走開，急急忙忙的走路，途中撞到卡麥倫，害他差點打翻手裡的托盤。我及時接住托盤，他羞愧地脹紅了臉。

「你知道嗎，」我說「從前有一段時間，打翻飲料是我的專長。」

多年以前，我在一間又一間的酒吧流浪、打工、倒酒、送餐，不斷地搜尋出現在夢中的幽靈，希望他擁有答案，讓我知道我是誰？我從何而來？直到最近我才驀然領悟，原來夢中的那個人就是加百列。當時我完全不了解，只覺得自己的狀況複雜又神秘，誰想得到跟現在的情況相比，那時其實非常單純。

「妳當過服務生？」卡麥倫試著把托盤接過去。

「對，很難相信你的這位救世主曾經在酒吧打工、伺候客人？」

卡麥倫皺著長了雀斑的鼻子。「不會，或許年代久遠，但是耶穌也在最後的晚餐上遞送食物和飲料。所以現代的妳從事這樣的行業也沒什麼不對。」他微微一笑，我也忍不住笑了出來。

「好啊，如果你要這樣解釋的話。卡麥倫，聰明人一點就通，不過你可不要給我一杯水，又期待我把它變成上好的梅洛葡萄酒（注2）。」接著我再補充一句。「如果真是那樣，恐怕結果會讓你大失所望。」

他聳聳肩膀。「也沒錯，妳的技能可能隨著時代改變。」

我翻了翻白眼，但是卡麥倫的注意力已然轉開——再次回到黑髮女郎身上。

「如果喜歡她，爲什麼不過去搭訕？我可以幫你送飲料到那邊。」

注1 愛爾蘭慣用這個名字指洗手間，追本溯源，今日隔間型的廁所發明人即是愛爾蘭人Jack Power在一八〇六年設計出來供家人使用，後來更因此致富。

注2 這裡的典故源於聖經當中耶穌在迦拿婚宴上把水變成上好的美酒。

一聽到我的建議，卡麥倫渾身一僵，心跳頻率迅速提升。「不，那是茉莉，我們交往過一陣子，但是後來道克．歐達利家的男孩看上了她，所以……」他沒有繼續說下去，垮著肩膀，垂頭喪氣。

「你是說她跟別的男孩接吻了？」我提問，試著釐清他濃厚的愛爾蘭口音。

「是的。」他輕輕嘆了口氣，挪動身體重心，低聲呢喃。「大家都在議論紛紛。」

看他頹喪氣餒的神情，我想了想，問了一個非常關鍵的問題。「你是什麼時候愛上她的？」

「她第一次對我微笑的時候，我就對她一見鍾情了。」卡麥倫沒有回答確切的時間點，剎那就是永恆，並不需要日期的烙印。

望著他心愛的茉莉，女孩跟每個人一樣不時盯著我看，我們眼神一交會，她立刻別開目光，有點坐立難安。

我告訴卡麥倫，「過去發生的事情已經過去，現在要如何選擇，掌控權在你，別人的閒話和別人的看法都不是重點。」考量我自己的感情經驗，又追加了一句。「這是你的決定，跟別人無關，不要阻礙自己的前途和未來，你以為事實眞是那樣，但它或許只是一個不經大腦的錯誤。你有問過她嗎？」

「沒有。」

「或許應該問一下。」

「我不知道，或許是她主動親吻他，或許不是。」他慢慢吐了一口氣。「搞不好被妳說對了，也許只是一時衝動造成的錯誤。畢竟我們只是凡人，只有聖人才不會犯錯。」

我抱以微笑。「如果你像自己所說的那樣愛她，那就原諒她，找出自己的立足點，只要是正確的，就全力以赴爲她而戰。」

「我不知道要說什麼。」卡麥倫沮喪地說。

喬納跟隨我進入第三度空間，這個行爲雖然無聲，卻比話語更有力量。

「有時候單靠嘴巴說，說服力有限，不要只是訴說她對你的意義，而是用行動表現給她看。」

卡麥倫深吸一口氣，「智者雋永的勸告，讓人很難忽略不理。」可愛的笑容重新出現在他臉上，帶著孩子氣的興奮和緊張，他一時忘我，彎腰親了一下我的臉頰，隨即清醒過來，臉紅得像豬肝。

我哈哈大笑，菲南在後面大吼大叫。「搞什麼鬼，卡麥倫，飲料呢！」

卡麥倫朝他翻了個白眼，還是乖乖地走向那邊，我一把搶過他手裡的托盤。「我來吧，你去找茉莉，把握當下，擇期不如撞日，現在就過去。」

卡麥倫抓抓後腦勺。「菲南肯定不高興。等我有空再去約她吧。」

「等等——」我一手扶穩托盤，一手去抓他的手臂。

「怎麼了，萊拉？」

「你先前說的……有件事非常重要，你一定要知道，既然只是人類，小錯誤就不要去計較。」

卡麥倫聽進了這句勸告，決定轉身朝茉莉走過去，就在這時候，一群人開門走了進來，大聲喧嘩的酒吧立刻變得鴉雀無聲。

這群人的衣著打扮整齊得體，一副紳士風範，一看就知道不是封印獵人的成員，帶頭的黑髮男子先脫掉脖子上的圍巾，伸手揮了揮，似乎想要撥動空氣中沉悶的煙霧和氣味，這才向前一步，讓出空間給站在背後的男子，緊接著進入我的視線範圍。

我愣了一下才認出那張臉。

竟然和達文又一次相遇！同一時間出現在同一地點，簡直無巧不成書。這個理論物理學者自認是個怪胎，他的父親蒙莫雷西爵士跟加百列有生意上的往來，天底下怎麼會有如此湊巧的事情？

達文蜿蜒穿過菲南的士兵們，勉強擠到吧台前面，伸手將金髮撥到腦後，指尖壓了壓鼻樑上的眼鏡，朝酒保揮揮手。

我全神貫注盯在達文身上，以至於加百列伸手拍我肩頭時把我嚇了一大跳，「萊拉？」他的嗓音比平常高了八度，尤其是名字的尾音部分帶著疑問，加百列向來不忘展現紳士風度，伸手接過我手中的托盤。「啊，是達文。」他說。

「是啊，達文，他在這裡做什麼？」

「跟那群人旅行的目的一樣——爲了工作。」

我心裡亂成一團，上次在達文位於切爾西的家時跟他有過一番交談，得知他的工作涉及超自然領域的研究，而今通往一度和三度空間的時空交匯口就在盧坎鎮，在這裡遇上他應該不是偶然。

加百列改變話題。「我們需要談一談。」

我滿腦子想的都是達文的問題，根本心不在焉。「對不起，讓你等了這麼久。」

「三年一晃眼就過了，我願意永遠等妳，妳知道的。」

悲哀的是，我的確心知肚明，也因此一再拖延，沒有把我們延宕許久的交談排入優先處理的清單。

達文在吧檯的高腳椅上扭來動去，付過酒錢之後，隔著酒保肩膀望了過來，伸手抓了抓腦袋，突然眉開眼笑，顯然已經認出我來。剛好我也打算親自去探探他來這裡的緣由。

加百列已經等了三年，現在顯然還不是等待的終點。

我匆忙尋找脫身的藉口。「對不起，你介不介意把這些飲料端過去菲南那裡？拜託，只要給我一分鐘就好。」

我不確定自己看到達文的熱忱有多少比例是因爲想繼續拖延我跟加百列交心的時間，又有多少是因爲在異地遇見一張熟悉又友善的臉龐，就算我們相識的時間極其短暫，至少當時是我生命中比較單純無憂的時光。

總而言之，我丟下了加百列，逕自穿過擁擠的人群朝達文走去。

走到達文身邊時，酒吧氣氛寂靜得近乎詭異，我湊過去低聲招呼。

「茜希。」他用我的舊名字呼喚我，熱情地跟我握手，用他慣有的、我熟悉的眼神打量著我，手指使勁地捏了捏。突然間，木製的吧檯和他肩膀後方牆壁上褪色的水彩畫變得歪七扭八，前方變成幽深的洞穴，周遭的世界上下震動搖晃。

眼前的一切就像一幅畫，傾倒的墨汁往外擴散，造出千奇百怪的形狀，兩隻手，伸到前面……

我又看到幻影。

線條繼續延伸、構成兩個上下顛倒的三角形，耀眼的綠光一閃一閃。

我往下墜落……

達文鬆手的瞬間，陡然把我拉回現實世界，我深吸一口氣，穩住心神。

看到幻影對我而言已經沒有新鮮感，早在了解自己眞實身份以前，往日回憶的片段就有好幾次閃過眼前，舉凡跟感官有關聯的——視覺、聲音、味道、氣味、和觸感，這些都有可能啓動機制，把我帶回前世今生的時光。

只不過這回我看見的幻影不是過去，而是未來。

這一切發生在眨眼之間，速度快到達文完全沒有注意到我有什麼異狀，僅僅退後一步，仔細地上下打量我。「我或許可以稱呼妳靈蝶（注1）了。」

我迅速鎭定下來。「對不起，你說什麼？」

「她是漫威宇宙（注2）的成員，」達文加重語氣強調下一句。「也是神奇女超人。」

「我不確定自己有什麼資格被叫做神奇女超人。」

「呃，首先，妳看起來就像那個角色，以前我就說過，妳戴藍黑色的隱形眼鏡看起來，頗有X戰警的味道，但我從沒看過它們跟這只稀奇古怪的面具配在一起的樣子。」他好奇地摸了摸靠近我耳朵旁邊那隻藍色蝴蝶的翅膀。

「當然啦，這些只是表面，唯有撥開表層才能看出底下的端倪，記得嗎？」他指的是那天晚上我們交談的內容，當時達文一心一意想要揭穿我眞正的身份。

來自菲南那桌虎視眈眈有如監視的眼神，讓我渾身不自在、坐立難安，只微微對達文點頭示意。「原諒我這麼說，但你似乎跟這個地方格格不入，你怎麼會跑來這鄉下地方？是什麼風把你吹來盧坎鎭？」我改變話題，問得很直率。

達文揮揮手示意我在他旁邊坐下來，但我搖頭婉拒。「不，謝謝你，我不想耽誤你和你朋友的時間。」我對跟他一起進門的那四個男子點點頭。他們在酒吧繞了一圈，還沒找到位置坐下來。

達文嗤之以鼻地說。「我在這裡來來去去已經五年，正常人應該都會把這個地方當成第二個家了，本地人也該習慣我的存在了，不是嗎？」

「已經有五年那麼久？」

「事實上第一次遇見妳，就是在我來這裡的途中。」

回憶初次見面的那天晚上，達文的汽車在我上班的酒吧外面拋錨，當時他正要趕往河利西

注1 Psylocke，電影《X戰警：天啓》中的變種人之一。

注2 「漫威宇宙」（Marvel Universe），漫威漫畫公司用來包容旗下漫畫人物的虛擬世界，包括蜘蛛人，復仇者聯盟，X戰警等等。

德、搭乘渡輪橫越愛爾蘭海，那一趟是公務之旅；第二次碰面地點是他父親位於切爾西的宅邸，我們在宴會上巧遇，閒聊時得知他在協助單一粒子的研究，傳說這種粒子不只存在、還能夠穿越時空，它就存在於水晶星際的水晶當中。

達文和歐洲核子研究中心——簡稱CERN（注1）——的科學家們，最早就是從某個墮落天使脖子上摘下來的水晶裡面發現它的蹤影，至於那塊水晶又是如何落到他父親蒙莫雷西爵士手裡、原因不明。

總之謝天謝地，幸好那塊水晶幾乎沒有光澤，只剩殘餘的痕跡，然而當他們將晶體放入位於瑞士地底深處隧道內的大強子對撞機，依然足以讓物理學家們發現單一粒子的蹤影，至於這個事件怎麼會讓達文來到盧坎鎮，我也不明所以，眞要尋找答案的話，看來只能直接了當地詢問他了。

「這裡怎麼可能跟你的工作有關？一點都不像做科學研究的地方。」

達文再次盯著我看，富含深意的目光或許在衡量要對我透露多少訊息。「我向來深信人類最深奧問題的答案不在別處，而在這裡。宇宙有如持續擴張的實體，不斷地往前、往外延展出去。」他用手勢比劃示範。「許多領域的研究都在探索這個現象，但我個人傾向於深入挖掘構成宇宙的各個層面，套用我們這一行的專業術語，叫做M理論（注2）。」

他收集吧檯上的零錢，將錢幣與錢幣相連、圍成圓圈，「其他的空間，茜希，」他一邊說，一邊撿起一個又一個的錢幣堆疊在一起。「盧坎鎮是一個非常有趣的地方，它的獨特性不斷吸引我回到這裡。」他捧住那疊硬幣，從吧檯撥了下來，投入小費罐裡。

通往一度與三度空間的交匯口……難道這是吸引達文來到這裡的理由？他知道交匯口的存在？如果他眞的知道，而且五年來一次又一次的回到這裡，顯然不是沒找到地點，就是有人橫加阻撓，讓他空手而返。

「世界各地戰火與災難頻傳，我很驚訝你會離開切爾西來到這裡。」我故意丟出這條線，看看能否釣到什麼出乎意料的大魚，只不過一想到人類世界發生這麼多災難，我就焦慮不安。

達文揚起一邊的眉毛，「知道嗎？第一次見面的時候，妳讓我回想起已經死去的朋友，當年我是多麼渴望能夠挽救她的生命，可惜事與願違，這讓我很想幫妳一把，」他仔細想了想，「所以我要告訴妳一件罕爲人知的秘密，希望妳能給我機會爲妳做一些事情，以此彌補當年來不及爲她做的一切。」他直視我的眼睛。

「政府宣稱Spinodes的成因是因爲化學毒物爆炸後的落塵擴散造成的後遺症，這些都是欺哄人民的謊言，當然啦，那些人的確受到某種物質的影響，但不是有毒氣體，而是另有禍因，各國領袖不僅知道眞相，而且是很久以前就知道，卻不肯公布。」

我故意屏氣凝神，假裝毫不知情，內心焦急地想聽他說下去。

注1 歐洲核子研究組織（European Organization for Nuclear Research，簡稱CERN），歐洲核子研究中心位於瑞士日內瓦；強子對撞機（Hadron Collider），位於瑞士CERN的對撞型粒子加速器，作爲國際高能物理學研究之用，也是世上最大的粒子加速器設施。

注2 M-theory，目前物理學中將各種相容形式的弦理論統一起來的框架。

達文點點頭，接續說道。「他們不是來自於遠方，而是存在於不同時空，就像平行宇宙的上下層，時間在那裡毫無意義。穿梭時空的外星人，茜希，我說的可不是電影裡的小綠人。」

他說的沒錯——只是不曉得我已經知道這件事。

「當年我救不了她，但我或許可以救妳。」他在運動外套的口袋掏了半天，露出底下的T恤，胸前印著大大的四十二號，對別人而言，這個號碼或許沒有特殊意義，但是達文曾經說過，四十二號的重要性無與倫比，它潛藏了各樣問題最終的答案，攸關人類的生命、宇宙和所有的一切，呃，至少依據銀河旅遊指南[注1]的說法是這樣。

他掏了半天，終於找到一張名片，時髦的字體印著「達文·蒙莫雷西博士，PhD，SM」後面的頭銜是「資深理論物理學家」和工作地點CERN。最底下的印刷字體是達文的手機號碼和電子信箱。

「PhD……SM……這些都很有學問的樣子。」我沉思地說。

「如果再加上『ScD』——理學博士的頭銜，妳會更佩服的五體投地，但願我對CERN的貢獻可以很快達成這個心願。」

他從長褲後面的口袋掏出萬寶龍自來水筆，用牙齒咬掉筆蓋，在名片背後草草寫了幾個字，再把名片遞過來。

「以防妳忘記，這是我在切爾西的地址，再過一小時，我們就要啓程離開這裡，今晚應該沒有機會說服妳跟我們一起離開這裡。」他不等我回應，直接認定我的答案就跟那天晚上一樣。「請妳仔細想想我所說的，跟我去倫敦吧。」

他用力捏捏我的手，手心的名片被他捏得皺巴巴，聽完他善意的警告和提醒，當時我在山頂上看見幻影而經歷的感受又一次清晰地浮現，皮膚微麻、血液冷得像結冰。

「請相信我，這些年的生命經歷，讓我不只親眼看見，也知道很多人類無法理解的事物；聽我真心的勸告，世上有太多可怕的威脅，連最偉大的超人或英雄都無法破解。」他小心翼翼地瞄了我一眼，揚起下巴，再次打量我臉上那精緻的蝴蝶造型。

「無論是什麼事，妳都應該重新思考做回貝琪・布拉多克（注2），離開這個地方，假若繼續待在此地……」他放開我的手，講出我內心深處頗有同感的一句話。

「妳會死在這裡。」

注1《銀河旅遊指南》（*Hitchhiker's Guide to the Galaxy*），英國名家道格拉斯・亞當斯的科幻小說系列中的第一集，後來還改編成電影「星際大奇航」。

注2 Betsy Braddock，靈蝶的原名，也是漫威漫畫中的角色之一。

9

達文苦口婆心、一再勸告我後，便按照原定計畫匆匆離開了。幾小時之後，我的小組也離開酒吧，準備返回主屋。菲南和我並肩走，喬納、加百列、羅德韓三個人跟在後面，我隱約察覺到喬納似乎非常煩躁、心神不寧，只是不知道原因，我連著好幾次回頭查看他的情況，他都故意對我眨眨眼想讓我安心，直到第三次以後我才終於放下掛慮、不再擔心他。

一路上大約有二十位以上的封印獵人沿路護送我們，顯然他們認定救世主需要日以繼夜、嚴加保護，不過我執意要他們好好照顧自己和附近的鎮民，不要把寶貴的精力浪費在我身上，因爲我有足夠的能耐好好照顧自己。

但菲南否決了我的建議，還說這麼做純然是爲了我的安全著想，不過我認爲這種亦步亦趨的保護，其實是方便他監視我的一舉一動，同時，他也需要孕育出贏得戰爭的方法。

即便有過好幾個小時的熱烈討論，下一步究竟要怎麼進行？大家意見分歧、莫衷一是，畢竟目前至少有上萬名第二代吸血鬼在世界各地出沒，單靠一個人的力量如何能夠改變現況，這個問題沒有任何人能夠提出明確的方案。

就在距離主屋不遠的地方——菲南喜歡稱呼那裡是封印獵人總部——淚眼婆娑的茉莉突然出現在人行道上，朝我們跑了過來，卡麥倫就在後面不遠的地方大聲呼喚，直到菲南舉手示意，茱莉才乖乖停住腳步，他還不及開口跟茱莉與卡麥倫說些什麼之前，我大吼一聲：「等等！」

羅德韓的警覺性只慢了一秒，就發現頭頂樹梢間有輕微的抖動。我才轉過身，他已然伸出手臂、像母雞保護小雞似的擋在加百列和艾歐娜前面，然後膝蓋微彎，身體一捲，跳起來翻個觔斗，把陡然出現的吸血鬼撞開。

如果以人類的視力來看，只看得見模糊的輪廓，但這一切我看得清清楚楚，包含所有的動靜，從吸血鬼綠色的眼眸著火燃燒、到他臉頰和嘴唇的疤痕，完全逃不過我的眼睛。

最前方的三個士兵猛然轉過身來，舉槍瞄準，搜尋射擊的目標。電光在我的指尖滋滋作響，一股尖銳的刺痛感忽然劃過我的頸項，害我有點分神，猛然轉過身來，前一秒我還在查看喬納在不在，下一秒三個士兵就被擄走，吸血鬼抓住槍管連人帶槍抽走，牠們利用夜色作掩護，將人挾持而去，淒厲的尖叫聲持續了好半晌才消散。

剩餘的獵人立刻拉開槍支的保險栓，動作整齊劃一，擺出防衛態勢、由內往外散開，形成一道防護線。

我扭頭在保護圈內搜尋著喬納的身影，他竟然不見了。我在心中逐一點名：加百列、羅德韓、艾歐娜、雷利、傑克、菲南通通都在，獨獨找不到我的吸血鬼。

我忍不住低聲抱怨。

好幾名吸血鬼像陰影一樣從頭頂上方飛掠而過，藉著夜色作掩護。隨著牠們在樹枝與樹枝間跳躍移動，有的樹枝被壓而下沉，或是硬生生被壓斷，不斷傳來的劈啪聲響中伴隨著低沉痛苦的哀號。我再次逡巡防線的裡裡外外，尋找喬納的蹤影，正好看到一攤黏膩混濁的口水滴在某個士兵肩膀上，我大聲示警：「快趴下！」

金髮男孩立刻低頭閃開，在千鈞一髮之間及時避開吸血鬼鮮血淋漓的尖爪和飢渴的攻勢，牠橫空掃過撲了個空，我射出去的電光擊中對方的胸口，牠整個人陡然發亮，如同燦爛的煙火，瞬間爆炸成一團火球，立刻化爲灰燼、變成飛揚的火星，飄然灑落，落在地上與塵土合而爲一，彷彿從來沒有存在過。

封印獵人們對我所展現的殺傷力嚇了一大跳，因此稍微恍神了一下，但隨後就回過神來，立刻瞄準樹梢上那些飢腸轆轆的魔鬼，趁我發出的光芒照亮黑暗的樹影時，同時開火。

頭頂上方的吸血鬼力量不強、行動也不夠隱密，不只病懨懨的，動作也拖泥帶水，皮膚潰爛見骨。看牠們飢腸轆轆、一副營養不良的模樣，顯然是迫於無奈、出於絕望才敢對人類發動攻擊。

我側耳傾聽喬納咚隆的心跳聲，嘗試在周遭的噪音中分辨出他的蹤跡——落荒而逃的吸血鬼四處亂竄，他不在那之間。

另一個吸血鬼從我頭頂上飛掠而過，發出嘶啞的尖叫，搖搖晃晃地朝我撲來，菲南把我推到一邊，掏出銀製的刺刀，直接捅向吸血鬼的胸口，被刀貫穿的吸血鬼發出咕嚕聲響，濃濁的油汙從牠缺乏血色的嘴角溢出，菲南伸出拳頭頂起牠的下巴，乾淨俐落、手法精準地收回武器，吸血鬼猛然爆開，浸濕人行道的磚塊，變成黏答答的一灘液體。

我身後的加百列掙脫羅德韓的手臂，將艾歐娜丟給羅德韓保護，急忙跑來我身旁。本來驚慌失措的艾歐娜，看見加百列甩下她，目瞪口呆地張大嘴巴，那副沮喪的模樣顯然沒有想到在緊要關頭，加百列會如此輕易地棄她於不顧。

「你在做什麼？」我咄道。

「保護妳。」他回答得又快又急、毫無猶豫，一手把我拽過去，把自己的身體當成盾牌。他把我的臉壓向他的胸口，因而折到蝴蝶的翅膀，我一把推開，讓蝴蝶得以展翅飛翔。

「不，加百列。」我說。

他不屈不撓，又伸手過來摟住我的腰，硬是要跟我對抗。

但是這場戰爭他贏不了。

「我不需要你的保護，她才需要——」這句話還沒說完，就被茉莉歇斯底里的尖叫聲打斷，受傷的吸血鬼趁著淒寒的夜色抓住她的裙擺，一路往旁邊拖過去。

我不需要這群士兵的保護，但是茉莉不一樣。

同理可證，加百列的保護對我而言是多餘，但是艾歐娜非常需要。

茉莉、艾歐娜以及封印獵人，對加百列而言，都是戰爭當中可能附帶的傷亡。

意隨心轉，當光芒出現時，我的雙手跟著變得溫暖，但是封印獵人將我圍住的保護圈和他們身上的銀製武器反而妨礙我發揮戰力。腦筋一轉，想到脫離圓圈最快速的方法就是往上跳，因此我一躍而起，正面迎戰兩個吸血鬼，一手制伏一個，拖著牠們滾到路邊，退出圓圈之外。我緊緊揪住牠們的頸背不放，掌心透出的火焰燒炙著牠們的皮膚，刺眼的光芒如同耀眼的陽光從指縫中輻射而出，吸血鬼無法抵擋如此強大的能量，立刻身體癱軟地倒在地上。

卡麥倫站在一旁，用顫抖的手指舉起十字弓、瞄準拖行茉莉的吸血鬼，銀製的箭破空而去，以極其細微的差距錯過目標，沒有命中吸血鬼的胸口，只是射中牠的手臂，不過即便沒有命中要害，銀在皮膚上閃閃發光，依舊讓牠痛得倒在地上，發出痛苦的哀號。

卡麥倫緊張地深吸一口氣，溫和的大眼睛看著我似是在尋求認可，我恍然大悟，明白他的用意。「愛要表現給她看，對吧？」他聲音發抖。

他快步跑向茉莉，把她從地上拉起來，她沒有就近投入卡麥倫的懷抱尋求慰藉，反而往我背後的方向撲去，大聲呼喚著：「威廉！」並緊緊抱住士兵，依偎在他胸前。

我滿懷歉意地望著垂頭喪氣的卡麥倫，他深深愛著茉莉，茉莉可能也愛過他，但是往事已成追憶，她已經愛上了別人。

躺在卡麥倫腳邊、在地上抽搐的惡魔反應似乎有變化，這立刻引起我的注意，一秒過後牠一躍而起，不過一切的動靜都在我的掌握之中，唯獨卡麥倫還呆呆牠望著茉莉的背影，沒有察覺魔鬼的利爪距離他的咽喉不到幾吋，我的光芒順勢而發、在指尖跳耀，我聚精會神凝聚它們，命令白光集結成單一而致命的片狀，往外延展。正當此時，喬納的心跳聲忽然在我體內迴盪，讓我一時分神。我追尋聲音的源頭，看到他就在前方，虛弱無力地倚著石牆。

依照常理我早該察覺到他在什麼地方。

喬納在火線上，這個距離太近，我急得只想減速，卻像破舊的老爺車，怎樣努力都無法發動，而我又沒把握光束不會擊中他，萬一傷到他，他就會跟著卡麥倫背後的吸血鬼一起陪葬。

我凝聚所有的專注力，就在白光閃爍、發出藍色光暈的時候，我勉強打破凝聚的光束，將光束化成小小的光環在指間上下移動。

我正打算要發動另外的攻擊時，卻猛然被撞倒在地，加百列把我撲倒在地上。因爲另一個吸血鬼回身偷襲，攻勢來自左邊，而我左眼視力受損，根本看不到牠的動靜。是加百列及時發現，把我撞開，但是這一撞讓小光環偏離方向，錯失預計的目標，使光環打在水泥地上。這一秒的落差讓吸血鬼有足夠的時間攫住卡麥倫，我又落後兩秒才讓另一圈光環激射而出、阻止牠把人帶走。

加百列剛才撞飛的吸血鬼，一轉頭又撲向我們，帶起一陣風捲走地上的樹葉，我一把推開加百列，他仰躺在地上，我像子彈似地彈到空中，直接迎向吸血鬼。

從牠臉上的疤痕我認出來這位就是剛剛被羅德韓一腳踢開的那位。牠瘦削結實的身材明顯有別於其他同伴，而且能耐、智力都略勝一籌，動作一絲不苟、乾淨俐落。

就在一瞬間，牠改變了方向，轉而撲向加百列的胸口，而不是跟我正面對壘。

牠要的是加百列。

「不！」我大吼一聲，在半空中扭轉身體，手掌一揮，恰好揪住牠外套的下擺。加百列成了墮落天使，最好的方式就是躲得遠遠的，但他不管自己還有沒有超能力，都不肯讓我替他打這場仗。

我揪住吸血鬼的外套，把牠往後甩開，下方的加百列大聲呼叫威廉。

年輕的男孩顯然丟了武器給加百列，因爲就在吸血鬼從天而降、跟我眼睛平視的地方，我看到銀製的箭頭從旁邊飛過去，可惜沒有命中胸口，僅僅擦過牠的下巴。

吸血鬼伸手摸著傷口，發出可怕的哀號，就在我恢復專注的剎那，牠已經消失無影。最後一聲槍響，冰冷的空氣裡瀰漫著刺鼻的味道。吸血鬼們落荒而逃，順著今天早上我和喬納走過來的方向。

加百列仰躺在地上，右手抓著魚槍，我抓住他的左手拉他起身，對他搖搖頭。

後方的士兵紛紛善後，我運用念力專注地搜尋喬納的蹤影，他搖搖晃晃地試著站直身體。

「你受傷了。」我強行撥開他按住脖子的手。

「沒事。」他咄道，利用石牆支撐、穩住身體。

「是銀嗎？」我一開口就知道不是，只覺得百思不得其解，除了銀製品造成的傷口，其他的外傷在吸血鬼身上都不至於會留下太久的痕跡，然而喬納脖子的皮膚裂開，到現在都沒有癒合，一看就不對勁。

「我沒事。」他低聲咆哮，不知是誰趁亂擺了他一道，偷襲成功，讓喬納非常不爽，他急急打量我一眼，匆匆說道。「妳都好吧？」

我忍不住皺眉。照理說，喬納不用問也該知道我的狀況，我們之間有血液連結，無論身體的反應或情緒變化都會傳遞給對方。

菲南低沉的嗓音從背後傳來。「妳不該衝出圈外。」

我轉過身去正想開口反駁他，驀然看到卡麥倫的十字弓斷成兩半散落在地上，我蹲下去一一收集零散的木片和弓弦，紅髮戰士的鮮血濺在地上，一灘一灘的，芳香的氣息甜甜的，如同他和氣的個性。

「卡麥倫……」我沉聲呢喃。「吸血鬼帶他往哪個方向去？」我轉向菲南，大聲質問。

菲南疲倦地捏捏鼻樑，緩慢地搖頭。「魔鬼殺了他，萊拉，我親眼看見了。」

我腳旁有一灘瀰漫著鐵鏽味、深咖啡色的血跡，混濁的液體，很難分辨多少是卡麥倫的血、又有多少屬於吸血鬼。

不待我轉頭搜尋，羅德韓的手就攬著我的背脊，低聲安慰。「卡麥倫擁有光明的靈魂。」

我就知道羅德韓能夠理解，純血把靈魂黑暗的人類當作食物，而光明的靈魂就轉化成第二代吸血鬼，因此卡麥倫背後的惡魔並非要吃他。然而當我望著畏縮地躲在威廉背後的茉莉，周圍沒有通透的光輝，她才是飢餓的吸血鬼想要追逐的食物。

「是的，小可愛，牠要啜飲的不是那個男孩，只是卡麥倫的弓箭射中牠——」無須羅德韓進一步解釋，我已領悟他話中所暗示的，吸血鬼或許不要卡麥倫的血，卻要他爲銀箭的傷口付出慘痛的代價。

「我們無法確定——」我仍然不想相信。

菲南打斷我的話。「剛剛說過，我親眼看見了。」

我正預備跟他爭辯的時候，喬納陡然吐了一口血，立刻引起我的關注，我們四目相對，喬納迫切需要協助，他的傷勢必須趕快做處理。

「妳已經盡力了，小可愛，能做的妳都做了。」看我轉身走開，羅德韓出聲安慰，一手抓著卡麥倫折斷的弓箭，快步走向喬納。

能做的我都做了，這話說得沒錯。卡麥倫的死，錯都在我，是我誤判情勢——不，是我對茉莉的判斷有誤，才會愚蠢的建議卡麥倫奮力爭取一個不配被他追求的女孩。我眯著眼睛打量茉莉，她還來不及回應，加百列就抓住我的手臂，不只擋住我的目光，同時擋住喬納的方向。他的動作勾起我的怒火，取代原有的沮喪。

卡麥倫奮勇去救茉莉或許是出於我的鼓勵，才會挺身保護茉莉的安危來展現自己對她的愛，但我的光束錯失目標、打偏到水泥地卻是加百列造成的失誤。

「你的手也染了他的血，加百列。」我冷酷地提醒他這件事，還來不及再多說什麼，菲南就打斷了我的話。

「該進去了。」他指揮手下把我團團圍住，形成防護的盾牌，但我文風不動，怒氣和沮喪的情緒讓我口不擇言地斥責加百列。

「你不該衝過來把我撲倒，害我錯失目標。」我怒道。

「我沒有選擇的餘地，妳沒看見那個吸血鬼。」加百列愣了一下，柔聲回答。

我對他的話充耳不聞，因爲我還沒準備好證實他的懷疑——不想承認左眼失明，才會看不到左邊的吸血鬼，這是我現在的弱點。

菲南再次打岔。「萊拉，才剛失去了卡麥倫，我不能繼續站在這裡，冒失去更多的夥伴的風險。」

即便菲南努力試圖掩飾悲傷，但是一提到卡麥倫的名字，他的嗓音還是掩不住顫抖，我這才讓步。「好吧。」

羅德韓和菲南大聲招呼艾歐娜與茉莉，催促她們走前面。

大家魚貫往前走，我轉向加百列。

「顯然我不在的期間，你交了不少朋友，那個吸血鬼要的是你不是我，才會聲東擊西，表面上是要攻擊我，其實是引誘你離開保護圈。他很清楚你會愚蠢地咬住這個誘餌，因爲你從以前就一直想當英雄，總是不顧一切地試圖保護我！那個吸血鬼頭腦精明又工於心計，處心積慮想要你的血——」突然感到胃裡一陣噁心，讓我警覺地轉向喬納，看他靠著牆壁支撐著身體。「我沒有時間跟你計較，也沒有時間跟你談話。」

加百列的語氣既懊惱又悲傷。「曾經有一個時期，妳對我全心全意，願意把所有的時間都給我，萊拉，我不懂，我們之間到底出了什麼問題？」他聲音喑啞。「妳怎麼了？」

我躊躇了一下，身體微微後傾，用後腳跟平衡著身體。

平心而論，難怪加百列沒有印象，只有我記得我們之前的交談，還說我不想再跟他在一起，接著我讓時光倒流，爲了去拯救喬納。然而我不想再重新回顧那段記憶，第一次的傷口太深，以我現在的感覺，忍不住懷疑如果重頭再經歷一遍，可能會造成致命的打擊。

「我變了，我必須改變，唯有這樣才能救你、才能救他。」我朝喬納揮揮手。「才能拯救大家。」

「除了妳自己。」加百列回應。

「沒錯，結局會是這樣。」前面就是主屋的大門。「進去吧，」我招呼周圍的士兵，要他們進屋裡去。走在最前面的菲南也跟著催促艾歐娜與茉莉，這回他沒有再跟我爭論。

直到最後一位進去之後，我轉身要走，但是加百列擋住我的去路。

「妳決心要把我丟在這裡，讓我一無所有，對嗎？我究竟做錯什麼讓妳如此恨我？」他說。

加百列殺了漢諾拉，後來又試圖傷害喬納，他向來做足準備，願意爲了我犧牲每一個人和所有的一切。而今我們站在這裡，闊別三年之後的第一次團聚，他依然故我，做出相同的事情，只是這一次爲我付出代價的是卡麥倫。我簡直氣炸了，但他傷痛欲絕的語氣勾起了我往日的回憶，我們一度對彼此具有莫大的意義——他幾次救了我，幾次引領我尋找自己追尋多年的答案，也因此我終於明白自己眞實的身份。

然而凡事不能都用結果論，更不能爲了達成目的而不擇手段，明知他這麼做是出於愛的緣故，但我依舊無法苟同他的抉擇。話說回來，我應該要很清楚愛情是能夠讓人不顧一切，我自己就是一例，爲了拯救喬納、不惜犧牲別人，導致現在世界的悲劇。

「我永遠不可能恨你，加百列。我愛你，永遠愛你，但就是因爲愛才放你離去，你也因爲愛我才會放手讓我走，只是發生的過程你都忘記了。」

加百列一臉困惑，褪色的藍眸讓人感傷。「那喬納呢？」

我不想傷害加百列，猶豫許久都沒有開口。

「他愛妳。」加百列說道。

喬納站在漆黑的夜色裡，靜靜靠在牆邊等待，我們眼神交會，驀然想起他在老橡樹底下的懇求，當時他以爲自己只剩最後一口氣，因此求我不要丟下他一個人孤零零地面對黑暗。

我沒有細想加百列這句話的含意不是詢問而是陳述，僅僅回答他。「我不知道。」

加百列眉尾下垂，張嘴正要說話，但我搖頭以對。

「晚安，加百列，喬納需要我。」然後我逕自離去，留他一個人站在路邊。我們之間已經沒有光的連結，也就無法聽見加百列嘗試用心電感應跟我說的話。

「我也一樣，需要妳。」

10

我讓喬納的手臂環在我的肩膀，幫忙承擔他身體的重量，小心扶著他走進小藍裡面。

「在這裡坐下。」我慢慢攙扶他坐在沙發上。雖然我很確定一旦菲南平復心情、恢復冷靜後，就會調度最強的人手負責站崗，我依舊鎖上房門、拉起百葉窗。

喬納舉手脫掉深色外套，然後用雙手壓住脖子，濃郁的鮮血慢慢從指縫間滲出，空氣中瀰漫著屬於他的肉桂香氣。

我的獠牙自動爆開，我咬住下唇、努力壓抑身體的反應，繼續手邊的動作。我幫他從頭頂把襯衫脫掉，抓了一條毛巾對折之後，當成止血帶按住脖子上的傷口。

偏偏身體的本能再次背叛了我、不聽指揮，即便擔心著喬納早該痊癒的傷口依然在流血，但面對他誘人的身體，讓我情不自禁地渾身發熱，我用力吞嚥著，繼續使勁用毛巾壓住傷口。

過了一分鐘我才鼓起勇氣開口，其間喬納一直默默打量著我，直到我終於迎向他的眼神。

「這是怎麼受傷的？」

喬納聳聳肩膀，一個簡單的動作都讓他痛得齜牙咧嘴，倒抽一口氣。

我拿起毛巾時，本來預期傷口應該逐漸癒合了，結果仍是一樣糟糕。

怎麼沒有痊癒？我暗暗納悶，心神不寧，恐懼潛藏在胃裡，幸好有一點可確信——還有我能夠幫忙。

我脫掉靴子，傾身靠近喬納，他輕輕搖頭。「妳不必這樣。」

「我不只願意，也沒有理由說不行。」

我爬上沙發跪在他旁邊，再次評估傷口的狀況，就像被兇猛的獅子攻擊過一樣，四道剃刀般劃破的傷痕通向他的喉嚨，一路延伸到肩膀上方。

「很痛嗎？」我問，因爲某些理由，我們之間的連結不足以告訴我他眞正的感受。

「微微刺痛而已。」雖然他這麼說，但是以我對喬納的了解，傷口的疼痛程度遠比他願意承認的嚴重很多。

我用雙手捧住他臉頰。「艾莫瑞死了，連帶切斷你因爲他而跟純種吸血鬼之間的聯繫，牠們不會再因爲你啜飲了我的血而察覺我的存在。再者就算眞的被發現也無所謂，任尼波早就知道我還活著，既然牠知道，牠的爪牙當然也知道我活得好好的。」

喬納抓住我的手腕捏了捏。「我或許會難以——」

「你會的。」

我能理解他的恐懼和憂慮——我有第一手的經歷。當我在老橡樹底下啜飲喬納的鮮血時，他儼然成了陌生人，飢渴的慾念掌控了我全身，直到聽見他的心跳聲，才慢慢引導我回歸正途。我對他的愛勝過黑暗的慾望，一場艱困無比的掙扎，讓我忍不住納悶在喬納有機會啜飲我鮮血的時候，是怎樣的自制力才使他抽身退開。

後來連續的兩次經驗，就在喬納逼近臨界點、幾乎要榨乾我黑暗能量的時候，我體內忽地迸發出的耀眼光芒讓他驚醒過來，阻止他再繼續下去。我體內的安全系統的確能夠適時發揮功效，但是這樣的安全系統也有其代價，我永遠無法知道站在門外的偷心賊是否會和善友好地留下他的心來與我交換。

我撥開喬納沉重的手指，舉起自己的手腕湊近嘴唇，用唇輕輕揉搓皮膚，再用獠牙刺破藍色血管。

我甘心爲他奉獻一切。

喬納抱住我的腰讓我坐在他的腿上，用力掐住我的手臂，他遲疑半晌，嘴唇終於觸及肌膚。他尖銳地倒抽一口氣，舌尖滑過被我自己劃破的傷口，輕輕舔舐甜美的滋味。他濃密深幽的睫毛狂亂地顫動著，框起他瞳孔內迅速爆發的血光，我低聲呻吟，鼓勵他大膽地接納我的付出。

分享血液不只是必要的練習，也是唯一眞正塡補內在空虛、將生命氣息導入幽暗的死亡境地的方式。

那天晚上在老橡樹底下，喬納不假思索、義無反顧地把自己奉獻出來；今天換我來回饋他的恩惠，喜悅地和他分享一部分的自己。至少在這一切噩夢結束、在我離開人世的時候，他還擁有某些東西。雖然不是他所渴望的永恆，卻是我的心意，我已經盡力了。

喬納的獠牙劃破我的皮膚，雖然這麼做是爲了他，而我也享受在其中。

他稍稍品味了一下，但還沒開始啜飲就停住動作。

他把我抱起來坐在他身旁，單憑我們之間的連結我已經猜到原因：他的皮膚開始癒合、重新恢復光滑，最後一絲肉桂香氣蒸發在空氣中。我雖然為他的痊癒感到慶幸，心底卻也忍不住有一絲失望，不能繼續用血液將彼此連結在一起。

我磨蹭了一下才站起身。「呃，看起來你不太需要我。」

喬納對我眨眨眼睛。「我不會那麼說。」他跟著起身，腹部結實起伏的肌肉和低腰牛仔褲小露出來的臀部線條，看得我眼睛發直、心臟蹦蹦跳。

「如果這跟我們早先的交談有關——」我才剛開口，喬納的手指便按住我的嘴唇，噓了一聲。

「噓，別說話。」

他伸手探向我腰後，靠向他赤裸的胸膛，他張嘴含住我的上唇，剛開始動作溫柔，接著他用力輾壓下來。我全身顫抖，忍不住溢出低沉如動物般的呻吟聲，我本能地往後縮，但他技巧熟練的指頭已然探向後腦勺，將我固定在原處，越是品嘗、越不滿足，少了原先的溫柔，飢渴熱切地長驅直入。

他的吻純然誘人犯罪，彼此舌尖糾纏得難捨難分，讓我忍不住納悶未來可能要承擔的代價——這麼美妙的滋味不可能免費。

我踮起腳尖，極力迎向他一百八十二公分的身高，而他性感魅惑的襲擊讓人頭暈目眩、腳步踉蹌搖晃，他乾脆拉我踩在他的靴子上，彼此身體緊貼得足以讓他的臉深深埋在我頸項凹處的甜蜜點上，手指順著我的軀幹撫觸流連，最後停在腰部的皮帶上。

喬納炙熱喘急的氣息拂向我的鎖骨，他伸手撥開背後的蕾絲，現在靠得如此近，我聞到的香氣有別於往常的喬納，不是那種混合著芬多精和夏天氣息的刮鬍水。看來以目前的進展方向，不須多少時間，他不只會沒有香氣，還會一絲不掛。

他讓我的手環住他的脖子，汗珠順著我的指尖滴落，天然費洛蒙的氣味濃郁誘人，顫抖的反應深入我的體內並往下蔓延。

喬納摸索我的腰，鬆開綑在我腰上那堅硬的皮帶，一面凝視我的眼睛，然後扯下腰帶甩到旁邊，我屏息地回應他的目光。

他眼神幽暗，略帶沉思，就在腰帶落地的瞬間，我的膝蓋跟著癱軟。

邪惡的渴望迴繞在我的臟腑之間，喬納的雙唇再次探向脖子凹處，我偏著頭鼓勵他繼續親密的接觸，舌尖在喉嚨捲動，獠牙磨擦下巴的肌膚。當他手指探入斗篷的袖子、拉扯布料的時候，我開始緊張起來。

喬納跟加百列有天壤之別，喬納外表粗曠、看起來不修邊幅，卻讓人感覺很舒服，彷彿刻意表現成那樣，讓人留下深刻的印象，但他豐富的經驗顯現在每一個動作上，從裡到外都散發出迷人的魔力，想當然耳我不可能是全世界第一位了解這一點的女性，卻也開始擔心自己無法達到喬納的標準。

我抽身退開，找不到合適的話語解釋自己的恐懼，睜大的眼睛充滿憂慮。

喬納停止手上的動作，喉結隨著吞嚥的動作微微鼓起。「妳害怕？」

「不。」我低聲呢喃。

喬納試探地將我散落的髮絡塞到耳朵後面，帶著十足的耐心，等待我訴說自己的感受。

「我……」我羞紅了臉。「從來沒有這方面的經驗。」

喬納似乎如釋重負、輕輕哼了一聲。「我跟妳一樣，美女。」

我皺著眉頭。「真的嗎？你的意思是說自己從來沒有性經驗？你會沒有嗎？」

喬納沒有立刻回應，而是隨手從沙發上抓了一條毯子裹住我的肩膀。「對不起，」他說。「讓妳誤會我的意思。」他輕輕撥動位在我眼旁的蝴蝶，一臉深思地伸出指尖描摹我的五官，最後來到下唇中心才停住，這時候，他才說完整句話。「我的意思是，從不曾像現在這樣。」

我頓時感到安心，一股極大的渴望充斥在心上，本來沒察覺自己一直在閉氣，這時才吐了一口氣，對他點點頭。

他淺藍深邃的眼珠片刻不曾離開我，開始慢條斯理的幫我脫掉衣服，任由衣物散落在地板上，我渾身上下除了披著毛毯之外，幾乎一絲不掛。喬納強壯的軀體朝我壓下，掀開毛毯裹住彼此，我們緊緊相擁、一起倒在地板上。

雖然能給的不多，但我願意欣然全都奉獻出去……

⁂

管風琴的聲音在四周迴盪，把我從熟睡中驚醒過來。

我的愛駒烏麗——那是年代久遠的前世，一匹美麗的白駒——現身在我虛無縹緲的潛意識裡。牠迷人的大眼睛閃閃發光，鼻孔不住地噴氣，用強壯的後腳站立，高舉馬蹄，濃密的鬃毛不再飄揚，原本富有光澤的毛皮褪化到黯然無光，顯得死氣沉沉，缺乏生機。眼前的烏麗無精打采，彷彿木頭雕刻品。

五彩繽紛、筆觸濃重的畫筆在它雪白的軀體畫上鞍具，色彩柔和的花朵在前方籠頭上綻放，粉紅玫瑰的花環宛如藤蔓纏繞全身，大肆裝飾就爲了炫耀一番。扭曲蜿蜒的金色柱子插入馬鞍，摹擬我好朋友的木頭複製品開始上下跳躍轉動。

四周緊接著演奏的樂曲毫無疑問地宣告這是一座遊樂場，另外三匹馬、依序塗上藍色、綠色和橘紅，加入烏麗的行列形成旋轉木馬，而今賦予全新的生命，一圈又一圈地轉動著，散播歡樂的聲音。

鐘聲敲響，節奏配合管風琴的旋律，畫面逐漸褪去，在我腦海陰暗的深處，顏料罐傾倒，打翻的顏料將背景從純黑揮灑成雪白。

憑空出現的炭筆在空白頁面上勾勒出圖案，筆下逐漸出現遠山、樹林、還有三三兩兩的人群聚集在樹根的位置。

這是什麼？

畫面陡然變得栩栩如生，彷彿在放映停格式的動畫影片。

裡面的人物又蹦又跳，在舞台上時有時無，一個男子的輪廓出現場景正下方，四肢跟隨每一個畫框一點一滴的移動著，最後高高跳起，在左上方消失蹤影，經過三格畫面之後，又重新出現，加入故事場景，高高矗立在另一個倒地不起的人面前。

播放到這一刻都是黑白的動畫，直到這個身影靠近人體並且轉過頭來，大紅色的顏料潑灑而出，畫面一片漆黑。

旋轉木馬歡樂的音樂聲逐漸淡去，繼之而起的是一個清脆悅耳的嗓音在獨唱，讓人以爲現在非常安全，黑暗大放光明，那些讓人不寒而慄的角色通通不見蹤影，取而代之的是一對男女坐在地上，看不清楚他們的臉龐，旁白的歌詞或許不太一樣，旋律卻是耳熟能詳，這首歌一度代表我和加百列的感情。

畫面再一次明滅閃爍，最終陷入漆黑，3D立體的影像一筆一畫的呈現出來，起先是一個白色大圓圈，上面又畫了一個小圈，就像圓圓的頭配圓滾滾的身體，兩個上下顚倒的三角形出現在頭部的圓圈裡，雖然是黑色的底、白色的圈，三角形部位——就是眼睛——卻是綠光閃閃。

現在鴉雀無聲。

無比的寂靜。

人影逐漸模糊。

不管這個故事要訴說什麼，內容都已經到了尾聲。我驚醒過來，掙脫夢境恢復自由，但是「劇終」的字幕卻沒有顯現。

11

當我醒過來的時候全身痙攣僵硬。喬納的臂膀環住我的肩膀，我倒抽一口氣，他立刻用手掌按壓我的胸膛。

「萊拉，」他問。「怎麼一回事？哪裡不對勁？」

他把我拉進懷裡，試著安撫我的情緒、幫我緩和身體的顫抖，而我有口難言，因剛才的影像過於震驚，我喘不過氣，只覺得頭暈腦脹、缺乏方向感，甚至無暇察覺自己在喬納的懷抱裡甦醒、身上還一絲不掛這件事。

「連續三次深呼吸。」他說。

我乖乖聽話，專注地呼吸。

一次。

兩次。

「就是這樣，用鼻子吸氣，嘴巴吐氣。」他平靜地叮嚀。

三次。

我閉上眼睛，漆黑中依舊看見三角形的綠光一閃一閃發亮，我試著擺脫那些影像，身體不由自主地再次繃緊，腳趾頭蜷縮，抵住喬納的小腿肚。

「妳渾身冰冷，感覺快凍僵了。」喬納把手織的紅色毛毯拉緊，更緊密地包裹住我們兩人，看我仍然一聲不吭，他再次追問。「做惡夢了嗎？」

我的兩隻腳就像兩條冰柱一樣，我努力相互摩擦試著讓身體溫暖起來，然而，連血液都是冰的。

「我要起來穿衣服。」我顫抖地爬起身來，他沒有反對，跟著站起來，並把背上的毛毯拉過來幫我從頭到腳完全包覆起來。

我逕自走向桌子，在布魯克留給我的衣服堆裡挑選，感覺他的目光似乎要鑽進我的背。我湊合地挑了幾件，主要是利用這段時間緩和緊繃的神經。

稍稍平靜之後，我扭頭看了喬納一眼，他一絲不掛、坦蕩蕩地站在原處，我看著他的眼睛，鬆開身上的毛毯，任由它掉到地上，喬納表面上看起來好像不受影響，唯有明顯加速的呼吸透露出少許的端倪。

突如其來的恐懼鑽進骨子裡，我轉過臉龐，淚珠由臉頰滑落，雖然不明白原因是什麼，只知道那股悲傷來自於喬納。

我轉頭穿上衣服，手伸到背後想摸索內衣的勾扣，摸到的卻是喬納的手。

他先幫忙調整我肩膀上的束帶、技巧純熟的手指輕輕掠過我的曲線，將我轉過身去，抱住我的腰，低聲呢喃。「別再試圖讓我分心。告訴我怎麼了？」

我用手指描畫他輪廓分明的肌肉線條，暗暗思考跟他敘述先前所看到的異相有什麼意義。

我考慮半晌，終於將雙手搭在他胸膛上，嘆了一口氣，低聲對他說：「我愛你。」

這一句的用意不在回答他的疑問，雖然自己不是很確定，卻是我能給予的最誠實的答案。沒有等他回覆，我就自行假設這三字箴言不在喬納的字典裡。雖然昨晚他的擁抱和溫柔的撫摸，在在給我那樣的感受。

他果然沒有回應，我們雙雙把注意力轉到衣服上，我套上黑色牛仔褲和素色T恤，並套上軟皮短靴。我伸手去拿桌上的長方鏡時，同時看見水晶髮夾掉在沙發上，顯然是昨晚喬納順手丟在那裡的。當時他全神貫注、心思全在我身上，用細膩的親吻覆蓋我身心的每一道疤痕，彷彿可以用嘴唇帶走皮膚上交錯的紋路和曾經受過折磨的痛苦。我沒有拒絕，讓他隨心所欲，自己也全然陶醉，任由他脫光衣服。

當年佛瑞德留下的鋸齒狀疤痕橫跨我整個背部，一度是我莫大的煩惱，而今它們的存在不再困擾我，同樣的感受也適用在每一道傷痕和記號上，就算以前曾經在意過，而今也被我拋到腦後。

喬納觸及我的腰時看到自己在我身上造成的疤痕，渾身一僵，他曾說這些疤痕非常醜陋，但我深深不以爲然。就是因爲這些痕跡，他才能夠活到現在，對我而言，這些是榮譽的象徵，而不是受苦的傷痕。

昨晚的過程中唯一一次把我從如夢似幻、超乎現實的擁抱裡拉出來的，就是他的手再一次摩娑蝴蝶面具，本來想要摘掉，但我不願意。

現在臉上的面具依然完好無缺，在我照鏡子的時候，發現用布料做的蝴蝶沒有一隻倖存，如果布魯克看到自己的傑作被毀肯定大發雷霆。

我把紅毯子對折起來放在喬納旁邊的沙發上，「你說我只缺一件斗篷，看起來你已經幫我找到了。」

喬納又伸手揉亂頭髮。「萊拉——」

「我身上沒有一處正常的地方，喬納，連夢到的內容都很奇怪。」

「天哪，妳剛才臉色發白像鬼一樣，整個人忽隱忽現、時有時無，就像上次——」

「在老橡樹底下。」我代他說完這句話，接著伸手越過沙發，拉開百葉窗讓早晨的陽光射進來，「我經常夢到前世的事情，」我笑得很諷刺。「也可以說我經常夢到起初的時候，今天的夢卻是結束。」

「結束？」他重覆。

「是的。」自從在山坡上看見第一張素描的幻象，我就知道眼前這一幅畫是自己臨終的那一幕，此後每一次看到的影像都在描繪相同的狀況。

喬納面無表情地瞪著我看。「妳可以解釋一下嗎？」

我不想告訴他，不想破壞我們昨晚才度過的美好一切，那一夜如此美妙、又如此邪惡——只跟喬納共度一夜絕對不夠。

當我翻轉手中的水晶髮夾，光線映照在上面反射跳耀。「在我們離開第三度空間的時候，就在懸崖邊緣，我又看到一個影像，然而畫面中描述的不是過去，而是未來。好些黑暗的影子，如同鬼魂般的人們，你也在現場，同時也有別人……。我不確定是誰，但那個人不斷呼喚我的名字。」

「是男的？」喬納打岔。

「喊我的人嗓音非常低沉，低到不可能是女人的聲音，然後我便開始墜落。」我搖搖頭，試著回溯夢裡的細節。「後來在酒吧又發生過一次，但是場景不同，那裡有好多雙手……，通通戴著黑色手套，上方還有兩個明亮的綠色三角形。」我眉頭深鎖，努力回想，繞了一個大圈又回到原點，想起那些揮之不去的聲音和今晨睡夢中的場景。「雖不明白這些情節要如何拼湊在一起，但我不需要拼湊全貌就可以感覺得到，那種認知深入骨髓，就是知道自己看見的、夢到的……是結局……是我的死期。」

喬納盯著地板，當他再度抬頭凝視我的臉時，淡褐色的眼珠如血一般紅。「那剛才呢？妳又夢到什麼？」

我拿著髮夾翻來轉去，喬納伸手制止我的動作，強迫我靜下來。

「不知道，這次的夢不合常理，而且就算知道了又能怎樣？」

「妳只要說出來就好。」

他握著我的手，拿走髮夾，別住我右耳上方的頭髮。

「夢裡有音樂，就是遊樂園裡面經常播放那種老掉牙的音樂，隨後烏麗就出現了。」我想了一下。「烏麗是我第一次的前世飼養的馬，這件事我有告訴過你嗎？」

喬納搖頭以對。

「看來在很多方面我們對彼此都不太了解。」

「需要知道的我都知道，這樣就夠了，相信妳也明白，兩人攜手共度未來並不需要以共同的過去作爲前提。」

他爲什麼要說這種話？我以爲自己已經說得夠清楚。

「我之前就說過，我沒有未來，所以這樣的對話毫無意義，根本是浪費時間。」

我還來不及掉頭走開，喬納就扣住我的手肘，強硬地把我拉了過去。

「我想了解。」

「爲什麼？好讓你來救我嗎？」我嗤之以鼻。「你沒辦法救我的，喬納，這次你無能爲力。」

喬納不悅地咆哮，那低沉的吼聲讓我手臂上的寒毛一根根豎起。

「我早該跟著第三度空間一起毀滅的，但你硬是要闖進去，把我拖回這裡——」我說道。

「是的，妳應該非常感激。」

「你絕不可能聽到我對你說謝謝，」我瞇起眼睛。「你真想知道我是如何把你從鬼門關裡救出來嗎？那是因爲我獻出自己，以一命換一命，用自己取代，才把你換回來。」

「鬼扯。」他想都不想就立即反駁，看我沉默以對，他開始火冒三丈、更加生氣。「該死！妳以爲自己在跟誰談交易？」

「宇宙。」我聳聳肩膀。「就是神。」

「我們彼此心知肚明妳沒有宗教信仰，再試試找別的理由，親愛的。」

「有沒有宗教信仰跟神有什麼關係？」

喬納搖搖頭。「現在是怎樣？妳突然相信起某種虛無縹緲、看不見的力量？妳預備讓神擔任導演，像操縱傀儡一樣操縱妳的生命，只因爲妳認爲自己對他有所虧欠？」

看我沒有回應，喬納低聲詛咒著。「有宗教信仰不是不好，美女，然而還有其他更可靠的對象。」

「例如？」

他伸手捧著我的臉頰，直視我的眼睛，平靜地說道。「我。」

「我對你有信心，但也必須學習管理自己的期待。有一句三字箴言是你無法給我的，喬納，這超出你的能力範圍。」

喬納立即鬆開我的手。「妳需要聽我說那三個字嗎？」他詢問。

看來喬納誤會了。

我趕緊澄清。「我說的是『從此幸福快樂』（注1）。然而在我人生故事謝幕的畫面上只印了兩個字。兩個英文字，六個字母，說直接一點就是『劇終』（注2）。」我冷靜地補充道。「或許，讓這一切結束，才是我應有的結局。」

喬納別過臉去，硬生生地嚥下我給的結論，不以爲然地低哼了一聲。「管理妳的期待，嗯？說得好，美女。」

這時候根本毋庸透過血液的連結，也能夠察覺我把喬納惹毛了，他脖子青筋突起、獠牙爆出，根本不可能掩飾他內心升起的怒火。

「天底下沒有任何事是我無能爲力的。」他開口說道，傲慢的神情讓我回想起當初認識的喬納，然後他閉上嘴，試圖恢復冷靜。

「繼續，」我說，「不要因爲我而克制自己，你總是要搶說最後一句，記得嗎？因爲你的好強，我們才會困在這團亂局裡，讓我開始認爲這件事與我無關，而這關鍵只在於你輸不起……」

喬納的動作神速，快得讓人眼花撩亂，根本看不清楚。他把我拎起來，我最後一個字還沒有說完，嘴巴就被他炙熱的雙唇封住，他用力地輾磨、動作粗暴，這個吻彷彿沒有盡頭，似乎要在我身上烙下印記，標示所有權。

他雙手纏住我的頭髮，因鮮血的滋味擴散在到舌尖，才微微放鬆力道。他用手指撫摸我的下嘴唇，撫觸被他咬破的地方，然後徐徐呼出一口氣，低聲說道。「如果妳的說法是對的，如果眞有神的存在，即便祂手握籌碼，掌握所有的牌局，我也不會罷手、退縮，我絕對會奮戰到最後。到時那三字箴言將會由我嘴巴說出口。」

喬納的話語讓我非常震驚，我一面掙脫他的手，一面整理情緒，在他懷裡多流連一分鐘，我或許會忍不住相信。

我奪門而出，腳步踉蹌地走到陽光下，數不盡的水晶光芒從體內射向四面八方，水晶髮夾也產生折射效果，每個角度都晶瑩透亮。強光裹住我全身，對於背後的喬納或者菲南派來守護的封印獵人，光芒的強烈亮度讓他們無法睜開眼睛，我儼然成了隱形人。

雖然喬納和封印獵人的信仰不盡相同，卻共同相信一件事：他們就算看不到我的身影，卻不懷疑我的存在。

注1 原文是happily ever after。

注2 原文是The End。

12

我輕扣拖車屋的門，來應門的是羅德韓。

「早安。」他欣然邀請我進門。

我打完招呼，直接走進客廳，加百列端著咖啡杯坐在那裡。他一見到我，便從椅子起身，歡迎的笑容缺乏信心。我遲疑了一下才用微笑回應他，發現他看起來非常疲憊，天使無論墮落與否，都需要睡眠，但明顯的眼袋顯示了他長期失眠的狀況。

就在這時候，布魯克猛然衝進屋內，因為衝力太大，她特意把門框當成剎車板撞了上去，只是沒有預期我們三個都在起居室，因此她笑得有點靦腆。她在開口說話之前噘嘴的模樣看起來似乎沾沾自喜。

「怎樣？」就我對布魯克的了解，她會如此得意的原因只有一種——因為男人。看她就像舔到奶油的貓咪，心滿意足的模樣。我正要問她昨晚究竟享受了哪個牌子的奶製品時，羅德韓開口問道。

「整個晚上不見人影，妳跑去哪裡？」

布魯克心有旁騖，草草打量我一眼，沒有立刻回答羅德韓的問題。而我忍不住懷疑她是否光是看到我的外表就知道我昨晚跟喬納共度春宵，加百列會知道嗎？

「妳答應過的。」羅德韓皺著眉頭，重新喚回布魯克的注意力。

「昨天晚上我跟萊拉在一起。」她直視我的眼睛，看我敢不敢揭穿她的騙局。

加百列的胸膛大大吐了一口氣，顯然不願意去想我跟喬納單獨過夜的事情，爲了顧及加百列的感受，我只好遷就布魯克，配合她演這場戲。接著我的思緒轉向昨夜的事件——轉到卡麥倫身上。

「今天早上有看到菲南嗎？」

「啊，難怪我的耳朵會發燙。」菲南說道，自己開門進來。他全身都是迷彩裝，看起來比平常更有軍人色彩。身上的刺青一路往上延伸，甚至繞了脖子一圈，有些看起來是最近的，巧妙地掩蓋了我不在的這三年來，他身上新增的疤痕。

「出了什麼事？」加百列問道，捲起深色羊毛衫的袖子。

菲南不經意地朝外面揮揮手，指揮手下留在拖車屋外防守，然後從耳後摘下一根手捲菸，慢條斯理地點燃。

「你一定要在屋裡抽菸嗎？」布魯克喃喃抱怨。「臭死了！」

菲南吐出一口煙圈，還故意朝向她所在的方向。

「孩子？」羅德韓出面緩頰。

「昨晚在這裡出現的惡魔不只有牠們，」菲南從後面口袋掏出智慧型手機。「我們沿著主要街道、房子和教堂周遭都安裝了閉路電視，信號會傳到我的手機和平板。」菲南特別爲我解釋一番。

們。」

「有多少？」我問道。

「夠多了。一穿過墓園以後，攝影機就失去牠們的蹤影。等太陽出來，我們就會去追殺牠們，吸血鬼力量最薄弱的時間是在日出之後。

既然菲南他們耐心守候了一整夜，等到現在才選擇時機出去調查，肯定是羅德韓告訴過他們，吸血鬼力量最薄弱的時間是在日出之後。

羅德韓看著我說。「墓園再過去就是腹地廣大的花園，鄰近地區還有好幾畝空地。」

「我有印象。」我說。

「那妳一定也記得在靠近邊緣的地方就是地獄的入口。」羅德韓的手抓起大衣，並轉身詢問菲南。「我猜你們打算去那裡？」

「對，牠們似乎往那個方向而去。」

「我去，」我說。「你的手下不需要去冒險。經過昨晚……經過卡麥倫的事之後……」

「不，我們要去，妳也應該一起來。」菲南吸了一大口菸，示意我跟在後面。羅德韓才剛套上大衣，菲南已經走到屋外。

加百列拿了羊毛圍巾裹在脖子上，對我說道。「萊拉，我不贊同妳出去，任尼波應該知道妳還活著，妳如果露面會很危險。」他迅速恢復以往的習慣，伸手要摸我。對他我不是毫無眷戀，也不好意思立刻甩開他的手，我選擇保持沉默。

一離開拖車屋，我便掙開加百列的手。「我不怕任尼波，」我從容地說。「是牠應該怕我。」

加百列立即閃到我面前擋住去路，「我仍然認爲——」

「你親眼看過我如何對付艾莫瑞，我的能耐超越任何純血，包括任尼波在內。再者，牠有心願未了，我卻沒有任何牽掛，單就這一點就足以提升我的威脅性。」我躊躇了一下，對加百列覆述一遍當時在第三度空間的時候，內在聲音提醒我的話：「我預備好了，可以從容赴死。」

這時胸口突然卻升起一股不安的顫動，讓我極其驚訝，即便語氣聽起來充滿自信，但其實內心突然之間那股信心消失，我不知道是什麼原因。

驀然之間一陣槍響起，四周硝煙瀰漫，喬納如子彈般飛射過來，一轉眼間便出現在我身邊，他沉聲說道。「我們還不想放手讓妳去送死。」

一顆接一顆的子彈送入槍膛，槍托倉促滑動的聲響，立刻成為我關注的目標。我本能地舉起手臂，運用意志力，命令菲南六名手下扛在肩上的槍枝同時升上空中，接著我大手一揮，槍枝隨即凌空飛起，接著掉落在泥巴地上。

菲南猛然轉過身來，發現剛剛以為的惡魔是喬納，便吐了一口唾沫在地上。「該死，我知道你是吸血鬼，就算速度快如閃電，然而在這附近，還是走路比較安全，免得挨子彈。」

喬納最近才加入「改過向善」的惡魔行列，封印獵人對他的出現還不太習慣。菲南對周遭的士兵們揮揮手，搖頭示意，要他們將手中的刺刀插回刀鞘裡。「收拾裝備，繞道去大馬路集合。」他下達指令，大步走向泥巴路的方向。

「羅德韓，你會跟我一起去吧？」我轉身背對喬納。

他勾住我的手臂。「好的，甜心。」

加百列走到另一邊，我轉頭告訴他。「你不能去。」

「不，我當然要去。」他說。

喬納聽到加百列的話當然也不肯示弱，靠過來說。「妳應該知道我的脾氣，妳去，我也會去。」

我神聖、摯愛的天使和粗獷、機靈的吸血鬼或許身分、性格皆迥然不同，卻有一個共同要保護的目標：那就是我。他們都曾經輪流救過我，而現在角色互換，由我來保護他們。

「不，」我說。「稍作改變，你們兩個在這裡留守。」加百列皺起眉頭，前額浮現的紋路讓我不太習慣，唯一不曾改變的是他的酒窩，依然完美無瑕。

「留意布魯克，我們不在的時候，不要讓她離開視線，可以嗎？」不管她在玩什麼把戲——或是有什麼新對象——過去的經驗法則告訴我，不可信任她的判斷力。

「我會照顧萊拉。」羅德韓向他們保證。直到這時候，雖然兩位都不太甘願，但終究同意留在原地看守。看到他們聽從羅德韓的建議，卻不聽我的規勸，讓人懊惱極了。

房子外、靠近大馬路附近，菲南跟雷利站在那裡討論，剛才對喬納開槍的六人分成兩組，各三個人——一組走在羅德韓跟我前面，另一組負責殿後。羅德韓跟我都刻意走得很慢，完全不想被夾在兩組人馬中間，尤其他們都帶著銀製的武器。

「萊拉，羅德韓。」菲南大吼一聲，要我們趕上隊伍。

我搖搖頭。「如果你要找我們討論，就要習慣改變你的陣仗。」

菲南不習慣聽候差遣，咕噥地哼了一聲。

「好吧，」我忍耐不住，只想盡快開始。「我們在那裡碰面。」

一起步，我就全速衝刺，從肉眼看來，我像是憑空消失蹤影。羅德韓緊追在後，直到抵達大門禁止進入的標誌前面，我才停住腳步，裡面是一條長長的小徑通到教堂門口。一秒過後羅德韓來到身邊。

「一點小警告無傷大雅，甜心。」他說，稍微整理儀容。

「對不起，他的態度讓人生氣。」我應道，打量周遭環境。現在或許是早晨，街道空空蕩蕩，一個人影都沒有，小鎮的居民都在家裡。

「看來有人睡過頭了，大門還鎖著。」我伸手搖晃欄杆。

「當心，小可愛，」羅德韓指著高大的鑄鐵門頂端尖銳的裝飾頭，特意用銀打造，顯然一物兩用，必要時可以當成武器使用。

他解釋道。「只有星期天望彌撒時，教堂才會開門，單是保護這一帶，確保本地人安全無虞度過每一天，就要耗費很多時間整合極多的資源。」

「羅德韓，鎭民們知道通往三度空間的交匯口就在教堂的地界上，爲什麼還會有人跑來這裡？如果情況持續惡化，他們爲什麼還不肯離開？」

「因爲這裡是他們的家園，小可愛，他們不會棄之不顧，或是讓任何人或任何事物奪走他們的家園。」羅德韓溫柔的語氣意味著他也同意鎭民們的想法，不過話說回來，或許他比我更能理解鎭民的心情，因爲就我記憶所及，我總是四處漂泊，從來沒有紮根的地方。

「我不曾有過一個家，至少在此之前。」

在我心目中，家不是水泥磚造的房子，而是親愛的家人聚集的地方，無須追問，羅德韓就能明白。

「呃，事實上，我們在大災變來臨的前夕還能夠維持機動性，就是多一項優勢。」他發出粗啞的笑聲，我咧嘴而笑。

「說得好，現在就進去嗎？」我朝大門點點頭。

「應該等一下菲南，不等他抵達直接行動，好像不夠尊重。」

「呃，他或許是這裡的首領，但我不必聽他指揮，你也一樣，無須對他言聽計從。」

雖然最近這幾年他跟加百列、布魯克一貫配合菲南處理事情的行事和作風，但我們一開始就隸屬同一個團體。羅德韓仍然有些許猶豫，轉頭瞥了一眼，大概希望封印獵人的成員現在就趕上來了，羅德韓抓了抓下巴的鬍渣，隨即停住。

「你曾經答應過我。」我說。

「除非我死了，不然我會信守承諾。」他低沉、肯定地強調。

「如果要站在我身邊，你就必須加快腳步，趕上我的速度，老先生。」我戲謔地用手肘頂他，氣氛頓時變得輕快起來。我這才縱身一跳，躍過大門。

❦

羅德韓和我躍過墓園的圍籬，在另一側落地，這裡看起來稀鬆平常，跟其他墓園沒有兩樣，就是人類軀殼最後安息的處所，無論生前備受詛咒的，或是已經承蒙救贖的，通通都埋在這裡。讓這個教堂與眾不同的關鍵，在於後面隱藏的秘密。

教堂後面的空地劃分成一個一個的圓形區塊，彼此相連，中間以灌木叢隔開，中央是一處綠意盎然的花園，右邊的區塊是枝葉茂密的森林，至於左邊那一帶只有光禿禿的泥土和一棵古老的橡樹。每一個圓形區塊的外圍聯合起來形成一個緩坡，波浪般起伏的懸崖邊緣最後通到底下的利菲河。

普通人的視力不會看到這麼遠、這麼清晰，這裡其實是聖地，地表上僅此一處是三個空間環環相扣、並存在此地——天堂接連地獄，中間相隔的就是一座小花園，艷紅、雪白的玫瑰爭相怒放，絲毫不受季節的影響。

我的注意力旋即轉向左邊空地上——這裡就是我和喬納從時空交匯口出來的地點。光禿禿的荒地上只有一棵老樹盤據在正中央，粗厚的樹根到處盤旋，伸進底下的石塊。雖然從這個角度看不出來，但我確切知道低垂的枝椏極力想要掩飾的秘密：獨一無二的洞窟。

「甜心。」羅德韓說道。

他搖晃我的肩膀，把我從極度專注中喚醒過來，剛才太過聚精會神，甚至沒有聽見此刻迴盪在四周、刺耳的吼叫聲。

「哪裡來的尖叫聲？」我問。

羅德韓指著左邊的空地，也是我剛才一直專注觀望的地點。

我伸手摀住耳朵，試著阻擋那些痛苦的哀嚎傳入耳中。

「看不到任何東西，至少看不到那棵樹後面。」我說。

「我們從花園那邊試試看。」羅德韓說道。

我點點頭，兩人以超快的速度穿越密布的林葉抵達中央花園。就這樣，視線角度小小的改變，便立即能望見先前看不到的景象。

喬納推開的墓石仍然留在原來的地方，洞口暴露沒有遮蔽，一大群第二代吸血鬼一個接一個地跳進底下的洞穴，披著斗篷的純血不時穿梭在小嘍囉之間，嗅聞牠們的喉嚨、在耳際嘶啞吼叫，看著隊伍往下移動。

這些都是第二代吸血鬼，不是純血，無法穿越定點的時空交匯口，牠們只要觸及暗黑物質，就會形銷骨毀，消失得無影無蹤，所以他們的計劃一定不是把這些人送到第三度空間。不，純血派他們去的地方，我想我大略猜得出來。

「羅德韓，你有看到嗎？」

「是的，小可愛。」

大烏鴉棲息在橡樹枝幹上，單是拍動翅膀就是致命的攻擊力道，我雖然戒備地留意牠們的動靜，注意力依舊很快就移開。

紅、橙、綠三色的煙霧從橡樹枝枒裡滾滾而出，盤旋扭曲，像流光一樣，微風拂來，帶著有色的氣體飄向天空。

地獄被我大鬧一場，現在肯定失血很嚴重。

我確定自己留在那裡的氣場不知怎麼的一路跟來這裡。宇宙精心策劃，布置極端戲劇化的背景來迎接我的死亡。

我微微一笑。「必須說一句，祢很有藝術化的眼光。」

話一出口，內在的聲音就被另一種惱人的感受壓抑下去——是恐懼。

我斜瞥羅德韓一眼，他直視正前方，一臉茫然的表情。陡然想起他曾經說過的話，如果有機會爲這個世界消滅純種吸血鬼，他會毫不猶豫地抓住良機。我伸手擋在羅德韓胸前。「不可以。」

不能容許羅德韓再靠近地獄一步，最近的位置就到這裡。

他依舊直視前方，笨拙地尋找我的手。他緊緊抓著我的手，捏得很緊很緊。

我也緊捏住他的手。

一個裹著斗篷的身影正在監看整個流程，牠背對著我，站在那裡文風不動，不需看正面就知道那是任尼波，我們之間有感應是因爲牠的毒液改變了我靈魂的組合，雖然牠原來的企圖是要把自己的形象注入我體內，然而在陰影中的女孩灰飛煙滅的時候，牠的計劃也宣告失敗，我重新奪回掌控權，不再聽他指揮。然而情勢的改變也無法清除牠注入我體內的黑暗靈魂，我身上尚存的灰色本質的一部分仍然來自於牠。

「走吧，要在牠們發現之前離開。」羅德韓抓住我的手，走在前面帶路。

想知道的已經看夠了，可以走了。

這時附近傳來倉促的腳步聲，以及樹枝劈啪折斷的聲響，我回頭望著來時的方向。「菲南和他的手下正要穿過墓園。」

「是的，我聽見了。」羅德韓回應道。

「再過不久，牠們也會聽到動靜。我去找菲南和封印獵人，等會兒在教堂門口碰面。」意隨心轉，身形一晃，我立刻消失蹤影，瞬間過後當我出現在菲南身邊時，他是唯一一位沒有舉槍對著我腦袋的人。

「是我。」我冷靜地說，其他人紛紛放下武器。

「妳眞好，還肯加入我們的行列。」菲南咄道。

我湊近他的耳朵低聲呢喃。「我不認爲你的手下會贊同你用這種態度跟救世主講話。」我指著教堂門口，示意他們跟上速度。「走吧。」

「不，」菲南不悅地咕噥。「我們必須看個究竟，才能知道是怎麼一回事。」擔任前鋒的三名大男孩應聲上前，幸好後面的保鑣還有一點頭腦，知道要留在後面。

「你們繼續在這裡多逗留一秒，就是自尋死路，相信我，趕快離開比較好。」

看他依然不肯讓步，我只好改變策略。

「我會告訴你大致的狀況，但不是在這裡。拜託，菲南。」我低聲下氣不是爲了自己的利益，而是爲他、爲雷利、爲這些人的性命著想。

菲南抓了抓迷彩帽底下的頭髮，終於點頭。「好吧，我們先撤回總部。」

13

我在拖車屋的客廳來回踱步，一面向眾人說明羅德韓和我剛才查看到的情報。「我仔細數了一下，現場有六個純種吸血鬼，包含任尼波在內。這一類的惡魔我在亨利小鎮殲滅過，此外地面上還有一百二十二個吸血鬼。」

布魯克跟艾歐娜站在廚房，對我搖搖手裡的伏特加酒瓶，我點點頭，接受她的眼神詢問。

「我也來一杯。」克萊兒說道，把兩歲的女兒從大腿上放到沙發上，站起身。眼看著這個世界危機四伏，雷利和克萊兒依舊選擇孕育新生命——或許這就是希望的定義。

「總共一百二十二位？」雷利詢問。

「是的，」我證實這個數字。「昨晚的吸血鬼應該不是特地來攻擊我們，而是經過的途中，恰巧碰上的緣故。」

羅德韓嘟噥地同意我的推論，注意力一直關注門口的動靜，全神戒備。

艾歐娜將冰涼的杯子放進我的手裡，我感激地接過來。

「這個有助於緩和緊繃的神經。」她說，彷彿早晨目睹過那一切之後，還要有正當理由才能喝酒。

我斜瞥喬納一眼，他臉上的擔憂和我釋出的安慰，差點暴露了我們昨晚的關係。

「牠們在山坡那邊做什麼？」菲南提問，丟下毛線帽，抓了一瓶伏特加。

我深吸一口氣，稍微整理思緒，繞著屋子打量了一圈，感覺就像從前。加百列跟喬納各自盤據在客廳不同的角落，雙雙聽得很入神，女孩們從廚房裡進進出出，羅德韓持續警戒，雷利和傑克靜靜地清點庫存的武器，努力裝得很有勇氣，避免露出害怕的表情。只是現況跟以前大不相同，惡化的程度超乎想像，拖車屋周圍增加四十名守衛巡邏和保護就是一個證據。

對我而言，情況也不太一樣，加百列、喬納……我跟他們的關係儼然產生變化，我造訪過地獄、看過可怕的事情，學了一些教訓，我把剛剛的經歷跟這一切合併起來思考。

「第三度空間的交匯口，或是你們所謂的地獄門，就隱匿在山坡上那棵老橡樹底下，地底的結構來自於冰冷的暗黑物質，基本上就是冰凍、沒有生命力的石頭，第三度空間也是由同一種物質建構而成；地上有一塊巨大的墓石，已經被喬納推開，當時我們就從那裡逃了出來，它的正下方還有一顆一模一樣的大石頭。」

「妳到底想說什麼？」喬納從陰影中走出來。

「墓石就是大門，第二代吸血鬼鑽進第一道入口，而且我認為他們進入地下以後，會繼續穿過第二道。」我一邊凝神思考，一邊摸著面具的邊緣。「地下應該有兩層：第一層是定點的時空交匯口，可以通往第三度空間；更下方是第二層……」我沒繼續說下去。

「繼續說，小可愛。」羅德韓出聲鼓勵我闡述自己的理論。

我深思。「你們知道潘朵拉的盒子（注）其實不是眞的盒子嗎？而是一個壺？」幾個人搖頭，我繼續解釋。「第一層是蓋子，第二層是壺本身，我認爲純血將大量的第二代吸血鬼儲存在洞穴裡。」

「爲什麼牠們要這麼做？」菲南尖銳地問。

「上一次我看到不同的純種吸血鬼聚集在一處，其實是爲了結合資源和軍隊，目的是要追殺我；這回牠們的目標改變了。」任尼波的故事和牠想要殺死歐利菲爾的心願，浮現在我心裡，答案顯而易見。「牠要報復歐利菲爾，爲戰爭預作籌備，召集軍隊進行最後的戰役。」

「以前妳就提過這個歐利菲爾，他在其中究竟扮演什麼角色？」菲南直接對著瓶口灌了一大口伏特加。

加百列走上前一步，或許覺得自己的身分比較適合依據他們的信仰提供淺顯的解釋。「不只地獄的入口位於你的家鄉，天堂的大門也是一樣。」加百列針對的聽眾應該是菲南，但他似乎更加關注艾歐娜的反應，因此目光落在她身上。「入口就在妳的果園裡面，因此兩處交匯口中間唯一的區隔就是妳的花園。」

「眞的嗎？」艾歐娜無法克制興奮的情緒，匆匆走到加百列旁邊。

「是的。」加百列說。

艾歐娜興奮地衝到前面，想拉加百列的手臂，但他握住她的雙手放回身體兩側，艾歐娜還

注 Pandora's Box，源自於希臘神話，天神宙斯給潘朵拉一個神秘的盒子，要求她不可以打開，但是潘朵拉不敵好奇心的誘惑，偷偷把盒子開了，盒子裡裝了許多不幸的事物，例如疾病、禍害等等，通通飛了出來，慌亂中潘朵拉趕緊蓋住盒子，只剩「希望」沒有飛出去。

來不及感到洩氣，加百列就揑揑她的肩頭。雖然背對著他們，但我可以確定加百列正衝著她笑，因爲女孩本來嘟著嘴，隨即化成燦爛的笑容。

「這位歐利菲爾究竟跟這一切有什麼關係？」菲南再次追問。

「他住在天堂裡，是位階最高的天使。」加百列回應菲南，盡可能輕描淡寫地說明細節。

菲南頂起下巴。「聖經提到的歐利菲爾在神的寶座前，名列七位大天使之一。妳認爲魔鬼要殺他？」

「我知道牠很想，」我打岔。「任尼波——也就是純血的首領——發願要置歐利菲爾於死地，但牠不能穿越通往天堂的交匯口，因此牠要逼迫歐利菲爾自投羅網，來到能夠決一死戰唯一的地方，也就是地球。」我只讓菲南知道他需要了解的部分。「不管用什麼手段，牠都會把歐利菲爾引到這裡，到時候，就是打開潘朵拉盒子的時機。」

「牠不能把吸血鬼關那麼久，」喬納脫口而出，「牠們會餓死。」

「誰說牠們不會餵食？」我答道，凝神思索任尼波或許不會讓洞穴裡的吸血鬼跑出來，但不表示不會把食物送進去，想到這裡，一股冷颼颼的寒氣爬上背脊。

菲南的大腦加速運轉，平常的他或許精於算計，卻也是個火爆浪子。

我先聲奪人。「趁著牠們藏在地底，試著殺光全部吸血鬼的方案並不可行，因爲純種吸血鬼絕對不會讓你靠近雷池一步。」

「我們或許不能衝進去，卻可以預做準備，在外面守株待兔。」雷利的聲音有些沙啞，從妻子那裡把女兒抱過來，輕輕撫摸女孩紅褐色的頭髮，然後緊緊摟著她。小女孩用臉龐磨蹭父親的下巴。

雷利有著乾淨的靈魂，當他抱著女兒的時候，身上的氣場悸動不已，從潔白轉化成燦爛的七彩，紅、橘、黃、綠、藍、靛、紫，讓我大開眼界，從來沒看過如此燦爛的光輝從凡人身上投射出來，顯示他對女兒的愛沒有條件、沒有玷汙、完全明確，真正配得上彩虹的所有顏色。

我嘆了一口氣，任尼波正在召聚純血跟牠們的軍隊，這或許也是我們可以永遠殲滅牠們的唯一機會，但雷利父女改變了我本來要說的話。

「不，帶著你的家人離開，」我告訴他。「一旦開戰，你無法倖存，所有的人都很難活命。」

雷利來回望著克萊兒和女兒，咳了一聲，清清喉嚨說道。「這裡是我們的家園，萊拉。」

「你的家就是那個小女孩，只要選擇帶她離開，天涯海角、所到之處都是你們的家。」我回答。

「我們又能去哪裡？」克萊兒的語氣近乎指控，但不是挑釁，而是提問，這反而讓我明瞭她其實不想留在這裡，以前或許願意，但現在還有女兒需要她的保護。

我最初的想法是要他們拿出地圖，找一個地方，離這裡越遠越好。但隨即靈光一閃，加百列與羅德韓曾經說過的話驀然浮現心頭。

「你們去找一艘船，航行在海面上，」我凝視著她的眼睛說。「天堂與地獄都有時空的縫隙通向地球，來自兩地的妖魔鬼怪或任何事物只要跨進縫隙，就能夠長驅直入，唯一的例外是敞開的水域，水面無法開啓縫隙，對嗎，羅德韓？」

羅德韓答得毫不猶豫。「是的，小可愛。」

「最安全的地方就在海上。」我說。

「妳不能告訴我的人該或不該做什麼，這裡需要雷利——」菲南怒道。

我打斷菲南的話。「是，你也需要卡麥倫，他留下來了，結果怎樣，他昨天才死去，今天你就不再提到他的名字。」我氣得全身發抖，即便昨晚在菲南臉上看到悲傷的情緒流露，但他現在似乎已經坦然接受，甚至不以爲意。

「不要把卡麥倫扯進來。」菲南怒道。

布魯克哈哈大笑。「萊拉說得對，你們口口聲聲說是一家人，但你從來不提佛格的事情。」

菲南一手握拳，右手探向腰間的武器，本來在門口警戒的羅德韓察覺到緊繃的情勢升高，開口緩頰。

「討論得夠久了，」他說，「大家休息一下，喘口氣吧？」

爲了顯示團結，雷利引導克萊兒穿過起居室，中途對菲南點點頭表示尊敬，傑克跟在其後。菲南仍然留在現場，一直等到他們離開。

佛格的名字觸動了艾歐娜的悲傷，瞬間淚如泉湧，她對加百列說道。「我應該離開。」

加百列轉向我。「妳會介意我——」

「麻煩你了。」我欣然鼓勵。

加百列護送艾歐娜走向屋外，唯有菲南留在這裡代表封印獵人發言，他抓抓耳後，繞過羅德韓。站在角落的喬納低吼一聲以示警告，菲南這回放下身段，柔軟許多，不再頤氣指使，轉而用近似懇求的語氣對我說。「妳可能不是眞正的救世主，萊拉，但這不表示妳不能拯救大家。」

我搖頭以對。「我只能盡力、做自己能夠做到的，如果眞有方法……」我低頭望著地板。

菲南完全沒想到侵犯私人領域的問題，逕自用食指勾起下巴，確保跟我四目相對。「要拯救就免不了犧牲，犧牲又跟受苦攜手同行，妳要有受苦的心理準備，才能拯救大家。」

「滾出去。」喬納倏地出現在我身邊，嘶聲命令，並把菲南往後推。但菲南繼續盯著我的眼睛，看我沒有回應，他終於拱起一邊眉毛，操起廚房流理台上的毛線帽。在出去之前，他從耳後掏了一根手捲菸。「我在私底下默默的紀念他們。每次埋葬一個家人，我都在受苦，但是我會繼續忍耐下去，才能拯救更多的人。」

從我倒抽一口氣的聲音，他知道我已經上鉤，但是他的最後一句才是把我整個捲進去的關鍵。「只有這樣，像雷利小寶寶那樣的孩子才不會死去。」

在失明的左眼和淚水滂沱的右眼之間，喬納的臉孔變得水濛濛的模糊不清，軟弱如我，用充滿絕望、帶著顫抖的語氣重複再說一遍。

「我不知道該怎麼做。」我是眞的不知道。

即便擁有再多的超能力，我仍然無能爲力。

敵人那麼多，我卻只有一個人，終究會寡不敵眾。

就算曾經殲滅一個純種吸血鬼，也是使出渾身解數才戰勝對方，現在一下子冒出這麼多個，我要如何對付，才能確保牠們在我沒命之前灰飛煙滅？

「甘心受苦、才能拯救。」菲南再次強調，彷彿我蓄意隱瞞事實一樣，終於不甘心地離去，碰的一聲摔上大門，力道大到連軸承都在顫抖。

挫折感喚起我的念想，我逕自將怒氣發洩在喬納身上。「你不該救我。」我的語氣冷得像冰。「我死了無所謂，因爲你已經得救，讓我帶著任尼波一起毀滅可以拯救更多的人，我死了有什麼關係，是你搶走我救所有人的機會。」

喬納變換身體重心。「眞的嗎？你眞要把那個鄉巴佬的渾話放在心上？」他走過來，一手捧著我的臉頰，但我轉頭不肯看他，喬納無奈之下，只好幫我調整水晶髮夾，然後忿忿不平的說。「或許他說的對，如果救世主一定要受苦，美女，那妳肯定有虧職守，因爲慷慨赴義之前的必要條件就是要存活，妳眞正想要的或許是變成殉道的烈士，我只是害妳不能夠用最簡單的方法解脫。」

喬納的言語一如往常的傷人，我不像菲南說的那樣好戰或是甘願犧牲，但我願意爲喬納割捨自己的生命、證明自己的確樂意犧牲。本來我還想再爭辯下去，卻陡然領悟或許眞的被他說對了，我不是救世主，因爲我沒有心理準備、更不願意犧牲自己認爲最寶貴的——喬納和我的家人。

他們在我心裡排在第一順位。

雖然雙腳軟得像果泥，我還是掙脫他的懷抱，跌跌撞撞地走向桌子，喬納無法挑起我憤怒的反應，只能低聲詛咒，怒沖沖地轉身走掉。

後方的羅德韓轉向布魯克。「親愛的，請不要介意，或許妳可以去小藍那裡稍等一下？」

布魯克不悅地哼了一聲。「隨便，反正我要去找別人。」

我還來不及警告她不要離開沃倫貝格拖車屋，她已經走得不見人影，然而話說回來，我也懷疑她會乖乖聽從勸告。

我坐在桌子旁，扭開伏特加瓶蓋，惆悵地自艾自憐。喬納總是有辦法用一兩句話毀了我的心情，這種傷人的技巧他似乎每個小時都在精進，手法越來越純熟。

羅德韓在旁邊坐下來。「妳還好吧，甜心？」

「好、不好，我也不確定。」我坦白回答。

羅德韓耐心等待，給我調適心情的時間。

「剛才在山坡上目睹的一切會讓你害怕嗎？」我試探性地詢問。

羅德韓摸了摸灰白的頭髮，雙手交握成禱告的手勢，平放在桌上。「不會，小可愛，但妳很害怕，對嗎？」

我沒有直接的答案。「眞的不懂。」我的拇指跟食指幾乎掐在一起。「當時距離死亡只有毫釐卻不覺得害怕，隨時有赴死的準備，回來以後，依然做足心理準備，……可是今天早上……我不明白。」

「如果妳的感覺不再一樣，肯定有某些因素發生變化？」

「是，我想是這樣，」喉嚨有些哽咽。「我很恐懼，羅德韓。」

他把我拉進懷裡，小心翼翼地避開精細的面具，輕輕撫摸我的背脊。「知道嗎？在我的經驗裡，人們害怕死亡，通常是因爲他們要爲某個目標或——某個人——而活。」羅德韓放開我。「因此，小可愛，妳是爲誰而活？」

我緊閉浮腫的雙眼，陡然浮現在眼前的臉孔給了答案。

但我沒有告訴羅德韓。

「我來爲妳泡一杯熱茶吧？」他起身。

我皺皺鼻子。「熱茶對我其實沒有幫助。」

「是的，然而手裡捧著溫熱的東西，會給人安心的感覺，況且老實說，我非常享受爲妳服務，妳不在的時候，我很想念。」他的好意讓人難以拒絕，我微笑目送他去找茶壺。

在等待的時候，我用指尖不停地敲打桌面，像打鼓一樣，一邊等待熱茶，一邊思索羅德韓的話。

茶壺發出尖銳的哨聲，然後是湯匙敲到馬克杯清脆的聲響，我把布魯克的時尚雜誌推向一旁，底下竟然有一本眞皮封面的手冊。

我立刻認了出來。

喬納的素描本。

才拿起畫本，夾在某一頁的鉛筆就滾了出來，掉到地板之前被我接個正著。「你找到喬納的素描簿？」

「對。」羅德韓說道，開冰箱拿牛奶出來。「這些年來，多多少少都會了解彼此的生活習慣，無論去哪裡，不管住多久，那孩子總是把貴重物品放在枕頭套裡，連我都不曉得他又重拾畫筆。離開亨利小鎮的時候，看到他的素描簿我還有點訝異。」

我把鉛筆含在嘴裡，指尖輕觸鞣皮封面，納悶這回喬納畫了些什麼，明知道不該偷窺，這是他的私人財產，不過，既然他經常把我當成素描的對象，要我克制不看實在很困難。

「他應該不會喜歡妳翻閱他的私人物品。」羅德韓站在我肩膀後方警告，他將馬克杯放在我的手邊，看我小心翼翼地翻開第一頁，大聲唸出喬納的全名，隨即回想起當我以為這個名字的主人再也不會回來的時候，念出他名字的那種感覺。

「喬納・古利奈。」

「啊。」羅德韓說道。

「什麼？」我逐頁翻看，尋找用炭筆當書籤的那一面。

「這些年來，那孩子從來沒有告訴我他姓什麼，有趣得很……」

「怎麼了？」我停下來撫摸頁面的邊緣，拖延時間，凝聚勇氣，不確定翻開之後會看到什麼，如果素描的主題是我，把我拉出第三度空間之後，他在我身上看到什麼？在他看我戴上蝴蝶面具之後呢？*在我們共度一夜之後呢？*

謎底揭曉，鉛筆從我嘴巴裡掉了出來。

竟然不是我，是一個圓圓的頭顱，兩個三角形的眼睛，圓滾滾的身體，最後加上膀臂，雙手，腿和腳。喬納畫出我跟他形容過的三角形眼睛和戴著手套的手，然而他又有如神來之筆，額外加上某些我沒看見的東西，畫出完整的人體，好像一具機器人。

是我曾經看過的。

當時我拒絕進食，備受痛苦煎熬，為了要麻痺痛苦，轉而尋求酒精的慰藉，喝得爛醉，但我仍然記得它。機器人的畫像懸掛在達文家裡的牆壁上，他說是在描述大災難的景象，這一幅畫是他們的傳家之寶，已經傳承了好幾代。

畫像本身是一個預兆，是我離世那一天的景象。

就在這時候，另一個預兆當面賞了我一巴掌。

「喬納的姓，」羅德韓說道。「是古利奈。」

我把那一頁撕了下來，對折塞進牛仔褲口袋，「你說什麼？」

「甜心，這個姓氏對你毫無意義，因爲你沒有基督的信仰，然而聖經福音書裡面提到有一個人叫古利奈人西門。」羅德韓停頓了一下，撿起鉛筆並拿走素描本。「就是他幫助耶穌扛起十字架走上苦路。」

我坐在那裡目瞪口呆。

好吧，宇宙，我洗耳恭聽。

14

沃倫貝格車裡空空蕩蕩，沒有布魯克的蹤影，無法徵詢是否可以借用她的大衣，看來她只能原諒我擅自挪用。我把自己裹進溫暖的外套，兩手埋進口袋，找到達文前一天晚上給的名片，我撫平名片上的皺紋，凝神思索下一步。

我找不到喬納，這有好也有壞。缺點是不能直接問他如何能夠憑我簡短的描述，就能素描出那樣的機器人；優點是不必跟他辯論我臨時決定一個人前往倫敦，這件事連向來信任我判斷力的羅德韓都不太贊同。

靠著意志力瞬間移位的方式在水上行不通，我只能搭乘渡輪橫越愛爾蘭海到河利西德，然而第一步至少可以利用雙腳先到都柏林。

我四處搜尋裝著艾歐娜衣服的帆布背包，結果在駕駛座旁邊的儲物櫃找到一只裝過夜衣物的手提袋，我不假思索地把裡面的東西通通倒在副駕駛座上，再把布魯克借我的衣服塞進去，轉頭走向起居區的中途我停住腳步，一股金屬氣味瀰漫在空氣裡，回頭檢視剛剛從袋子裡倒出來的東西：舊的撲克牌、火柴、刮鬍子後擦的乳液、內衣、襯衫、牛仔褲、還有一頂毛線帽。

毛線帽——最近清洗過的帽子流露出夏天特有的芳香，但是再怎麼掩蓋，乾涸的褐色血跡的氣味依然揮之不去，早已滲進布料裡。

緊接著是撲克牌引起了我的注意，花色普通，就是那種在角落小店平常都買得到的東西，經過布面處理，背版是簡單的紅藍方塊圖案，我將拇指壓在牌面上，在手掌心扇開，數了一下總共五十四張牌。在此之前，我對自己掌握細節的能力本來不是很在意，也沒多想它的用途，但在這時候少了它，就不可能察覺紅心六的右上角有個細微的裂痕，雖然同一副撲克牌在我一回到小藍的時候就有看到，不過裂痕是新的沒錯。

看起來似乎有人常來拜訪布魯克，對方顯然很喜歡撲克牌這樣的娛樂，難怪當她必須搬出小藍的時候，差點沮喪地抓狂，畢竟她有需要隱私空間的好理由。我抓抓腦袋，她若不是正在和凡人交往，不然就是偶然認識另外一個吸血鬼，經常趁大家不注意，帶他進出沃倫貝格。

兩個可能性都有難以克服的困難度。

眼前我還是先出發，回來以後才有時間查個清楚。

我不明白自己爲什麼決定走路去鎭上，或許是希望喬納會臨時露臉，也或許是因爲有些飢餓感。我這回需要的燃料不是陽光，而是人血。

街上空蕩蕩的，一個人影都沒有，讓我忍不住納悶是否跟吸血鬼出沒有關聯，就他們出現的頻率來看，菲南應該會警告本地的居民不要隨意上街閒晃，最好留在家裡別出門。我也希望是這樣，因爲我不認爲菲南會考慮疏散居民——他向來是「起而奮戰」的類型，不太可能做出「落荒而逃」的決定。

就在我走到跟教堂大門平行的方向時，發現大門沒鎖、入口半掩，裡面傳來低沉、悲傷的啜泣——聽起來是艾歐娜的嗓音，魔鬼就在她背後不到一公里的距離，她爲什麼要冒險跑來教堂哭泣？「莽撞、不知死活」這類的形容詞即刻浮現腦海，但我不忍心苛責這個女孩，以往就有人不只一次把同樣的詞彙貼在我身上。

我先跟銀製品保持相敬如賓的距離，然後縱身一跳，越過欄杆上方尖銳的銀頭裝飾，小心翼翼走向沉重的木門。即便視力受損，那些貴金屬在背景襯托之下就像3D立體電影，大門上面的把手和軸承都是堅固的銀製品，雖然有百年歷史、年代久遠的彩色玻璃都保留原狀不曾變動，封印獵人依舊費了一些苦心將窗台包覆起來，爲了增加安全性，更把純銀鑄成的薄片包住鑲嵌的彩色玻璃。

就算沒有宗教信仰，看到秋天的陽光灑進神聖的殿堂，延展到一排排的靠背長椅上，溫暖的光輝深入最小塊的黑暗空間，給人一種肅然起敬的味道，艾歐娜坐在最前排，雙手放腿上，頭垂得低低的。

「艾歐娜。」我喊她。

「噢！」她受驚地跳起來，發現是我，立刻擦擦眼睛，低聲說道。「對不起，妳嚇了我一跳。」

「剛好路過教堂外面，無意間聽見妳的聲音。」我說。

她吸吸鼻子，「妳一路走過來？」

「對，這是無可避免的，呃，妳知道……」我坐在旁邊，看她往皮包裡面摸索面紙。

她終於找到之後，拿面紙拍拍臉頰，微笑地說。「我眞的很傻，就是想念起佛格，一想到他，就想起父親、皮德雷、當然也會想到我的母親。」艾歐娜懷念的親人名單很長很長，以她這樣的年紀，死去的親人比大部分的人多得太多了，她不該面對這麼多親人的死亡。

「我不該悲傷，眞的不該悲傷，他們去了一個更好的地方，與上主同在天堂。」她將鬆散的髮絡塞回馬尾，「我猜是因爲——現在、現在我變成這樣，或許要很久很久以後才能再次見到他們。」

艾歐娜是Offi，她和雙胞胎弟弟佛格都是墮落天使的兒女，主要的差異是她滿十七歲的時候，擁有清潔光明的靈魂，讓她的青春從此凝固在那一瞬間，意味著她也像墮落天使一樣，壽命會無限延長，只是沒有保護自己的能力。

「夜晚閉上眼睛的時候，我試著想像他們的臉龐，卻要很用力才記得起來，」她告白。

我用手肘輕推，「或許問題就在這裡，在黑暗中找東西本來就不容易。」我的思緒轉向三度空間的食腐獸。「或許妳在回憶他們的時候，應該睜開眼睛，黑暗的終點就是光明，就在那裡，在灰色地帶，妳會看到他們。」接著我想到了加百列，這些年來關於他的回憶在腦海裡徘徊不去，感覺近在咫尺，卻又遙不可及。

「回憶讓消逝的親人永遠跟我們在一起，直到有一天再相聚。」我安慰道。

艾歐娜微微一笑。「有時候，爲防他們聽不到，一個人的時候我就開始唱歌，讓他們明瞭我思念他們，妳瞧，因爲我們有一首歌，是小時候媽媽對我們唱的那首歌，這是我跟他們之間僅剩的聯繫，連結我最愛的親人。」艾歐娜極其友善的詢問。「妳願意跟我一起禱告嗎？」她再次雙手交握，低下頭來。「祈求他們能夠聽見，讓我的歌聲傳入他們耳裡？」

我感到有些尷尬地咳嗽，勉強點點頭。她低聲呢喃。「妳相信神，對吧？」

就在這時候，太陽的光輝照在彩色玻璃窗上，感覺釘在十字架上的耶穌從裡往外射出光芒，想到自己即將跟達文會面，於是不假思索地坦率回應。「我相信穿夾克的人。」

艾歐娜一臉迷惑，這時，陽光照射在她白色襯衣上，一道最最熟悉、曾經是我唯一安慰的光芒在她絲質襯衫下閃爍發亮。

「艾歐娜，妳的項鍊呢？」

她將掌心貼在胸前，從衣襟底下拉出項鍊，展現我的水晶寶石，仍然鑲嵌在加百列請羅德韓幫忙訂製的訂婚戒指上。

加百列失去光輝的時候，埋在他頸背的水晶跟著黯然無光，而我跟他不一樣，不需要倚靠水晶來盛載我的能量，因此在進入第三度空間之前，我將貼身項鍊送給了他。加百列說光就是愛，讓我以爲他鬆手放我離開，讓自己去愛艾歐娜的時候，就能夠藉著我的水晶恢復他原有的亮光，重新得回永恆的生命，就此幸福快樂地永遠跟艾歐娜廝守在一起。

然而在我離開的這三年之內，結果顯然不是這樣。

「這是加百列給妳的？」我困惑地問。

爲什麼？加百列拒絕放開我，卻把鑲嵌在訂婚戒指上的水晶送給艾歐娜？

艾歐娜轉動指關節上的白金戒環，沉靜地說道。「不，是昨天羅德韓拿這戒指給我，要我好好保管，還說這個東西非常特別，背後更有偉大的目的——等到適當的時機出現，我自然知道該怎麼辦。」

她猶豫了一下，開口問道。「妳知道羅德韓的含意嗎，萊拉？」

從我離開以後，顯然是羅德韓負責保管水晶，他這麼做是出於好意，加百列是墮落的天使，羅德韓畢竟是吸血鬼，如果希望成眞，在加百列的天賦重新恢復之前，水晶在他手上總是安全一點。現在羅德韓將戒指交由艾歐娜保管，表示他不確定自己是否還能夠繼續守護。看來他是預備奮戰，準備信守諾言站在我身邊，而他顯然也先做了防範，萬一奮戰到最後，無法活著回來的時候，至少水晶有專人保管。

「羅德韓有一個特點，就是心口如一、不說假話。如果我是妳，就會把他的話記在心底，那是智慧的雋語，即便現在不了解，總有一天妳會明白的，我相信。只是……」

「嗯？」

「不要拿掉項鍊，好嗎？然後常待在加百列身邊。」

艾歐娜再一次打量戒指，這才放回衣襟裡面，堅決地用手按住，說道。「我保證不會拿掉它。妳願意跟我一起禱告嗎？」

「假如我答應了，妳就願意回家嗎？妳知道自己不應該單獨出門，再者妳是怎麼進來的？聽說教堂只有星期天望彌撒的時候才會開門，今天早上大門不是還鎖著嗎？」

「是我拜託看管的人幫我開門，他爲我的家族工作，本來就會按我的吩咐做事。」她脹紅了臉解釋，氣氛有點尷尬。

我點點頭，教堂的靠背長椅硬得非常不舒服，屁股左挪右挪，雙手交握，慢慢低下頭。

艾歐娜大聲開口禱告，部分的禱詞曾經在第一次跟封印獵人共進晚餐的時候，就聽佛格禱告過。不過這次的禱告到結尾，她自己加了一段話。「上主，求祢賜下恩典保守萊拉，因著她恩待其他人，求祢也一樣的恩待她，赦免她的罪，施恩憐憫。」

艾歐娜身上沒有自私的念頭，她不是祈求神讓我拯救他們，而是單純為我的靈魂得救祈禱。

「謝謝妳，艾歐娜。」我抬起下巴看著她，真心誠意地說。

白天逐漸接近尾聲，夜幕漸漸低垂，我護送艾歐娜回主屋，她乖乖地保證如果沒有人保護、絕對不再出門。到目前為止，依舊沒有喬納的蹤影，而在我第二次跟羅德韓說拜拜時，加百列也不在。這是因為艾歐娜私下偷跑出門，他只好出去找人，至今不見人影。既然如此，我便轉身離開，準備前往下一個目的地。

雖然我是幾乎不費吹灰之力就抵達都柏林的港口，不過還是得運用超能力影響工作人員，才能在少數幾艘載客的渡輪上取得座位，橫越愛爾蘭海到河利西德；因為「Spinodes」的緣故，英國境內全面且高度警戒，沒有急迫或必要的理由，想要入境並不容易——呃，除非恰巧跟我一樣有超能力。

僅僅幾分鐘而已，我靠念力瞬間移位，由河利西德抵達切爾西最高級的地段、富豪齊聚的埃格頓新月街，雖然達文特別在名片上註明了地址，但其實我不需要地址也找得到，只要運用冥想的力量，勾勒出那棟白色莊園的外觀，雙腳就會自動帶我到這裡。倫敦的夜晚灰濛濛的缺少生氣，從地上一灘灘的泥濘和水坑，顯然已經下了好一陣雨。

接近達文家的宅第時，我運用念力讓自己隱形，避開私人保鑣——他們在奢華的四層樓高的莊園外頭來回巡邏。

我透過超能力一路旅行到這裡，身體機制再次提醒我需要補充燃料。我悄悄離開，順著博覽會路往前走，大約下午五點左右，本地大多數的居民已經躲回家裡，因爲晚上有宵禁。我從沒想過倫敦的街道會有如此淒涼空曠的時候，坦克車沉重的呻吟聲和士兵大步邁進的腳步聲打破寂靜的氣氛，一副大戰即將開打的景象。

我嗅聞空氣中的味道，尋找比較合適的人選，看到目標正好穿過帝國學院的校門，我繼續掩蔽自己的行藏，尾隨少女穿過海德公園，她一轉離大馬路，經過拱門以後，腳步逐漸謹慎起來，盡量避免偏離路徑，途中還經過一隊士兵，士兵們正順著範圍廣大的公園小徑一一部屬崗哨點。女孩身上的氣味告訴我這人有闇黑的靈魂，我瞇著視力完好的那隻眼睛，仔細察看，確認她有沒有護體的微光，果然沒有，完全只有黑暗的能量。就是她了，應該沒問題。

夕陽逐漸西沉，黑髮女孩加快腳步，扛著沉重的書袋，不時在臀部上移動重量，在小徑轉彎的地方，有一處矮樹叢和樹林，這正是我等候的地點。

我唯一啜飲過的對象只有喬納，不曾找過一般人，雖然吸血的同時也能汲取黑暗的能量，但實際的效果比不上從吸血鬼身上取得。

女孩正在講手機，一再安慰電話那頭的家人，解釋自己距離家裡不到幾分鐘的路程。我抓住機會，把她從小徑拉入樹叢裡面，手機框啷的掉在地上。

我用手臂壓住她的胸口，限制她的行動，左手摀住她的嘴巴堵住尖叫的聲音，直到我預備好了，才停止隱形，專注在手邊的工作上。

我將她下顎撇向一邊，讓頸項完全露出，女孩驚慌地睜大眼睛，汗水順著脖子流下。突出的獠牙刺穿她的血肉，女孩膝蓋發軟，我撐住她的身體。鮮血讓我恢復生機，精神百倍，闇黑的能量跟我的融合在一起，油箱容量逐漸加滿。

從女孩身上汲取的確達到了目的，卻跟喬納當初給我的感覺沒得比，完全找不到一絲慾望的滿足感。當我消化喬納的血液時，讓我心醉神迷、神魂顛倒的程度幾乎忘記了自己的名字；而汲取女孩的血卻連一點醉意都沒有，就是做我必須做的事，配合身體需求，完全談不上享受。

喬納曾經百思不得其解，搞不懂爲什麼他從別人身上汲取的方式會讓我懊惱，現在我才明瞭喬納的感受，原來兩者間的差異根本無法比較。

目的達成，我抽身退開，鮮紅的血液順著下巴滴落，我大口呑下嘴角周圍的液體，然後舔舔嘴唇，清除犯罪的證據。

我挪開手臂，被害者沒有掙扎的跡象，因此我不再壓制她的胸口，我迅速查看她的脈搏，確認她只是昏厥而已。我小心翼翼地讓她倒在懷裡，輕輕拖到小徑旁，讓她靠著樹幹，我不能冒險把她丟在樹叢裡面，就此棄之不顧太過危險——脆弱無助地讓她暴露在陰暗寒冷的戶外，偏偏不管我怎麼用力搖晃，就是弄不醒她，人還活著，只是沒有意識。

女孩或許有暗黑的靈魂，然而這不表示她不配活下去，我大聲地吹了一聲口哨，故意吸引在鄰近巡邏士兵的注意力，然後用超能力掩蔽自己，在旁等待，等士兵發現了昏迷的女孩之後才轉身離去。

返回埃格頓新月街，站在社區的花園中間，就在莊園正對面，父親艾瑞爾的臉龐閃過眼前，當年尾隨他穿過這座花園、最後赤手空拳處決他的回憶、如同剛才汲取的血液一樣鮮明，當時說的那些話，判處他死刑的感覺，言猶在耳沒有遺忘。

我從外套口袋拿出面紙擦拭嘴角，抹滅犯罪之後殘餘的證據，掛上最美的笑容，舉步走向達文家。

15

我將達文的名片遞給黑衣人，他滿臉狐疑的打量，我頂著寒風，充滿耐心地在台階下方等待，達文的厚底皮鞋踩在大理石地板上，發出達達的聲響，他越走越近，直到前門，壯碩魁武的保全人員轉身背對著我，擋住達文的視線。

「茜希！」達文大聲嚷嚷，拍拍男子的肩膀，繞過他身旁。

「嗨。」我隨口招呼。

「很高興看到妳。」達文快步跑下台階，伸出手臂，預備像平常一樣抓著我的手，但他飛快的從左到右瞄了一眼，陡然縮回手，催促我快快進門。「進來，進來。」

他迅速帶我走進溫暖的屋內，毫不浪費時間的接過大衣和手提袋，我上次來這裡，經過了精心地打扮，一身都是名牌服飾；這回卻像大雜燴一樣，就是普通牛仔褲配襯衫，僅有的裝飾是水晶髮夾和蝴蝶面具。

背後的達文在我臂膀上下揉搓，「妳沒穿毛衣，肯定快凍僵了。」

「謝謝，」我微笑，「我很好。」達文不知道我可以控制自己的體溫。

「要喝什麼飲料？」他帶我穿過門廳，來到會客室，讓我坐在眞皮厚軟的大沙發，面對維多利亞風格的壁爐，他伸手推了推眼鏡，把眼鏡推到鼻樑底下的小凸起上面。

「或許來一杯卡本內葡萄酒?」他紳士地詢問我。

「當然。」我欣然答應，厚軟的大沙發幾乎將我淹沒。旁邊的爐火劈劈啪啪地燃燒，橘黃色的火焰竄得很高，就在一瞬間，第三度空間顚倒的五芒星圖案竄出大火的景象閃過眼前。

達文進來時，一手端了兩支酒杯，另一手拿了一瓶極高檔的葡萄酒。他斟酒的時候小心翼翼，我不自覺地盯著他斜紋軟呢西裝底下的白色T恤。

「不要驚慌，隨時帶毛巾?」我大聲唸出T恤上的標語。

達文遞過來一杯酒，低頭瞥了T恤一眼。「這是銀河旅遊指南的語錄。」他咧嘴而笑。果然。

「你眞是忠實的粉絲，我也讀過那本書，只是時間有限，沒有看完。」

「那就挪出時間把它看完，保證會改變妳的一生。」

達文也在沙發上坐下來，我們之間留了一點小空隙。他深思地甩動杯裡的紅色液體。

「妳不打算留下來，對嗎?」他正確解讀了我的心思，敏銳的洞察力讓我驚奇。

「你怎麼知道?」抿了一小口葡萄酒。

「因爲妳戴著面具，如果眞的決定接受我的提議，就會摘下它。」

「我只是經過，希望再看一眼你家傳的畫像，就是掛在二樓轉角平台上、描述大災難情景的那幅畫。」我沒有理由找藉口掩飾自己的來訪。

達文困惑地盯著我看，伸手頂起鼻樑上的眼鏡，說道。「當然可以，有什麼特殊的理由讓妳對它感興趣嗎？」

「最近全世界發生那麼多的災難，加上你所說的話，我一直在思考末日的問題。」我的回答坦率誠懇。

「所以妳就想到那幅可怕得讓人不忍卒睹的畫作，認定它背後另有含意？呃，除了作者是瘋子以外的理由？」看我沒有立刻回應，他又接著說。「我知道妳有很多面向，茜希，但妳不是傻瓜，不管先知、徵兆、占卜或抽籤說了什麼……那些都是唬人的噱頭。」他一口喝完剩餘的紅酒，我依舊抿了一小口。

「你說即便你的父親地位崇高、又備受尊敬，常常能夠在各樣事情中看到徵兆和隱匿的訊息……」我停頓了一下，等著看他是否會打岔，但他一言不發，我才繼續闡述下去。「只因為我在考量某個人的預言，你就幫我貼上傻瓜的標籤，但另一方面，你卻期待我毫不質疑地接受你的看法？」

「我的看法和那幅怪畫的創作者藉由它想要傳遞的信息，兩者之間有極大的差異，我的警告是基於眞相而來，這些眞相都有堅固可靠的事實作依據，至於那幅畫，我只知道它年代久遠，創作者是所謂的先知，當然啦，這些只是道聽塗說，沒有人可以看到未來的發展。」

我不自覺地拱起眉毛。

達文繼續低聲說道。「傳說他看到一個非常可怕的異象，在作畫之前，眼睛已經瞎了。」他中途停頓了一下，語氣輕鬆許多。「這麼說實在不合常理，撇開畫得很醜不說，我高度懷疑一個視力受損的人，哪能夠刻畫出那樣的場面。」

達文的思考過程在很多方面跟喬納有雷同之處。喬納跟我討論過，針對所謂的「吸血鬼」這件事，預期和事實的差異。他進一步解釋，許多眞實的事蹟經過時間洗禮，逐漸就被歸類成傳說故事，就像小朋友玩的傳聲筒遊戲，口耳相傳的結果就開始扭曲。因此跟這幅畫作有關的故事或許產生謬誤，然而如果這幅畫帶著某種徵兆性的含意，那它隱含的訊息正等著被人挖掘出來。

「如果不介意的話，我還是想要再看一眼。」我放下杯子，站起身來。

一貫保持紳士風度的達文立刻跟著從沙發上站起來說道。「當然沒問題。」

他帶我回到門廳，伸手搭著我的腰背，走向左邊蜿蜒向上的樓梯，我伸手扶著鑄鐵製的欄杆，抬頭仰望懸掛在天花板中央、造型宏偉的水晶吊燈，晶瑩剔透、閃閃發光，取代了原來的那一盞。我隨即回想起那晚吸血鬼的尖嚎，淹沒賓客恐慌的驚叫聲，牠們像潮水似地湧進屋裡，搜尋來自水晶星際的水晶，那時加百列帶了一些來到這裡跟商業夥伴談貿易，對方就是達文的父親蒙莫雷西爵士，對我而言，就像是幾天前發生的事情，只是對他來說，已經是過了好幾年的光陰。

「妳還好吧？」達文詢問。

「沒事。」我向他保證，壯觀的水晶吊燈的光芒經過他樣式時髦的眼鏡折射之後，亮得讓我瞇起眼睛，我匆匆越過樓梯間的平台，不假思索地立刻找到那幅畫的所在。

達文慢吞吞地跟在後面，上了亮光漆的硬木地板在他腳底下吱嘎作響。我把頭髮撥到右耳後面，另一隻手對準畫像，想要把所有的細節一寸一寸地烙印在腦海中。

第一次看到這幅畫，距離自己墜入虛無不過幾小時的時間，真正留下深刻印象的不是內容，而是感受，當時頭皮發麻，麻痺順著脖子擴散到脊椎，而今第二次看到，還是一樣，它所挑起的顫動蔓延到皮膚底下，不是暖洋洋的，而是連靈魂都會凍僵的怪異感受。

喬納素描出來的機器人站在似乎血跡斑斑的草地邊緣，倒三角形的眼睛綠得透明，畫面的重點在那團射向高空、發出白光的火球。

我拉長脖子仔細查看，尋找任何可能的線索、印證心底的懷疑，靠著右眼的視力漫遊在畫面上，直到失去焦點、出現重疊的影像，實質的畫作旁邊是另一個模糊的版本。

我退後一步拉長距離，加重失焦的感覺，扭曲的影像變成一塊一塊的顏色，這時才看到以前沒有發現的一面。紅色、綠色的區塊其實不是草地的血跡，潑灑在天空的橘紅也不是漫天的獄火，而是渲染的極光，懸崖邊緣所有的一切都染上它的色彩。

原本隱藏在肉眼底下的訊息變得無比清晰。

我一眨眼，發光的火球透出藍色的色澤，就像橘子皮似的一一剝開，往外延展。

再次眨眼，這回璀璨的藍色突然爆開，我連連眨了好幾次眼睛，看到無數的蝴蝶從中衍生而出，不停拍動翅膀、盤旋飛翔，最後衝向那團火球，消失在畫布以外。

我嚇了一跳，整個身體往後倒。

再次抬頭的時候，畫面模糊不清——除了透明的綠色三角形。

這幅畫的確是一個預兆。

傳遞的訊息關乎我的結局。

機器人就是警告。

達文立刻伸手扶穩我的身體。「茜希，妳還好吧？」

過了半晌我才回過神來。「是的，對不起，你說的對，這幅畫可怕極了，不是嗎？」我就事論事的說，轉身對他微微一笑。「謝謝你再次帶我來看這幅畫，我還是回去吧。」

就在我們擦身而過的時候，達文輕觸我的手臂。「妳不能離開，外面有嚴格的宵禁。這次妳沒有妥協的餘地，因爲頂多走到路底，就會有士兵過來盤查。」

以我的超能力，離開這裡不是問題，關鍵在於沒有船隻和駕船的舵手，我不可能橫渡愛爾蘭海，加上入夜之後宵禁管制，要找到開船的人幾乎不可能，我皺眉思索。

「我父親出差去了，要到早上才回來，除了員工之外，屋裡空空蕩蕩，老實說，我很希望多一個同伴。」達文把眼鏡架在頭上，翡翠綠的眼睛睜得大大的，充滿期待的看著我。

「我有美酒、美食，還有……疊疊樂。」

「你有疊疊樂？」

他咧嘴而笑。「我有很多種桌遊，疊疊樂是其中之一。」

雖然收拾了過夜行李，但我本來的打算是當天趕回盧坎鎮，因爲眼前沒有逗留的必要性，我依舊可以嘗試找人橫渡愛爾蘭海。

「好吧，妳瞧，」達文從口袋掏出一枚硬幣，「丟硬幣決定吧，如果是正面的話妳就留下來，反面的話妳就嘗試離開這裡。」

我嘆了一口氣，不忍心拒絕，也無法否認達文的提議聽起來有誘人的地方，最終我點頭同意。「好吧，如果是正面我就留下。」

達文將銅板彈向半空中，落下時緊緊接住，故意賣關子停在那裡，製造戲劇性的效果，然後才鬆手露出硬幣。

「正面。」

他說，這時我才領悟自己也希望是正面，因爲我喜歡達文，更想在走向人生盡頭的時候，最後一夜可以過過正常人的生活——多一些人際間的接觸。

「很好，再開一瓶葡萄酒，我去把疊疊樂拿出來。」達文笑道。

❦

我們一直熬夜到凌晨一點，地上躺了好幾個空酒瓶，達文和我面對面、坐在爐火前方的地毯上，在棋盤上布局廝殺。

達文的位置最靠近爐火，他熱得脫掉斜紋西裝外套，雙眉深鎖，專注沉思下一步，原先玩疊疊樂和其他桌遊時的嬉鬧與傻笑早就消失無蹤，他現在的神情專注而嚴肅，每當他認爲自己正走向贏家之路時，印著愚蠢語錄T恤底下的三頭肌就會不自覺地繃緊。看到他搬出一雙達斯・維達（注）的室內拖鞋，我差點笑翻，等他也拿出了特地預備的R2–D2造型拖鞋時，我更

注 Darth Vader：電影《星際大戰》中的人物，R2–D2也是同系列電影裡的機器人角色。

是沒有拒絕的理由。

達文喝完剩餘的葡萄酒，咬著最後一顆橄欖，伸手擦了擦嘴巴，然而再大的紙巾都遮不住他在最近幾分鐘裡已經連打三次呵欠的事實。

「我們玩得非常愉快，但你看起來非常疲憊，今晚就到這裡吧，你該休息了。」我站了起來。

「好吧，但我不想這麼輕易就放過妳，明天吃完早餐以後再來一決勝負。」他靠著小桌子支撐身體站起來。

我看了棋盤上的佈局，如果沒有步步爲營，頂多再走五步，達文就要喊將軍了。當他拿著精雕細琢、美麗萬分的棋盤走進來的時候，我忽然想到要跟加百列以外的人下棋，有種非常怪異的感覺，然而我和達文不算泛泛之交。就算知道他的父親跟天使有生意往來讓我心裡多了一些質疑和掛慮，不知怎麼的，他依然成爲了我的朋友。

我起身過去收拾空酒瓶，達文打岔的說。「沒關係，放著就好，等一下我再處理。」然後他大步離開，過了一會兒拎著我的行李回來。「我先帶妳去找間客房。」

客房不是只有一間，而是很多間。這棟宅邸跟我記憶中的一樣奢華宏偉，也難怪會有很多房間給賓客選擇。我們走到二樓平台最遠處，達文推開房門，華麗的裝潢，室內瀰漫著薰衣草的芳香，這是一間套房，我走進去，將手提袋放在床罩上，確信四柱大床的床具肯定所費不貲。

「很漂亮。」我忍不住誇讚，雙拱頂的天花板增添了這裡的空間感，拉攏的帷幕幾乎是我身高兩倍的高度，達文拉開帷幕，開啓藏在後面的門，帶我走到一個可以俯瞰花園的露台。

「景觀很不錯。」我說，地面的照明用的是太陽能電燈，當我仰望夜晚的天空，圓圓的月亮高掛在天上，就像達文的銅板一樣大放光明。

「妳先安頓一下吧，睡前要不要來一杯熱熱的飲料？」他禮貌地詢問，走回屋內。

我關上背後的門，順手拉起簾幕。「不用了，謝謝。」

達文迅速地親了親我兩邊的臉頰，這才轉身離去。

我信步走向浴室，打開電燈開關，立刻望著貓腳浴缸——它發出誘人的邀請。我開始寬衣解帶，換上掛在房門後面的浴袍，兩腳伸進傻氣的室內拖鞋，正要轉開熱水的時候，突然想到應該來一杯溫暖、熟悉的熱茶，雖然沒有需要，但是一想到泡泡浴就覺得應該跟熱茶水搭配在一起。

我走出客房，酒杯框啷響的聲音在走廊迴盪，達文仍然在廚房，剛走了幾步就聽到距離三個房門之外的地方傳出吱嘎的聲響，我愣在原處。

我可以把房門半掩的事實歸因於窗戶沒關、風把門吹開，然而這無法解釋門內傳來「叮——噹——叮」，類似遊樂場歡樂的音樂聲響。

16

我雙腳套上室內拖鞋，踮著腳尖走過平台，命令體內的光輝形成一層防衛隱蔽的屏障、毫不遲疑地推開半掩的房門探頭進去查看。

叮噹叮，細微的震動帶出短促、尖銳的魔力，我的光芒照進房裡，看起來像是少女的臥房。

我精準判斷聲音的源頭應該來自於嵌入壁爐旁邊凹陷牆壁上的書架，我伸手調整牆壁上的燈光調節器，室內大放光明，驅走所有的黑暗，裡面空空蕩蕩的，看不到人，我確信屋裡沒有任何威脅性的東西，才讓護體的光輝消散。

單人床的兩側各有一扇窗，床上覆蓋著小碎花的羽絨被，右手邊是一個梳妝台，上方是橢圓形的大鏡子，桌上擺著化妝包、乳液等瓶瓶罐罐的東西，放得整整齊齊，以我敏銳的感覺器官，立刻聞到跟客房一樣的薰衣草香，但是更濃郁的味道來自於花瓶裡插著新鮮的東方百合的香氣。

我繞過床鋪，微風從半開的窗戶吹拂進來，帶動背後的房門發出吱嘎的聲音，我以最快的速度搜尋書架，從底部開始，逡巡打量排在羅曼史小說前方的小玩意和小飾品，繼續尋找聲音的來源。

管風琴的旋律再次響起，一股寒意拂過手臂，聲音跟我夢中的一模一樣。

我繼續搜尋，找得更仔細。

就在視線水平再高一點的書架上，旋轉木馬的音樂盒正在轉動著，四匹馬的馬鞍中央各有一根螺旋形的金色柱子貫穿，馬匹上下起伏，緩緩地繞圓圈。馬的顏色各自不同，有藍、有綠、有橘，最後一匹是白色的，裝飾著粉紅玫瑰的花環。

我一看就認出它的身份：是烏麗。

我舉起沉重的木頭音樂盒、拿在手中，輕輕撫摸著烏麗那光滑無比、手工繪製的鬃毛，我在座台底下摸索找鑰匙，旁邊貼了金色標籤，上頭註明「四重預兆音樂盒公司」。

我轉動音樂盒的發條，再次釋放出熟悉的旋律，把烏麗跟它的朋友放回原位，它開始轉動，馬兒上下跳躍，此時我的淚水跟著滑落臉頰，我困惑地吸了一口氣。

怎麼會有如此奇特的事情？

爲什麼會夢到這個音樂盒？

它代表什麼含意？

在懸崖邊緣發生的事情之前，同樣的物品從潛意識裡浮現，我聚精會神，試著解決這個謎題，甚至沒聽到達文的腳步聲，直到他出現在房門口。

「茜希？」他說。

我擦擦眼睛，拍拍太陽穴旁邊的面具，確保它安然無恙，才轉身面對達文。「對不起，大概是風的緣故啓動音樂盒，我是聽到聲音才跑過來查看聲音的來源。」我解釋著，微微退後。

達文走到我身邊，嘴角露出悲傷的笑容。「我已經好幾年沒聽到這個音樂盒演奏了，媽媽不忍心清理蘿絲的遺物——她是我妹妹。」他補充一句。「我來不及拯救的女孩。」

沒想到達文遇到我的那一夜，曾經說過他也失去了摯愛的親人，原來當時指的就是這一位，還說我讓他想起他的妹妹。

「音樂盒是她十三歲的時候，我送給她的生日禮物。」他說。

「我深感遺憾，達文。」

整點的鐘聲響起，音樂越來越大聲，達文的心臟怦怦跳動，儼然在我聽見的聲音裡再多一道背景音樂。

他掃了書架一眼，伸手拿下一個相框，呆呆凝視著相框裡面的少女，過了一會兒，他把相框遞過來，照片裡面有一個白色的禮物盒丟在達文的妹妹旁邊，她緊緊抱著旋轉木馬，眉開眼笑，看起來非常開心。她的模樣看來還很年輕，乍看之下，長相好熟悉，尤其是那對神情熱切的大眼睛，雖然不像達文翡翠綠的眼睛那麼亮晶晶，但如果我說他們兄妹長得很相似，應該也沒有人會說我眼花或是看走眼——然而這樣的假設在稍後讓我後悔莫名。

「她很漂亮。」我說。

「是的，清秀可人。」他清清喉嚨，把相框放回書架上。

「她怎麼會……」

「她在跟精神疾病奮戰，十幾歲的時候，症狀開始顯現，她逐漸跟現實脫節，瑞士當地的寄宿學校把她送回家，建議父母尋求專業協助、治療她的『瘋狂』。」達文搖搖頭，嘲諷地哼了一聲。「你可以想像，我父親聽到這個消息時大驚失色，很快就幫她收拾行李、送進一家私人醫院，在她回家以後，又施加了莫大壓力在她身上，一逕擔心別人會怎麼想，他不能容忍蒙莫雷西的家族姓氏蒙羞，被別人說長道短。有一段時間，妹妹看起來似乎恢復健康，不再提到自己的妄想，彷彿一切恢復正常，我們的日子回到正軌，就跟以前一樣。」達文的語氣逐漸沙啞，我握住他的手臂。

他茫然地望著前方，陷入回憶裡。懷舊的音樂變成配樂的原聲帶，引領他回到自己和蘿絲的童年。一股暖流突然從他身上擴散出來，我定睛一看，柔和的白光環繞他身體四周，達文擁有光明的靈魂，對妹妹的追憶讓他的氣場變得更加明亮。

加百列說的沒錯，他曾說過光與愛是一體兩面。

音樂盒的發條轉到盡頭，旋轉木馬漸漸慢了下來，達文回過神，輪廓周圍的光輝閃爍搖曳。

「她選擇結束自己的生命，」達文下巴繃緊，將眼鏡推回鼻樑上方。「真是自我中心啊。」

我皺眉以對。

「她不給人自責的機會，也不能怪罪……呃，除了我自己，不像我弟弟……」

達文這麼說是什麼意思？即便非常好奇，但我不想窺人隱私，印象中唯一一次提到他弟弟的事情，就是加百列跟蒙莫雷西爵士談生意的時候，曾經提到小兒子失蹤了，但他似乎不太擔心，只說那小子鬧失蹤已經不是第一次，然而那已經是三年前的往事。

「我聽不懂。」我搖搖頭。

達文的唇緊緊抿成一條線。「艾略特被謀殺。」

「噢，達文……」我煩躁不安，出聲詢問。「究竟發生什麼事？」

達文將音樂盒底座往後推進一吋，讓它精準地回到原處。「父親有各種生意往來，但最主要的生意在於商品交易方面。」

我不能明說自己其實知情，否則他就會問我是怎麼知道內情的，然而我非常清楚他父親在交易什麼東西。

蒙莫雷西爵士的生意關注的是毫無瑕疵的水晶的金錢價值，而他一無所知的是自己的兒子達文卻把專注力放在水晶的科學價值，甚至悄悄地從父親那裡偷了幾顆交給歐洲核子研究中心做研究。

「艾略特在家族企業工作，失蹤的時候正在法國南部敲定一筆生意。」

我的思緒快速轉動，同一段時間我也在那一帶。

「父親以爲艾略特是利用空檔跑去花天酒地，玩膩了最終會回家。在那次派對結束之後，又浪費了一整個星期，他才開始認眞看待弟弟失蹤的事情。」達文搖搖頭。

「父親循著艾略特最後幾天的足跡，追蹤到一處談生意的場地，從建築物外面的閉路電視取得攝影畫面，可惜攝影機的位置不好，錄到的內容不多，但是有錄到的部分……」他呑了呑口水。「我在酒吧告訴過妳——」

「穿梭時空的外星生物？」我冷靜地插了一句，承認他說的是不爲人知的秘密。

「是的，影帶大約只有十秒鐘，或許更少。」他顫抖地說。「艾略特出現在攝影鏡頭裡，腳步踉蹌地往後退，接著摔倒在地，這時候……怪物撲了上來，扯斷他的手臂，抓住腳踝把他的身體甩飛出去。」

「怪物的長相如何？」

「牠移動的速度太快，讓人眼花撩亂，幾乎看不清楚，唯一可以辨識的特徵是手臂上有墨色的印記，我研究過很多次，但還是不夠。」他停頓了一下，繼續說道。「從牠身體發出的尖叫聲，茜希……」

毋庸等他說完，我已經猜到了。

不管走到哪裡，只要再聽見那個聲音，一定認得出來。當我第一次聽見那個聲音的時候，也有這樣的感受。顯然達文描述的生物是純種吸血鬼，任尼波當時在法國南部追蹤我的下落。如果同一段時間，達文的弟弟艾略特跟我一樣也在那一帶，極有可能遇上牠們，如果我的假設正確，是我間接造成了他弟弟的悲慘遭遇。

「我無言以對，不知該說什麼。」

遊樂場的音樂聲逐漸安靜下來，環繞達文身體輪廓的微光慢慢消失。

「艾略特不幸慘死，如果所有的事情都有平衡點，天秤總有平衡的一天，到時機會自動出現，我曾經對妳說過——我只是個凡人，舉凡人性最好或是最卑劣的一面都自然存在，」他渾身緊繃。「一旦時機來到，我猜最卑劣的一面會佔上風。」他的眼睛透過鏡片盯著我看。「妳會因此認為我是一個可怕的人嗎？」

雖然他的語氣激動得很嚇人，但我知道達文不是邪惡的人，他身上沒有一根做壞事的骨頭。我才是惡人，我狠心殺了艾瑞爾，自己的父親；當喬納的純血主人苦苦哀求我饒命的時候，我一點同情心都沒有，斷然結束他的生命，執意要爲喬納及上千位擁有類似遭遇的受害人復仇。

我當然能夠理解。「想要透過報復來追求心靈的平靜，這是非常強烈的動機。」

「沒錯。」他尷尬地拉扯T恤的下擺，或許是因爲他認爲我有批判的意味。

達文苦笑了一下，揮手示意我該跟他一起離開他妹妹的房間，當他伸手去抓門把的時候，我在原處流連，我知道自己不應該語氣含糊地回答他，其實我也擔心暴露出自己超乎人性最卑劣的一面。

我踮起腳尖，抓住達文的肩膀，直視他的眼睛。達文曾經對我引用過莎士比亞的話，如今我也用相同的方式回饋他。「如果你錯怪我們，難道我們不該以其人之道還治其人之身嗎？（注）」

旋轉木馬那不斷繚繞的音樂聲最後在璀璨的高潮中結束，我低聲呢喃了一句。「達文，你有權利這麼做。」

❦

房門上鎖之後，我頹廢地坐在冰冷的地板上，背靠著門，把頭垂到膝蓋中間，接連幾次的深呼吸，試著穩定情緒、平復過度活耀的想像力，當我抬頭的時候，差點嚇得魂魄都飛走了。

「喬納？」我嘶啞著聲音說。

我的吸血鬼背靠著浴室的門，指頭勾著我的小內褲轉啊轉的，最後將它甩向床鋪的方向。

「是，喬納。」他撥開深色外套的兜帽。

我從地板上一躍而起，手比出噓的動作，提醒他小聲一點。「你不該來這裡，」我幾乎在咆哮，隨即查覺另一個狀況。「我怎麼不知道你在這裡？」

喬納不以為意地聳聳肩膀，忽略我的問題，踩著高筒靴大步向前。「妳跟那個花孔雀在搞什麼鬼？問得更精確一點好了，妳沒穿內褲，跟那個花孔雀在搞什麼鬼？」他沉著臉，故意漫不經心地皺皺眉頭，但我非常肯定，在表面的嘲諷底下，他一肚子火，焦躁不安，甚至有點忌——

「我不會忌妒的，美女。」

我仰起頭看著他。「或許我們的步調還是很一致的。」

我伸手撈起床尾的小褲，塞進借來的浴袍口袋。

「所以呢？」他質問道。

我用力眨眼睛，過度使用右眼視力藉以彌補左眼的不足，感覺非常疲倦，向來敏銳的喬納，沒有錯過我的反應，語氣有了改變。

注 這句出於莎士比亞名著中的《威尼斯商人》。

「妳還好吧，萊拉？」

「我沒事，你爲什麼跟來這裡？」

「噢，我也不知道，或許是因爲只要有機會，妳一定會叫我不要跟過來，而我這個人就愛唱反調。」他得意地竊笑。

濫用幽默感和含糊不清的嘲諷是喬納最近乎眞心道歉的方式，今天早上他指責我去第三度空間找死、等同是嘗試尋找擺脫困難的捷徑，這句話深深傷了我的心。

我坐在床邊，伸手抓抓臉頰，固定面具的樹酯該塗上新的了，舊的樹酯讓我的皮膚開始發癢。「牛仔褲口袋有東西。」我直率地說。

喬納遲疑了一下，一眨眼間已經來回浴室一趟，找到我從他素描簿上偷撕下來的紙。他撫平摺痕，看了紙張一眼，說道。「是妳拿走的？」

「對，這就是我來這裡的原因。」

喬納抓了抓濃密的頭髮，不安地欠動身體重心。

「當你願意爲隱瞞我而道歉的時候，我也會爲自己的窺探說對不起。」我補上一句。

喬納瞇起淡褐色的眼珠，不慌不忙地拖了一點時間，最終開口說道。「好吧，爲了今晚不要睡地板，這件事我就不追究了。」

「你倒是對自己信心滿滿。」我從過夜行李包裡拿出蕾絲背心和短褲。

他一如往常的機智，反應快速。「那是因爲我向來樂意奉陪，美女。」他猛眨眼睛，我對他翻白眼，單是這麼簡單的行動都有刺痛感。我忍不住皺眉，鬆開手裡的絲綢短褲，摸摸刺痛的右眼。

喬納趕緊走過來，低聲呼喚我的名字。「萊拉——」

我揮揮手，打斷他憂心忡忡的語氣。「拜託你解釋一下，爲什麼單憑我短短幾個字的描述，你就可以拼拼湊湊、畫出一個機器人的圖案？」

他猶豫了一下。「因爲妳看見的我也看到了，而且我看到的是整體。」他舉步走向窗簾，把它們拉攏在一起。

「什麼？怎麼會？」

他沒有馬上回答。

「喬納？」我尖銳地低語。

他轉過身來。「因爲我也夢到了。」

「你是吸血鬼，沒有睡眠的需要。」

「是沒錯。說一些新鮮事，至少是我不知道的。」他大步走過來，順手脫掉外套，丟向角落的椅子，丟衣服的力道太大，椅子晃了兩晃，差點翻倒。

「噓。」我出聲警告，手指壓著皺起的嘴唇，同時快速動腦，尋找可能的解釋，勉強說得通的理由只有一項。

「我——」喬納和我同時開口，「或許——」

我們也同時住嘴。他揮揮手，示意女士優先。

「或許是因爲時間扭曲的關係造成的，畢竟我們同時在三度空間裡面，」我停頓半晌，稍微整理思緒。「我不必睡著就可以看到影像。或許你沒闔眼，但感覺卻像睡著一樣。」

喬納嘴巴微張，隨即合起，把本來要說的話吞回去，他嚥下口水，嘴角一揚，微微一笑。

「或許妳是對的。」

「你就看到這些嗎？」我再次追問，感覺很冷，鑽進羽絨被底下脫掉浴袍。

「對。」他漫不經心地回應，心不在焉地看著我躲進床罩底下嘗試換衣服。

「所以洋鐵匠跟花孔雀究竟有什麼關係？」我一邊穿衣服，一邊提問。

我擺動身體，把短褲拉上小腿，褲腰只到臀部，再把蕾絲背心套過頭頂。這時喬納突然貼了上來，我們之間只隔著一條羽絨被，他敏捷的雙手猛地扣住我的手腕，我渾身一僵，感覺他的身體散發出來的熱度讓我逐漸溫暖。他慢條斯理地把我的蕾絲背心丟到一邊，傾身靠近，鼻尖磨蹭鼻尖，他潤了潤嘴唇，手指插到我的頭髮裡。我猛然倒抽一口氣，他順手拿掉水晶髮夾，雙眼定定地凝視著我，須臾不離。

「我重新考慮了一下，還是明天早上再說吧。」他呢喃低語。

17

我翻身側躺，面對窗簾，手臂弓起放在枕頭底下，背對喬納。他用指尖描畫我脊椎上的疤痕，手臂伸到我胸前，用鼻子磨蹭我脖子的凹處。他身上的香味一直在改變，以前我很喜歡他身上那種夏天森林的氣息，已經被香草味的古龍水取代，現在聞到的，是一種甜美的麝香氣息，相當男性化的氣味。

喬納坐起身體，幫我把頭髮塞到耳後，淺褐色的眼珠睜得大大的，彷彿第一次見到我一樣仔細打量。

「妳眞的好美。」

我捏捏他的手說。「喬——」還沒有機會說完，他的指尖就壓住我的嘴唇，然後搖搖頭。

「再等一分鐘就好。」

一分鐘延長成五分鐘，他沉默地看著我，最後傾身靠了過來，抓住我嘴唇微啓的機會，用他的唇重新塑造我的嘴形。他用親吻獻上一個承諾，雖然用心良苦，卻極其殘酷，因爲這是他無法信守的承諾。

「之前，」我開口。「你說只求一晚——」

「我的心意沒有改變。」

「但你早就知道了，不是嗎？」

喬納沒有回答。

「你知道只要一夜就夠了，」我說。「就可以攻破我的心防。」

他的笑容慢慢成形，甜蜜的嘴角微揚，笑得溫柔無比。

「早知道這個字眼太牽強。」

「那你會用什麼來形容？」

他盯著我，考慮了半晌才給出答案。「希望，我希望一個晚上就足以改變，一夜帶出更多的夜晚，給妳足夠的理由將另一個靈魂列入值得妳爲它挺身而戰的名單上。」

「你在說什麼？自從我們認識的那一天起，我就在爲你奮戰不懈。」

「不，不是我，是妳自己，萊拉。」他吸了一口氣。「爲妳。」

一股震顫沿著脊椎而上，我立刻明瞭他的意思，膝蓋一彎縮到胸口，從床上翻身而起，抓了牛仔褲和襯衫，迅速換上。

我迅速把睡衣塞進行李袋。「我要死了，喬納，我的死是必要的，你現在所做的一切是在增加我的困難度，讓我走得更痛苦。」

「我不要妳輕易放手。」喬納雙手掐住我的臂部，用力把我拽進懷裡，再次強調他的觀點。「妳不能死。」

我輕嘆了一口氣，沉重地閉上眼睛。透明的綠色三角形就等在那裡。我再次睜開眼睛，不想看見它們。

「樓梯口那邊有一幅畫，它有不同的看法。」我抽身退開，走向門口。「穿好衣服，我在外面等你。」

「妳要去哪裡？」

「跟朋友道別。」

我關上房門，逕自走向樓梯，達文臥室的方向突然傳來匡啷一響，促使我停住腳步。天使一方的遺傳意味著我可以睡著，但是喬納驀然出現讓我很難有休息的時間，不知道現在幾點，或許距離吃早餐的時間有點太早，我信步走向達文的房間，叩叩兩聲。

「達文？」

「進來吧。」他迅速回應。

我進房時看見他單膝著地，預備撿起掉在地板的湯匙和餐盤，幸好茶壺所在的托盤安然放在書桌那裡，不然也會面臨相同的命運。

「你已經在工作了？」我問。

他挺起身體、將托盤放進椅子裡。「妳知道那句諺語，早起的鳥兒有蟲吃。」

以昨晚喝得天昏地暗的經驗來看，他的精力也太充沛了一點。

達文幫自己倒了一杯熱茶。「抱歉，我替妳拿個杯子。」

「不用了，謝謝。」實驗桌上方的的掛鐘顯示時間剛過六點，但我並不打算再逗留下去。

不過當我隨意瞥了一眼散落在桌上的那堆書，其中一本讓我當下就改變主意，決定再留久一點。

「暗物質？」我大聲唸出書名。

就第三度空間的狀態而論，我必須試探一下他對這個主題了解多少。「這跟你研究的領域有關嗎？我指的是M理論？」

「可以這麼說……其實是非常重要的一部分。」他攪動茶水。「這方面有很多相關的理論，不過最近這幾年有長足的進展，更加接近在宇宙中找到可靠的證據證明它們的存在。」

「怎麼說呢？」我提問。

他低頭吹涼熱茶，答得簡潔。「光。」

「光？」

「是的，從銀河而來的光束。」

我困惑地扭動鼻子。「我還以爲銀河本來就有光，搞不懂這個跟暗物質有什麼關聯？」

「妳說的對，但是光以很多形式出現，有一組特定的型態存在於銀河中心發射出來的伽瑪射線裡，暗物質的理論基礎就在這裡。」

茫然的表情顯然透露出我是鴨子聽雷。

看他深吸一口氣，我知道接下來就是達文式的解說版本。

「暗物質基本上由大質量弱交互作用粒子所構成——簡稱溫普粒子WIMPs——這種粒子相互碰撞，就會彼此摧毀，一旦發生之後，自然而然產生爆炸現象。」他喝了一口茶。「我們這裡所討論的是一種高密度的純能量，爆炸之後，歷經衰變過程，成爲伽瑪射線的形態，近來在其中偵測到的這些特質無法歸類到任何屬性裡，在證實暗物質眞正存在的研究上，這是往前跳躍一大步。」

「對。」這或許是達文版的簡化科學解說，但依舊讓人難以想像。

「你以前在酒吧裡曾經提過不同的時空，」我說，「會不會有某一個世界純粹由暗物質構成呢？」

達文將茶杯放回盤子裡，思索我提出的問題。「是的，但我不會用『構成』來形容，因爲暗物質就是暗物質，是因爲伽瑪射線，我們才開始尋找證據證明它的存在，目前的研究只到半途，如果眞有一個時空全然以暗物質的形態存在，沒有其餘的，那麼前面提到的溫普粒子最終會彼此碰撞，產生爆炸。」

這就說不通了，第三度空間就像凍結的黑色冰原世界，在我抵達的時候並沒有爆炸，然而在我離開的時候，它之所以四分五裂，根源不在暗物質，而是我造成的。

達文傾身靠著桌子前面，說道。「當然啦，還有一個差異在於冷卻的暗物質和熱暗物質。」

「你說的是什麼意思？」

「說太多細節只會讓妳覺得無聊又枯燥。」他拿起桌上的眼鏡，拉出T恤下擺擦拭清潔。

「拜託，我有興趣，只要不要用太多專業術語解釋就好，畢竟我是外行人。」

達文重新戴上他復古經典款的眼鏡，「呃，構成冷暗物質的粒子移動的速度遠比熱暗物質的速度慢了許多，這意味著冷暗物質的能量比較低，加上大量的聚集，讓它更有可能形成物體——當然啦，還要有恰當的環境來配合。」

「類似結構的物體嗎？」我急著打岔。

「可以說是，也可以說不是。理論上來說，它雖然可以形成某種實質的物體，但只會是隨機集結在一起的型態，要變成結構物，就需要一位能夠掌控和操縱粒子的實體，從這裡開始，我們就進入科幻小說的領域。」

我微微一笑，避免露出過於急切的表情，再次問道。「熱的暗物質呢？」

「它含有更高的能量，本質上就易於流動。」

目前聽起來都很合理，第三度空間的結構體突出於地面之上，任尼波全然掌控冷暗物質，熱暗物質則是藉由食腐獸攜帶到第三度空間，以液體狀態保存，用來充填靈魂之海，讓任尼波跟他的純種吸血鬼不虞匱乏，供應源源不絕。順時鐘方向的攪動就是爲了避免粒子彼此撞擊、互相碰撞、進而阻止它們相互毀滅。

鏡片後面達文的眼睛瞇了起來，分析型的腦袋在評估我的興趣所在，我迅速遮掩，假裝自己是出於禮貌，問問而已。「呃，聽起來就像是一個非常引人入勝的話題。」

「沒錯。」他點點頭，「對了，既然我們都起床了，乾脆趁著等早餐的時間，完成昨天的棋局。」

「謝謝你，不過——」一股輕柔的暖意在頸部擴散，我急著逃離從外面露臺射進來的晨曦的光芒，慌亂之下，差點被自己絆倒。一點小小的光，很可能會讓我戴上閃閃發光的招牌，上面寫著「外星人」。

正當我差點撞上實驗桌的時候，達文及時抓住我的手肘，我彎腰收拾被自己這一撞掉到地板的儀器和工具，他一起幫忙收拾。

「對不起。」我說。

他撿起老虎鉗，問道。「妳還好吧？」

好些末端扁平、看起來很像注射器的東西散落在腳跟後面，我俯身去撿，沉重的程度讓我非常訝異。

「小心！」達文說道，雙手包住我的手，試著幫我一起扛它。

「這是什麼東西？」我問道，小小的、就像鈕扣大小的注射器應該會輕得像羽毛一樣，沒想到重得像紙鎮——還微微發亮，非常熟悉的光芒。

「是水晶。」我不假思索的說。

達文揚揚眉毛。「妳對水晶的了解多少，茜希？」

我猛然恢復警戒。

「很少。」只能說謊蒙混過去。

他凝視著我，研究我的表情，開口說道。「我突然發現妳的項鍊不見了。」

我退後一步。「對不起，我差不多該離開了。」

「妳知道的，對嗎？」他伸手拉我。

望著他充滿期待的表情，我呢喃的說。「知道什麼？」

「它們就是關鍵。」他縮手。「我看過妳跟我父親的生意夥伴在一起，記得他名字是加百列，妳戴的項鍊是他給的嗎？那顆水晶在哪裡，茜希？」

當時在酒吧裡，達文跟我分享不同時空的秘密，還說他之所以警告是因爲我讓他想起自己失去的人。而我現在明白了，那人就是他妹妹蘿絲，我也相信他的確嘗試要「拯救」我，只因爲當年「救不了」她，然而他一提到加百列的名字，以及我跟他的關係，讓我開始認爲達文懷疑我知道的遠比表面的更多，或許他甚至認爲只要他肯透露自己的秘密，我就可能會投桃報李，給予相同的回饋。

我對他的問題置之不理。

「你說什麼關鍵，達文？」他究竟了解多少？又有多少純粹是推論？

他爽快的回應。「時空與時空之間的轉換門。」

三年的時光顯然足以讓達文如此聰明的人把更多已知的小點連成直線與平面。

「你仍然在尋找擁有活性因素的水晶？」我提問。「然後呢？就可以開啓這些轉換門、直接走進另一個時空？你有這麼討厭地球，以至於拿自己的生命去冒險，去看看其他空間的草地是不是更翠綠？」

達文的計劃是什麼？

「當然不，我是科學家，不會試著把自己放進去只爲了換取收益。」他望著注射器，繼續說下去，彷彿我能理解、也願意透露他懷疑我已經知道的訊息，而助他一臂之力。

「水晶裡面或許沒有足夠活躍的粒子提供科學研究，但它們很可能還有其他的用途，這些構成物迥然不同於地球上的任何東西，即便尋遍元素週期表，都找不到可以界定它的元素。」他掀開長方形的大盒子，把按鈕注射器放在針頭旁邊。「如果可以拿到樣本……」

我的目光回到觸動這段對話的書籍封面上。「暗物質？」我打斷他的話。「你以爲站在門口收集就有？」讓人擔心的是，他的推論沒錯，通往第三度空間的縫隙的確滲出這樣的物質。

「它們肯定在某處，茜希，這些年來，盧坎鎮的氣象資料一直顯示出極端的溫度——數字本身只可能歸因於暗物質的存在，所以我才會鍥而不捨的搜尋源頭。」

「假如你是對的，假如你可以用這個抽取並保存它們，」我對盒子點點頭。「但這麼做又是爲什麼？」

「宇宙的構成大約有六分之五都是暗物質，大爆炸那時就產生了，如果眞有任何東西能夠透露宇宙的祕密，那就非暗物質莫屬。記住，只要刮開表面，就可以看見底下的東西，如果能夠拿來研究，就有水落石出、全然理解的一天。」

「就能了解它的意義？」我低語。

達文點頭。「人類最深奧的問題，由科學一次而徹底的解答完畢。」

我抿著唇思考。或許在一開始，達文的目的只想透過剖析資料，解答生命「如何」起源這方面的問題；然而歷經弟弟、妹妹意外死亡之後，他不再以「如何」爲滿足，反而需要知道「爲什麼」。我不知道該說些什麼，心頭浮現的第一句話直接脫口而出。

「我還以爲是四十二這個數字（注）。」

「幫幫我，茜希。」達文再一次懇求，即便對我的身世和我的能耐一無所知，卻直覺地猜

注 依據《銀河旅遊指南》（*Hitchhiker's Guide to the Galaxy*），經由長時間且精密的計算，生命、宇宙以及所有事情的終極答案是四十二。

到我擁有足以幫助他的研究往前邁近一大步的資訊。

「達文，你妹妹和弟弟遭遇不幸，我深感抱歉，然而如果丢了性命，就算找到答案也沒有意義可言，請你遠離盧坎。」

達文呢喃的抗議聲被樓梯那邊猛然傳來的刺耳尖叫聲打斷，他立即衝向房門口，我跟在後頭，看見喬納正從地板上爬起來。繫著圍裙、身材稍胖的婦人不顧一切地拼命逃開。

我忍不住皺眉，搞不懂為什麼喬納會如此粗心大意，竟然讓人發現？說得更精確一點，他爲什麼還在屋裡？

達文伸手橫過我的胸前，一副保護弱女子的模樣，用自己的身體當屛障，喬納看了猛翻白眼。達文天生就不是打架的料，一派溫文儒雅的紳士作風、知識分子……然而……他從腰間抽出史丹利的多功能刀。

我站在達文後方，揮手示意要喬納趕緊離開，這回他終於肯聽我的話，偏偏不知怎麼的，他走向客房的時候，竟然失足滑了一跤，達文立刻衝到樓梯口。

「尤漢！」達文大叫，呼喚保鏢。「尤漢，趕快上來！」

我站在後面，運用意念移位到客房裡面，達文轉身的時候，我已經走掉了。陽台落地窗的門戶大開，喬納詛咒的聲音吸引我衝過去看個究竟，他竟然不在視線範圍。

「你在做什麼？」我質問，探身到欄杆外面。「你有受傷嗎？」這是我唯一想到可能的解釋，不然他怎麼會在平台上滑倒，現在又單手吊在欄杆上、危險地搖搖晃晃，試著伸出另一手去抓住磚牆上面的水管。

對吸血鬼而言，從兩層樓高的地方掉下去，應該不是大問題，他爲什麼不直接跳到地面？沉重的腳步聲沿著走廊衝過來，我已經沒有時間逼問答案，直接翻躍鑄鐵製的欄杆，一把抱住喬納，帶著他從天而降，腳尖平穩地站在下方的天井，我重新調整位置，用肩膀承擔他的重量，快速穿過花園，以免被人看見。

直到過了兩條路，我才停下腳步，躲在雙拼洋房對面的樹底下，放下背上的喬納，順手捶了他一拳。「你在玩什麼遊戲？」

喬納皺眉地抓抓後腦勺。

「絕對不要再做出那種事。」他說，然後從口袋裡掏出香煙和打火機，捧著香菸尾巴點燃，一吸一吐。他仰頭看著天空說。「我去看了一眼讓妳發火的那幅畫。」

雖然氣他輕率地露出馬腳，更重要的是很想知道他對那幅畫的想法，罵人的事情等等再說。

「然後呢？」我問。

「妳顯然瘋了。」

我怎麼會去期待他有言語苛薄貶損以外的反應。

「你和我都看到一個機器人，早在幾世紀以前，另一位先知也見到相同的機器人，還把它畫了出來。」

「然後？」他嘲諷的模仿我剛才的提問。

我正想告訴他影像背後隱藏的訊息，確信他沒看到我所看見的東西，這時他說。

「我看到蝴蝶，美女，感覺牠們拍動翅膀、飛向天空。沒錯，感覺很恐怖，這一點我願意承認，但這沒有任何意義，也沒說妳一定得死。」

我壓下怒火。「看來我們都同意彼此的看法沒有交集。」

他深吸了一口菸，紙捲燃燒的灰燼隨風飄落。

「爲了跟我辯論，妳硬要說妳是對的。假設那幅畫的確象徵妳的死期，機器人殺手的發明還沒有問世，不過——」他靠近我的耳朵，徐徐從嘴角吹了一口煙過來。「與其擔心來日無多，或許應該趁著還沒死以前，把時間用在更好的事情上面。」喬納將煙蒂順手一彈，伸出長統靴踩熄橘紅色的餘光，轉身走回馬路邊，左看右看，這才掀開頭頂的帽子，回頭對我吹了一聲口哨。

看他這樣的態度，才不要順應他的呼喚，我故意慢條斯理地走過去。

「不要再做這種事！」我也模仿他早先的嘲諷，鄙視地說。

他嘻皮笑臉、挖苦說道。「這招對那個無用的傢伙很有效，妳似乎很聽他的話。」

「閉嘴，別吵了。」

他牽著我的手，帶我過馬路，走向黑得發亮的保時捷，停在副駕駛座旁邊。「如果沒有人試圖阻止妳，俠盜獵車手(注)肯定少很多樂趣。」他嘆了一口氣，用力過猛，差點把車門扯下，說道。「妳的馬車在此，美女。」

喬納說得沒錯：現在放眼望去一個人影都沒有，看起來宵禁還沒有結束。

「我猜妳想回去找那些務農的鄉巴佬？」他說。

「沒錯，而且越快越好，用走的速度應該更快。」我轉身要走，喬納扣住我的手肘。

「何必匆匆趕路？他們又不會跑掉，這回用我的方式來點變化。」

「來點變化？你忘了前兩個晚上嗎？」我本來想用更加尖銳一點的語氣，卻也忍不住咧著嘴巴偷笑。

喬納狡猾地眨眨眼睛，摟住我的腰，把我塞進副駕駛座。

注「俠盜獵車手」（Grand theft auto），英國著名的線上動作冒險電玩遊戲。

18

等我們抵達都柏林，喬納已經飽嘗駕駛保時捷跑車風馳電掣的樂趣，甘願放棄偷來的車子，不再糾結。從英格蘭東南部開車到和利西德耗費了我們大半天的時間，車子還得開上渡輪，再乘船渡海來到都柏林的港口。

雖然一開始的想法是早一點回去，但我無法否認這樣的旅程讓人心曠神怡。喬納開車途中，我搖下車窗，享受冰冷的空氣拂上皮膚的涼爽，一路上我們不談天堂和地獄、避開戰爭和宗教、迴避生與死的問題——就是純聊天，或許這是生平第一次眞正純聊天，沒有其他目的。

在這之前，喬納從來不曾提到在他變成第二代吸血鬼以前的人生，而我聽到的片段主要都是羅德韓轉述的。

我還以爲人類一旦染上純種吸血鬼的毒液之後，籠罩下來的黑暗從此掌控那人的生命，不論男女，原有的人性就幾乎蕩然無存。但是唯獨喬納例外，他的遭遇與眾不同，透過布魯克，他記得瑪莉波莎。微量的火花已經足以撩起森林大火。因遠離了純血主人的掌控和影響力，每過一天，都爲火焰注入燃燒的能量，一天接一天，越燒越旺，他也試著找回部分的人性，慢慢恢復被偷走的人生。

我非常敬佩他不放棄找回人性的精神，喬納沒有妄自菲薄，不讓往日的經歷就此斷定自己，他做了選擇，即便以前是被迫的。

他主動聊起童年的生活，打從小小年紀就喜歡塗鴉，母親形容說這是神所賜予的天賦，父親則是高度期許他走上職業的足球生涯，至於喬納自己，他或許喜歡運動，眞正的夢想卻是要當一個藝術家。他繼續追憶大學的生活，就讀佛羅里達州立大學期間，跟著朋友們吃吃喝喝、花天酒地，浪費寶貴的人生，唯一沒有提到的是他的妹妹和他被轉化成吸血鬼的那一夜，我也沒有追問，僅僅坐在車裡，當一個好聽眾，聽他回憶美好的時光。

隨著一個個故事的分享，他越來越活潑，顯得生氣盎然，不知怎麼的，在他開心跟我分享這些事的時候，彷彿也是他自己第一次眞正的回憶過往。

最後，一路上說話的都是他，我坐在車內，傾聽他越來越多的歡笑聲。就是這樣的笑聲吸引了我，進而愛上他，他的每一個笑聲都在我靈魂深處迴盪。

❦

我們把保時捷丟在火車鐵軌旁邊，雖然兩個人同時啓程返回盧坎鎭，我卻率先抵達封印獵人總部。我留在戶外等候喬納的時候，平常房子周遭都是人聲鼎沸、吵吵鬧鬧的，現在卻是一片靜悄悄。憂慮之下，我循著土路走向拖車屋，迎面傳來碰一聲巨響、隨後是刺耳的尖叫。

我啓動超能力瞄準聲音的方向，身體彈跳而起，越過圍籬，飛也似地穿過花園、衝進主屋的後門，那些防範吸血鬼的銀製零件不只抵擋不住我，而是整扇門都被拆掉，牆壁只剩一個長方形的大洞。

屋裡到處都是被震碎的玻璃、撲克牌，還有一分錢的銀幣散落在磨得光亮的大理石地板上。加百列正奮力抵擋吸血鬼的攻擊，艾歐娜緊緊握住純銀的刺刀，被踢翻的桌子將她阻隔在遠處的角落。

惡魔跨坐在加百列身上，齜牙咧嘴、緊迫逼人。我直接撲了過去，抓著牠撞向後面的磚牆，不到一秒鐘，我們雙雙站了起來，就在千鈞一髮之際，我猶豫了一下，因爲羅德韓闖了進來，分散了我的注意力，吸血鬼立刻抓住機會，再次朝加百列撲了過去。

羅德韓立馬衝過去救人，然而從他的方向看不到艾歐娜正爬到桌子上，高舉刺刀的驚險情況。

「小心！」我大叫示警。

羅德韓縱身往後翻滾避開，風衣下擺飄向半空中，在他後空翻筋斗的時候，艾歐娜的刀刃劃過羅德韓的手臂，她咚一聲摔在地上。

吸血鬼掐住加百列的喉嚨，從那雙黑手套，我認出牠兩天前就來過，這回不只劃破的嘴唇和臉頰有疤痕，右半臉看起來就像馬賽克磁磚。看來是卡麥倫的銀箭留下在牠身上留下的後遺症，牠的皮膚慘白龜裂，就像乾旱後的灰色地面。

「嘶！」我出聲威嚇，吸血鬼朝我的方向拉長脖子，看我掌心出現一球白光，牠綠色的眼珠泛出血絲，依舊不甘示弱。

加百列是我的靈魂伴侶，羅德韓也稱得上是我的乾爹——現在他的位置不偏不倚就在門框外面，身體受了傷，脆弱得很。我只有一秒的時間，唯一的選項就是讓吸血鬼自行決定，是否用自己的性命來交換加百列安然撤退。

艾歐娜誤判眼前的處境，以為我在分散吸血鬼的注意力，將刺刀往地板一送，滑向加百列等待的掌心，他握住把手，反手刺向吸血鬼的頸部；但是吸血鬼的反應比他更神速，及時扣住加百列的手腕，刀尖距離牠那灰黃的皮膚還有些微的差距，而牠的目光一逕盯著我看，低聲咆哮：「她是我的。」

我命令光在五指間交織成網。

「滾出去！」這是我最後的警告。

吸血鬼瞬即消失無蹤，架在牠脖子間的刀刃框啷掉在地上，加百列喘息地起身，飛速地將艾歐娜拉起來，我喊了兩次羅德韓的名字，他終於出現。

「我沒事，小可愛。」他說。

加百列和艾歐娜搭著彼此的肩膀、相互支撐重量，兩人低著頭，太陽穴靠在一起，專心擁抱的模樣讓我感覺自己像超大號的電燈泡。接著加百列皺了皺眉頭，渾身顫抖地推開艾歐娜。他瞥了我一眼，艾歐娜發現他目光的方向，嘴角一壓，微微苦著臉，深吸一口氣，逕自別開臉龐。

「加百列，」我的語氣不太平穩。「我想我們應該聊一聊。」

加百列把艾歐娜交給羅德韓照料，然後單獨走到主屋的廚房，他掐住黑色POLO衫的衣領，抖了幾下，甩掉上面的碎玻璃，我想起先前加百列大都穿白色系的衣服，現在多是深色系，彷彿不想被人看見一樣。

我踏著碎玻璃走向加百列，鞋跟底下吱吱嘎嘎地響，我先在心裡預作準備，深知這段對話必然造成我們彼此的痛苦。既然找不到輕鬆的方式開頭，乾脆直接了當地說吧。

「她愛你。」我開口。

「我知道。」他拉我手肘。

我愛喬納，然而一部分的我將永遠愛著加百列，他的人生和幸福與否對我來說依舊無比的重要，無論我的靈魂歷經多少次的變化或轉型，他在我身上的印記依然存留，只不過已經隨著時間慢慢褪色。這是好事，沒有我，他會過得更好。

「妳和我注定在一起。」加百列在我耳旁低語。他吹在我脖子後方的氣息既熟悉卻又有差異，現在冰涼的感受掠過皮膚。

「我明白那種感覺，我們被大天使創造出來的目的是要永遠契合在一起，但這不表示一定要成雙成對。」我轉身面對他。「無可避免的必然性，記得嗎？你的幸福不一定要受命運的掌控和操縱，畢竟還有選擇的餘地，我們都有選擇的權利，加百列。」

加百列沉下臉，波浪般的金髮垂落額頭，問得很直白。

「而妳選擇他？」

「是的。」

他慢慢眨了眨眼睛，「那是妳的決定，並無法改變我對妳的感受——妳是我人生的目的。」

作爲成對成雙的天使，加百列和我注定彼此匹配，在過去他就聲稱愛我是自身的選擇，然而那份愛有多少是源自於我們之間的聯結帶給他的感覺？不像我對喬納的感受，完全不是預先設定，而是慢慢醞釀，最終墜入愛河。

我對喬納的情愫一開始萌發是在安列斯穀倉裡的聖誕樹下，從他嘴角溢出的笑聲裡慢慢累積而來。就像加百列對艾歐娜一樣，當我看到他們在蒙莫雷西爵士家的沙龍裡親吻的時候，我就相當確信，這些嶄新、有別於以往的感受，是從他心底油然而生，並不是從出生那一天就存在的命中注定。

雖然加百列一度提過選擇、提過自由意志，但他的信念讓他將選擇權交予命運和「命中注定」。

我捧住他的臉頰、輕輕嘆了一口氣。「加百列……」

我搜索枯腸、尋找他能理解的說法，陡然想起達文曾經說過的話，那時他和我在他父親的宴會上，爲生命的意義有過一場激辯。

「或許現在聽起來不合常理，有一天終究會明白，或許到最後，我們會在永恆裡找到萬物的秩序。」我將加百列的頭髮撥到耳朵後面。「你和喬納兩人或許都是對的，混亂的背後有一個深刻的涵義，有些徵兆指向喬納，但我看不到，因爲你讓我眼花，因爲我們的過去吞噬了我的現在，如同你仍然困在過去一般。但我終於聽見他了，加百列。那是鼓的震動，也是他心跳的聲音。」我停頓了一下。「或許你也應該停止用眼睛看，開始用耳朵聆聽。」

加百列用充滿疲憊的灰藍色眼眸直視我的眼睛。「我不能放手讓妳離開。」

「放心，你所愛的我永遠不會離開，」我握住他的雙手放在他的胸口。「她會永遠陪伴你——在你心底。」

加百列吻了我——輕輕柔柔，他的唇在我嘴唇流連，並扣住我的腰將我摟得很緊，更多的力道背後卻代表更多的傷痛。吻了第二次之後，他抽身退開，雙眉深鎖。

我對他點點頭。「沒有感覺，我知道，因爲你吻的是鬼魂。」

加百列抓住我襯衫的下擺，似乎終於明白了。

我抽身退開，面具差點被扯下來，我伸手將它按回原處。

「我們應該談談艾歐娜——」

加百列搖搖頭，彷彿現在談論這個話題還太早。在切爾西的晚宴上，我親眼目睹加百列在她的碰觸下天使的光芒煥發，不管他如何否認，他們之間都有某些情愫。對他而言，必須認定我們關係的結束，才是另一段的開始，直到那時候他才會眞的往前走。目前他還需要時間敞開胸懷接受其他可能性，不過要快，免得太遲了。

我不知道自己還有多少時間，一旦離開了，就無法保護他，墮落的加百列少了超能力，會變成刀俎上的魚肉。這次吸血鬼的攻擊，因爲他運氣好，我及時制止了，但也同時也證明了不能再允許這樣的事情發生，他需要恢復原有的光輝才能拯救自己、拯救艾歐娜，從而找到他人生故事裡的快樂和幸福。

「你愛她，」我指出。「但不是以你應有的方式，也不是你需要的方式。」

加百列退後一步，低頭望著地板。「不要這麼做，現在不要，拜託——」他沉聲地說。日光在屋外流連，黑暗已經籠罩在門口，我們在一起的時間即將結束，面對不能催促的話題，我只好讓步，把注意力轉移到心事之外。

「要不要告訴我爲什麼那個惡魔幾次三番企圖追殺你？牠剛剛說『她是我的』，這句話有什麼含意？」

加百列摸摸頸項，彷彿才刮過鬍子一般。「那個吸血鬼是漢諾拉的……呃，我不確定要怎麼稱呼牠。」

「你是指他們之間有血的聯結？牠是漢諾拉的配偶？」

「這個形容似乎不正確，它隱含了感情的成分，然而我曾經說過，一旦吸血鬼彼此餵食，通常有存活的問題，總有一方會被摧毀。」神色沮喪的加百列似乎寧願改變話題，閃避跟艾歐娜有關的事情。「妳對漢諾拉究竟了解多少？」他轉身打開櫃子的門，拿出一根木掃帚。

其實不多，我照實回答。「羅德韓說你們同行了大半個世紀，她是第一位透過你的幫助、脫離純血主人掌控的吸血鬼。」

「沒錯，妳死後，第一次死後，我回到一度空間，在中間地帶尋找妳的本體，當然沒找著，因爲妳其實還活著。」他陷入沉寂，想起這一切眞是不公平——「本來可以在一起的」。

他繼續說下去。「我聽從歐利菲爾的建議，再次穿越交匯口，回到地球，出口就在盧坎鎮，也是我第一次遇見梅拉奇跟漢諾拉的地方。」

「你繼續說。」天色已暗，我爲加百列走去開啓電燈。

他以掃帚桿子支撐身體重量。「第一次偶然遇上，她和同族的夥伴正要攻擊搭乘火車前往都柏林的當地人，躲在一旁的我恰巧看到她饒過一位抱著嬰兒的母親；第二次再見到她，發現她在保護一群遭到空襲的孩子；我從來不曾遇過像漢諾拉這樣的吸血鬼，也是我第一次目睹吸血鬼身上尚有一絲人性光輝。」他的重心往後傾斜。「她讓人難以想像，在我失去盼望的時候給了我希望，因此在我前去倫敦的那天晚上，邀她同行，她也就此揮別這個不顧一切、一心要殺我的吸血鬼——相信妳猜得出來被拋棄的他理所當然會很不爽。」

「所以呢？牠從此就執意獵取你的性命？」

「不，眞要追蹤我的足跡，那他就得離開盧坎鎮，遠離純血主人和夥伴，我猜他是透過血的連繫，察覺了漢諾拉已離開人世。」

加百列揉捏後頸，我直接打岔，省卻他承認是自己動手殺了她。

「漢諾拉的死讓牠痛不欲生？」

加百列搖搖頭。「她沒有殘殺無辜，反而救了人類；後來又離棄主人遠走高飛，簡直就是眾人的恥辱。」他停頓半晌，接續說道。「他是不高興被我搶先一步殺了漢諾拉。」

「眞有感情。」我嘲諷地說。

加百列開始清掃碎玻璃。「這裡是牠們的根據地，牠們遲早都會發現我回來這裡了。」

「那你爲什麼非回來這裡不可?何必拿生命開玩笑?」

「爲了妳。」他說,「因爲定點的時空交匯出口就在這裡,沒有開啓裂縫的水晶,妳在不同時空之間跳躍的時候,最有可能出現的地方唯有這裡。」加百列把我腳邊的玻璃碎片掃到一邊。

「夠了,加百列,」我伸手拉他。「爲什麼不選附近的城鎮?爲什麼不躲起來呢?」我的語氣近似低聲下氣地懇求,若不是已經過了三年之久,我或許會努力說服他重新考慮自己的決定。

加百列垂頭喪氣,彷彿如今才領悟了答案。

「是艾歐娜嗎?」他詢問。

「嗯?」艾歐娜遲疑地停在門口,羅德韓尾隨在後,細心保護著她。當看到加百列拿著清潔工具清理碎片,艾歐娜的反應極其強烈,遠勝於看到家人揮舞銀製的武器。

「噢,不,我來做就好!」她匆匆跑過來,圓點洋裝的裙襬纏住雙腳,黏在緊身褲上。在現代的社會,看到艾歐娜謹守傳統的作風,甚至不肯讓加百列清掃地板,我只能用驚奇來形容。以加百列的紳士風度而言,我相信他將掃帚交給艾歐娜唯一的理由就是如果不放手,她肯定不得安寧。

看著艾歐娜扮演已然絕跡的傳統婦女的角色,讓我尷尬極了,只好自告奮勇。

「何不讓我來做——」我揮揮手,示意加百列跟艾歐娜移動到花園裡。雖然右眼疲倦得很,我依然能夠辨認散落在磁磚上面每一丁點玻璃碎片,我低頭對著地板,平穩有力地吹出熱氣，小碎片往上浮起，直到與視線水平的高度。

我造了一條玻璃銀河。

我命令碎片像太陽系裡的行星一樣不住地轉動，轉了一圈又一圈，逐漸產生重力加速度，天花板的吊燈灑下金色光芒，像是太陽，透明玻璃反射出極其刺眼的亮光。我拍拍手，銀河自行攪拌，碎片研磨成玻璃細砂，如同沙漏裡的沙子一般，從上而下倒灌，在地板上聚集成一堆。

我露出滿意的笑容，剛好從花園走到門口的艾歐娜看到眼前的奇景，瞠目結舌、一臉驚奇的表情。

「可能需要畚箕。」我說。「很大的畚箕才夠用。」

羅德韓跟加百列留在花園裡，給我跟艾歐娜獨處的時間，我無法催促加百列面對自己的感情，更擔心他會浪費太多時間才能領悟我早已察覺的事——他應該跟艾歐娜攜手共度人生，她才是加百列的救贖。或許打通加百列心門的最好方法就是透過艾歐娜。

艾歐娜走進來打掃，我在屋裡急速打轉，整理吸血鬼攻擊之後造成的爛攤子。

「其他人到哪裡去了？」我提問。

「大部分都出去巡邏了，夕陽已經落下，他們很快就回來了。」

我在半小時之前就抵達了，但喬納至今還沒露臉，至少主屋這裡沒有他的蹤影，我察覺不到他的存在，他應該不可能受傷，也不致在路途上惹了麻煩。

「妳跟羅德韓在一起的時候有看到喬納嗎？」

艾歐娜拉開垃圾袋時點頭以對。

「是的，有看到他走向拖車屋。」她把黑色塑膠袋塞得滿滿的，重量顯然沉得很，我從她手上接過來，甩到旁邊、以免擋路。

「謝謝。」她說。

我開始收拾那副撲克牌。

「吸血鬼侵入的時候，妳跟加百列恰巧在玩撲克牌？」

「嗯——嗯。」

「我們以前常下西洋棋。」我冥想過去。「加百列有教妳下棋嗎？」

他在亨利小鎮時曾經幫艾歐娜上課，記得當我看見他們隔著棋盤相視而笑的時候，我的心宛如刀割、沮喪至極。

「沒，」她說。「他把棋盤帶來了，卻放在地板底下，還說那是非常特別的東西，不適合拿來玩遊戲。」

「那是他送我的禮物，在很久很久以前，」我微微一笑。洗過撲克牌之後放成一疊。「現在我把它轉送給妳。」

「噢，不，我不能——」

「拜託妳，加百列是個好老師，相信棋盤可以爲你們創造美好的回憶。」以前是我捨不得，現在終於可以安心放手，感覺眞是如釋重負。

艾歐娜還沒搞清楚狀況之前，我已經把一分錢的硬幣堆成尖塔放在流理台上。

「你們在打賭？」我好奇地問。

她聳聳肩膀。「小賭一下，不是很認眞，賭注就是增加遊戲的樂趣，這是我家的傳統，其實任何東西都可以用——例如一分錢的硬幣、有時候是火柴棒，隨便什麼都可以。」

「火柴棒？」我重複一句。

「對。」

我忽然想到布魯克那位行蹤神秘的朋友除了一副舊撲克牌之外，還帶了一盒火柴。我心不在焉地擺弄撲克牌，彈了彈角落，同時留意到另一個細節。

「啊。」我低聲咕噥。

「什麼？」

「沒事，肯定是愛爾蘭傳統。」

「什麼肯定是？」

我把洗得整整齊齊的撲克牌遞過去給她。

「這疊撲克牌有五十四張，表示鬼牌也在裡面，而我工作的酒吧，通常都會先把鬼牌拿走。」

艾歐娜溫柔地笑了。「他逼我們把鬼牌當萬用卡，不管玩什麼遊戲都一樣。」

我困惑地看著她。

「這不是愛爾蘭傳統，」她抬頭望著天空，看了我一眼，才繼續說下去。「這是——」

❦

我衝向小藍，倉促尋找布魯克的途中，遇上結束執勤、回來休息的封印獵人，差點跟他們撞成一團。我推開小藍車門，闖進窄小的起居空間，布魯克雙腳正架在沙發上，手裡拿了一本雜誌。

「萊拉！」她大聲嚷嚷地跳起來。

「不要叫，妳早就聽見我的聲音。」

「咿，妳在發什麼瘋？冷靜一點，可以嗎？」她說得很從容。

我抓住時尚雜誌的書背舉到半空中，把雜誌翻過來再遞回去給她。

「就算我們很厲害，上下顛倒的雜誌應該也很難看得懂。」

她張大嘴巴，我開始在小藍裡面晃來晃去。她衝到桌子旁邊，趕忙收起手捲菸和一盒瑞茲拉菸紙。我扣住她的手腕。

「妳什麼時候開始抽菸了？」

她猶豫了一下，我猜她本來考慮要招供，但隨後又把我推開。

「妳離開好一陣子，滄海桑田，人的習慣會改變。」

「真的嗎？」我挖苦地說。「昨天妳才叫菲南滾開，不要在室內抽菸。」

她閉上嘴巴。「我不需要有問必答。」

「對，但我希望妳誠實回答。」

我要她自己說，而不是被我挑錯，我靜靜地等待。

最後，她皺著眉頭看著我，開口說道。「妳毀了我的傑作。」

看來我會再等一些時間。

「如果沒有這些附屬品，戴起來比較簡單。」我說。

她懊惱得很。「簡單的東西沒有時尚感。」

我們繼續大眼瞪小眼，冷冷地不吭一聲，直到我打破沉默。

「叫他出來，布魯克。」

她望著地板，裝傻地回問。「叫誰？」

「妳的鬼牌。」

我右手邊的亞麻窗簾動了一下，一看見他走出來，布魯克立刻說道。「萊拉，這件事情錯綜複雜，就是……是……」

我幫艾歐娜和布魯克接續說完她們本來要說的話。

「這是佛格的習慣，」我轉身面對他。「是，我知道。」

19

正當我以爲再沒有任何事情能夠讓我大吃一驚的時候……

「你成了吸血鬼？」我問。

我是預期佛格還活著，只是沒想到會是這種模樣。

佛格解開背心、上下玩弄著拉鍊。「對。」

我曾經以爲天使跟魔鬼絕對誓不兩立，當然啦，現在知道不是這樣的，純種吸血鬼一度是大天使，食腐獸的前身是墮落的天使後裔——原本誕生在光明中的實體後來被可怕的黑暗吞沒，而產生巨大的變化。

佛格本來是墮落天使的子嗣，天生就是OfElfi，長相永遠都像天使一般的純潔無邪，而今雖然受到毒液的感染，外貌卻沒有太大的變化，膚色仍然白皙，蓬亂的頭髮依舊金黃耀眼，唯獨一度平靜、迷人的灰藍色眼眸，而今閃爍著警告般的紅光。

「這是怎麼發生的？」我不信任佛格，因此關注力一逕放在他身上。

「是我改變了他。」布魯克唐突地插話。

「不可能，妳是第三代吸血鬼，應該沒有轉化人類的能力。」我仔細打量佛格全身上下，確認他沒有攜帶任何不該攜帶的東西或武器。

「對，如果眞是這樣的話，身爲第二代吸血鬼的喬納，一樣不可能把我變成同類。」她以嘲諷的語氣提醒。

我深吸一口氣，思緒飛快地轉動。「就算我相信妳，佛格在這裡做了一些錯誤的抉擇，靈魂因此落入黑暗，但唯有靈魂光明的人才能夠被轉化，布魯克。」

佛格微微欠動身體重心，我舉起手臂，絲線般的白色光芒纏繞在指縫之間。

「愚弄我一次，丟臉的是你；愚弄我兩次，我保證讓你再也沒有機會耍把戲。這樣說夠不夠清楚？你最好保持距離，不要造次。」我警告道，看他慢慢挨近布魯克，我立刻追加一句。「不要靠近她。」

布魯克激動地比手畫腳。「喂！妳一定要這麼粗魯無禮嗎？他對妳深感抱歉，可以嗎？快告訴她啊，佛格。」

他聽話識相地乖乖躲開，與布魯克保持安全距離。

「皮德雷不只是哥哥，也是我最好的朋友，但我的確做錯了。至於人的生死存亡，決定權在於神，不在我。對於先前做錯的事，我深感抱歉，萊拉。」佛格語氣平穩，目光坦率、沒有逃避我的眼神。

「瞧，我沒說錯吧。」布魯克嗤之以鼻。

「對，難道把你轉化成吸血鬼也是神的俊定？我還以爲是眼前這位小姐自作主張呢。」

「神的作爲奇妙可畏，神秘難測……」布魯克對佛格點點頭，他也點頭回應，仿佛這樣的答案異常正確。

我嗤之以鼻，不管聽起來多麼荒謬不合理，布魯克儼然深信自己的說法是正確的。

「爲什麼上主要給佛格重生的機會，還讓妳把他變成吸血鬼?讓我們坦白面對，他現在這種狀態等同活死人，不是嗎?」我反問。

布魯克皺著眉頭陷入沉思，看她不吭一聲，我繼續說下去。「如果被菲南或是封印獵人發現這件事，他們歷來的信仰肯定受到劇烈的衝擊，因爲他們向來不相信吸血鬼曾經是人類。」我停頓半晌，再追加一句。「或許妳的神還沒有把整件事情考慮清楚。」

布魯克依舊陷入思索，沒有應聲。

總是有答案的佛格再次插嘴。「現在看起來或許無法明瞭，但是上主對我的人生有祂既定的安排和旨意。」

又一次談到人生的目的和意義，然而我對不同空間的了解遠勝於封印獵人，很多事情連羅德韓或布魯克都不清楚。誠如達文的建議，宇宙無邊無際，很有可能在醞釀某些更偉大的事情，而我一無所知，這是極有可能的。再者在內心深處，我也無法否認自己逐漸相信預兆的存在，或許還有更高等的生物在重新研擬一個不斷擴張的設計，至於背後有什麼目的，誰也說不清楚。

封印獵人——具有基督信仰的人類——稱呼祂爲「上主」；達文——篤信科學的人——對祂的暱稱是「穿西裝夾克的男子」。雖然給予的稱呼不同，但其實指的是同樣的對象。

「你當時奄奄一息。」我說道，坐了下來。

「他的傷勢非常嚴重，」布魯克說道。「就在最後那一瞬間……」她聲音哽咽，顯然掉進悲傷的回憶裡。

佛格不疾不徐地坐在沙發上，面對著我，替布魯克接續說下去。「我的悔改得著上主的寬恕，靈魂得著救贖，雖然身體殘破，但是布魯克在我身上做了某些事情，讓我變得跟她一樣。」

顯然臨終前的悔改和認罪讓佛格的靈魂從黑暗轉入光明，這讓我聯想到羅德韓說過的名言：有一些案例是過了許久的時間，光明的靈魂才轉成黯淡，不過也有一些案例是單單一次錯誤的抉擇，立刻導致毀滅的災難，從此回不了頭。羅德韓說人的能量可以相互轉換，顯然兩面皆然。無論背後的機制是什麼，佛格的能量瞬間反轉、從黑變白，而布魯克是誤打誤撞，在佛格嚥氣之前，及時注入毒液轉化了他。

思及至此，我看著佛格說。

「顯然你現在終於相信魔鬼一度也是人類了。」

⁂

佛格直挺挺地坐在駕駛座上，布魯克專注的修補蝴蝶面具，她幾乎是不費吹灰之力就把它從我臉上撕下來。考量這幾天發生了這麼多的事件，看起來脆弱的面具得以倖存到現在，著實讓人非常驚訝。在面具上補了顏料之後，她小心翼翼地放下面具，任它自然風乾，然後她重新低頭創造更多３Ｄ立體的蝴蝶。

我坐在布魯克對面，伸手玩弄著髮梢。「他有吸食——」

「人類嗎？是的，現在可以，一開始的反應跟我一樣裹足不前，而今已經不再倚靠我的鮮血和能量，可以自行從凡人身上獲取。」她回應。

我雙腳交叉，看著她專心工作的模樣。喬納造了布魯克，而她永遠不可能青出於藍，佛格也是這樣嗎？永遠無法比布魯克更強？似乎每一次突破不可能發生的狀態，造出「下一代」時，身上原有的超自然特質就被稀釋，讓我忍不住納悶是否身體和心靈都適用相同的結論？

「布魯克，妳……？」

「愛他？是的。」我才張開嘴巴，她已經猜到我想問的問題。「這種感覺並不是因爲我們之間有血的連結而產生的，早在這之前……早在他跟我一樣之前，我就愛上他了。」

「先前妳也宣稱自己深愛喬納。」我挑戰她的話。

「我依然愛他，不過現在開始明白愛上某人不同於與某人相愛，兩種感覺截然不同，我跟喬納從來不曾相愛過。」她回過頭去，繼續勾勒蝴蝶的輪廓。

「妳確定這不是因爲妳害怕孤單一個人嗎？」我腦中想的當然是喬納，話一脫口而出就後悔，我不應該放縱自己的情感。

「不，這絕對是愛。」然後她似乎特意要教育我一番，補充說道。「妳一發現就會明白箇中的差異。」

「對了，妳介不介意我今晚在這裡打地鋪？我總不能留在拖車屋裡，至少不能帶著佛格一起去。」她問道。

「爲什麼不讓他們知道佛格的事情？」

「他寧願讓家人認爲自己那天就死了。」

「爲什麼？他以自己現在的模樣爲恥？或是爲了不願意摧毀他們的信仰？」

如果封印獵人看到他現在的模樣，肯定無法否認他們每天追殺的吸血鬼一度是人類的事實，進一步證實了他們熱切相信的事實其實大錯特錯。

布魯克沒有直接回答。「神對佛格有祂既定的計劃和目的，一旦時候到了，我們就會明白，在那之前，只能靜靜等待。」

我實在想不出佛格變成吸血鬼這件事有什麼合理的目的可言——他和布魯克或許要等上極爲漫長的時間才能看到他們所期待的預兆。

「加百列知道嗎？羅德韓呢？」我詢問。

「他不要任何人知道，至少目前不要。」她說，我突然領悟她不只在回答我的問題，同時也是在要求我保守秘密。

她完成最後一片亞麻製作的蝴蝶，並把它們放成一小堆，然後小心翼翼地拿起面具。

「他們需要知道，布魯克，這很重要，萬一純種吸血鬼發現可以這麼做呢？」

一股沉重的感受重壓在心頭，假如雷利在酒吧裡的說法正確無誤，那麼當我和喬納置身在第三度空間的那段時間裡，世界的人口急遽下滑，我們將原因歸諸於是純種吸血鬼從靈魂黑暗的人類身上汲取能量，這個推論沒錯；至於那些被第二代吸血鬼偷走的、靈魂光明的人類……萬一這不是偷，也不是帶去讓純血轉化那些人類？而是第二代吸血鬼效法喬納的做法，自己創造出更多的吸血鬼軍隊？然後這些吸血鬼又自作主張，繼續創造出更多的下一代，就像布魯克對佛格所做的事情一樣？用這種方式提升軍隊的人數顯然更有效率。

然而話說回來，如果製造的結果是一代不如一代，純血會重量不重質嗎？這樣的想法似乎不甚合理，肯定有某些關鍵點被我遺漏了，偏偏想不出來問題的癥結點究竟是什麼。我需要保持清醒的頭腦，留在這裡我辦不到。

「我去拖車屋睡覺，」我說。「小藍讓給妳用。」

布魯克向我喃喃道謝，繼續將圖案精美的蝴蝶黏在面具邊緣，在眼睛那條縫隙下方就多了三隻小蝴蝶，觸鬚朝外，彷彿正自由自在的飛翔。她重新塗上樹脂，再次將修補過後的面具黏在我受損的皮膚上，然後問也不問就拿起鏡子，讓我好好欣賞她的手藝，但我僅僅注意到自己充滿血絲的右眼。

「好了。」她幫我將頭髮撥到耳後，稍稍躊躇了一下。「髮夾呢？」我還沒有機會思考這個問題，布魯克就開始大叫。「該死，最重要的是我的外套在哪裡？」

「哦，我一定是忘了帶回來，丟在外面。」我呢喃著，懊惱自己的粗心和疏忽。

「是外套還是髮夾？」她質問道。

「兩個都是。」我黯然承認，努力冷靜下來回想：或許在達文看來，我又一次鬧失蹤，但這不是第一次了，他應該也不覺得意外。外套和髮夾留在他那裡安全無虞，我現在最需要的是讓眼睛好好休息。

我把自己關在拖車屋的單人房裡面。我走到拖車屋時仍然沒有看見喬納的蹤跡，只看到加百列和羅德韓小聲地交談，一如早先我經過花園前往小藍途中，和他們擦肩而過時，當時他們就在交頭接耳，羅德韓的表情看來很苦惱，我還以爲是因爲加百列受到攻擊的緣故。當時我並未察覺他關注的焦點在喬納身上。

我閉上雙眼，試著讓眼睛休息。一開始我睡得很淺，只是打盹，不久便墜入黑暗裡。

陡然強光一閃，腦海一片血紅。

橘紅色的火光宛如瀰漫的煙霧，從意識層面的角落慢慢滲透進入，在背景的紅色布幕前繚繞盤旋。

另一道強光射出，腦海瞬間反白。

綠色微光出現在地平線中央，加速向前，大腦的空白頁一折再折，形成一個尖點；綠色氤氳擴散，渲染到頁面上，反轉過來，陡然變成倒三角的形狀。

我視線模糊、影像重疊，眼前有兩個倒三角形並排前進。

就在這時候，如同繽紛的玫瑰花瓣撒向淒冷的墳頭，藍色蝴蝶猛然爆開。爆炸般的巨響傳來，成群的蝴蝶一哄而散、自由飛翔。

我驚醒過來，羅德韓正拍打著房門。

「小可愛，」他呼喚。「妳醒了嗎？」

我睜開眼睛，回應道。「是的，醒了。」

他開門進來，坐在床尾，手裡抱了一堆衣服。

「今天是週日，彌撒一小時之內就會開始，菲南期待妳出席，讓更多居民看見妳。」羅德韓已然換上筆挺的襯衫和長褲，還把牛津鞋擦得閃閃發光。「這些給妳。」邊說邊把那堆預先挑好的衣服遞了過來。

我摸了摸布料。「這些都是菲南挑選的？」

「是的。」

「或許等他厭倦追殺魔鬼這一行之後，可以考慮改換跑道去當服裝設計師。」

羅德韓哈哈大笑，他真誠、美妙的笑聲勾起我的回憶，我忍不住報以微笑。「喬納應該不會加入吧？他在哪裡？」

「一早起床就出門了。」

「算他走運。」我說，猜測他可能預先聽見風聲，知道早上的安排，決定溜之大吉。

看我對參與教會活動興趣缺缺的反應清晰地寫在臉上，羅德韓搶在我反對之前，一把將我拉了起來。

「嗯，我知道現在跟以前不一樣，不過還是讓我爲妳泡一杯熱茶吧，親愛的。」

我伸出手臂環住他的腰，臉頰貼在他的胸口，給羅德韓一個大熊抱。

「沒有你我該怎麼辦才好？」

菲南或許希望他的鄉親們相信我是聖經上的救世主，但我實在無法苟同穿上他所挑選、樣式傳統的裙裝就能給人那樣的印象，我要維持一貫的穿衣風格——牛仔褲配短靴。我勉強從衣服堆裡挑了一件滾著蕾絲邊的無袖襯衫。

雖然陽光若隱若現地躲在烏雲背後，我依然迎上去，同時留意到加百列佇立在拖車屋的窗口往外觀看，想當然耳，他一定非常渴望夏天上千道炙熱的光芒親吻肌膚的觸感，但願無須等待太久，他就可以像往常一樣經歷陽光復甦人心的能量，這種感覺就像地心引力，一旦察覺它的存在，驟然失去就會像沒有根的浮萍一樣飄盪。

我們在屋子前面跟菲南會合，雷利和克萊兒已經在場，百般嘗試安撫他們的小寶貝，她在母親懷裡扭來扭去，不肯安靜。

「我去拿。」羅德韓揉亂小女孩的頭髮，和藹地開口。

我一臉困惑地看著克萊兒。

「她最愛的故事書，」克萊兒解釋。「即便不了解上面的訊息，但她非常喜歡動物的彩色圖片。」

羅德韓以超級快的速度回到現場，將一本厚紙板的故事書塞進兩歲小女孩黏膩的手指裡。

「做完彌撒才能看，甜心。」

封印獵人成員的克萊兒竟然允許吸血鬼讀故事書給女兒聽，這點著實讓人吃驚，詫異的表情顯然浮現在我的臉上，因爲克萊兒說道。「愛麗絲非常喜歡羅德韓，其他人讀故事書都不行。」

羅德韓走在克萊兒旁邊，我與艾歐娜跟在後面，雖然近乎中午，灰濛濛的天空和潮濕的氣候給人一種天色已晚的錯覺，菲南的手下匆匆護送家人離開家門去參加彌撒，經過我們身旁時通通放慢腳步，時而交頭接耳、有些則是目瞪口呆，艾歐娜沒有發現異狀，一逕喋喋不休地討論她待會要分享的讀書內容，而我幾乎充耳不聞，忙著對愛麗絲伸舌頭做鬼臉，她像無尾熊似地趴在母親肩膀上，對著我吐泡泡。

教堂大門敞開，歡迎鎮上的居民，當我們走向通往大門的小徑，建築物側邊的事物——或某人——陡然引起我的注意。

我往旁邊靠，避開其他人，身旁的艾歐娜繼續喋喋不休。「……向來備受歡迎。」正前方那位深色西裝人影突然轉身走開。

「抱歉，妳剛說什麼？」我心不在焉地詢問。

「詩篇二十三篇。」艾歐娜重複。

「萊拉！」菲南揚揚眉毛大吼一聲，彷彿是我拖延了大家的速度。他看我沒回應，用更惱人的方式尖銳地吹了一聲口哨。

「去找你的人。」我對他咄道，現在菲南應該看得出來我最討厭被人呼來喚去。

羅德韓拍拍菲南的背，露出「這次我來應付」的神情，鼓勵他先進門。

「那是誰？」我指著消失在墓園深處的人影詢問艾歐娜。

她像貓鼬似地揚起頭看了一眼。「噢，是梅拉奇，負責看守這一帶。」她微笑地看著羅德韓走過來。

梅拉奇。

「甜心——」羅德韓開口，站在我們中間，艾歐娜握著他伸出來的手臂。

「你們先進去。」我的目光尾隨梅拉奇——許久以前有過一面之緣的墮落天使。「我隨後就到。」

我運用思想的力量，瞬間移動到墓園入口，掃視周遭的土地，左邊那秋天的氛圍繼續滲入天空，為背景添加死亡和毀滅的陰影。山坡寂靜無聲，沒有純種吸血鬼的蹤影。不知道任尼波收集了那麼多的靈魂，目前對魔鬼子弟兵的數量是否感到滿意。

我撥開意識層，深入自內心的黑暗深處搜尋任尼波的身影，但還是察覺不到，無論牠此時此刻身在何處，應該都隔了一段距離。然而這並不表示附近沒有其他同類存在，我必須隨時保持警覺和戒備。我用超能力的感官搜尋到果園當中有一絲異動，意念一轉，瞬間我已經來到蘋果樹叢的中央。

他背對我，垂著頭，直到聽見我呼喚的聲音才轉過身來。「梅拉奇。」

「萊拉。」他回答。「很高興再次看到妳。」

「是嗎？看我站在這裡，也就表示我沒有達成你希望終結世界的願望。」

「我從來沒說過希望妳終結那些世界，而且如此一來妳也會一起消滅。」他的手從大衣口袋抽了出來，摘掉帽子，順了順灰金色的頭髮。

「來吧，跟我去走走。」梅拉奇說。

枝芽低垂的蘋果樹環繞在周遭，即便是秋天，葉子依然清新翠綠，今天早上的陽光躲在烏雲後面，只是不知怎麼的，在果園裡面，黏膩的地中海型氣候的悶熱瀰漫在空氣中。

「你來盧坎鎮是要找我嗎？」我提問，「發布更多命令？」雖然這次碰面純粹出於偶然，但我迅速有了自己的盤算，古老的梅拉奇充滿智慧，他所擁有的知識或許可以派上用場、幫忙擬訂一個拯救人類的計劃。

「不，盧坎鎮算是我相對固定的住處，我看守這塊土地至少已有幾千年的時間。」

我低頭閃避突出來的樹枝。「我還以爲加百列來找你的時候，你是住在美國？」

他悠哉地回答。「碰到這種狀況，如果有生意非要我去談，就會找人代理。」

「是喔，」我說。「你究竟在這裡看守什麼？」

一如以往，梅拉奇的表情莫測高深。「何必浪費時間詢問妳已知道答案的問題？」

「所以？你看守這塊土地，以一度和三度空間交匯口的地方爲家？對一個墮落天使而言，這樣的職業不是很危險？」

「妳是這麼想的，不是嗎？」他伸手扶著我的後腰，重新引導我穿越濃密的枝條。「我跟其他人不同，我有特殊技能。」

「你稱呼自己是Ethiccart？」

上次跟梅拉奇碰面的時候，他說歐利菲爾特別給他一個頭銜，叫做Ethiccart，根據他的暗示與說明，當黑暗籠罩水晶星際的時候，梅拉奇扮演了重新設計的角色——細節部分他語焉不詳，堅稱只要我親自去看就知道。

「是的，在妳穿越第三度空間的時候，已經親眼目睹我的工作內容。」

我放慢腳步。「巨大的結構體、靈魂之海等等，那些都是你的設計？」

「是我的設計，藉由任尼波的手，因世界的本質，讓我無法親眼看到結果。」

「意思就是一旦穿越進入第三度空間，你會跟其他的墮落天使一樣，變成眾多的食腐獸之一。」

「啊，妳能看透牠們的本質？」聊了這麼久，梅拉奇拔高的音調終於透露些許端倪，聽起來幾乎像是懷抱著希望。

「是，你既幫助他們設計維生系統，爲什麼又要求我終結純種吸血鬼？記得你說過，要我消滅第一度和第三度空間，了結那兩個世界。」我停住。「說到這個，你究竟站在哪一邊？」我質問。

從先前的對話和手邊資訊判斷，梅拉奇給我一種感覺，他彷彿扮演中間人，提供服務給出價最高的投標商，他對任何一方都沒有忠誠度，只忠於自身利益，這樣的事實讓人深感不安。

我轉過身去，查看是否有任何東西試圖對我不利。

「冷靜，孩子，我以前就說過，我會站在妳這邊，是朋友，不是敵人。」他耐心等待我接受他的說詞。

我小心翼翼地繼續跟著他穿越濃密的果園。

「這是必要之惡，」他說，「妳所謂的靈魂之海，是透過自然的選擇過程，注入有機的燃料，食腐獸只是收集死者的暗物質，並沒有奪取生命。總體而言，如果沒有牠們的存在，只會損失更多的人命。」

我的思緒飛快轉動。「上面那個潘朵拉盒子，也是你設計的嗎？」

梅拉奇揚揚眉毛。「是的，隱藏通往第三度空間的交匯口似乎是合情合理的設計。在它一開始出現的時候，大辣辣地呈現在地面上方，通道非常明顯，剛開始的隱藏比較容易，然而隨著科技的發展和進步，偽裝變得越加困難。」梅拉奇放慢腳步，繞過一小畦土地。

「這些人帶了一大堆可惡的器械和裝置。」他咕噥地說。

這句話讓我聯想到達文的小組成員，梅拉奇引導我繞過菜園。

「牠們不只隱匿交匯口，任尼波還把吸血鬼塞進——」

「密室裡。是的，孩子，我了解自己的設計，這是任尼波想要的附加功能。起初牠被逐出第一度空間的時候，就開始招聚力量強大的惡魔預備追殺水晶星際的居民，妳明白吧。」

「你們雙方都很肯定我會遵照你們的要求去做，結果你們都錯了。以前我就說過自己無意穿越、進入第一度空間，終結那個世界並無法拯救我所居住的地球。」

「正好相反，若不摧毀水晶星際，第一個滅亡的就是這裡。」

我停住腳步，鞋跟嵌入地面。「沒有我的配合，牠辦不到。」

「就算妳不肯，也有其他手段可以達成目的。有嶄新的發現——」

「什麼嶄新的發現？」我急急追問。

「水晶星際所需要的燃料來自於人類死亡之後所釋放的光明能量，沒有人類就沒有光可以輸送。以前或許不可能，就算純種吸血鬼力大無窮，依然沒有足夠的力量……」他停頓了一下，看我是否能把這些線索拼湊起來，以了解他的意含。

「任尼波知道，」我驚呼一聲。「牠的吸血鬼能創造更多的吸血鬼。」我猛然領悟過來，思緒亂成一團。

當時從酒吧走回去的路上遇見的吸血鬼不是一般的第二代吸血鬼——看起來軟弱無能，脆弱而不堪一擊。唯一的例外是漢諾拉的伴侶以及帶走卡麥倫的那一位，牠們強壯一些。

「任尼波不在乎牠們是否脆弱得不堪一擊，因爲牠們的目的不在於作戰。」

梅拉奇點點頭。「沒有光明的靈魂就沒有能量，沒有能量就無法維持天使世界的運行，歐利菲爾若不想在垂死的水晶星際的黑暗中滅亡，就得被迫採取行動，做出自從背叛兄弟那一天起便不曾再做過的事情——穿越交匯口跟牠面對面。」

梅拉奇將帽子舉在胸前。「妳的第一步就是把歐利菲爾帶到任尼波面前，萊拉，否則地球就不會再有倖存的靈魂需要拯救。」梅拉奇重新戴上帽子。

「向前一步，可以嗎？」他說。我依照他的要求走上前，一棟由石塊堆砌而成的小屋陡然出現在眼前，光束如瀑布而下罩在小屋四周，白色和金色的光芒交錯，璀璨閃亮。

我嚇了一跳。「剛剛怎麼沒看見？」

「如果妳知道方法，好好地操縱光線，就可以掩藏所有的東西。」他回答。

紅色屋瓦上方有一棵巨大的果樹，低垂的枝枒結滿誘人的蘋果，梅拉奇伸出手去撥開糾纏的枝幹，露出裡面燦爛透明的白色光輝。

「第一度空間的交匯口。」我慢條斯理地說出口，奇特的景象讓人目瞪口呆。

「妳必須穿越這道門才能拯救被我們稱爲家園的世界。」

我凝神思索他的要求，感覺他加諸在我肩頭的重擔幾乎壓得人無法喘息，假若不摧毀水晶星際，就會迫使地球的居民付出慘痛的代價。

「我了解，可是──」

「可是什麼？」他迅速追問。

「假設任尼波如願復仇血恨，然後呢？」

「只要第一度空間走向終點，第三度空間就會跟著滅亡，然後妳要殺死牠們所有的人。」

「你要我殺死每一個純血、殺光地球上所有次一代的吸血鬼，單靠我一個人的力量？」我希望自己這麼說，會讓他提出更有幫助的建議。

「任尼波死了，牠的骨牌屋就會跟著倒塌。」

梅拉奇將枝幹拉得更開，鼓勵我跨進交匯口。就在這個時候，他外套的衣襟閃過一道白光，光芒的來源是一個形狀如樹葉的金色別針。

「菲南曾經借給我一個造型相似的髮夾。」

「樹葉是墮落的象徵，墮落天使配戴它們作爲對我的承諾。」

我倒退一步。「我不明白。」

梅拉奇輕輕地鬆開枝條，讓它們彈回原處。「由地球的時間看待，任尼波出現於三千年前，之後牠就一直在搜尋前來地球收集光明能量、作爲水晶燃料的大天使們。」梅拉奇伸手輕輕撫摸帽沿，安靜而深思地說。「任尼波在歐利菲爾察覺之前帶走了十三位大天使。當時是好幾千年以前，大天使們跟最早出現的天使後裔一同工作，擺渡光明的靈魂從地球前往另一個星際，因此後來歐利菲爾爲了要保護剩餘的大天使們，就把運送靈魂的任務交由天使後裔負責。」

「這些就是沒有彼此配對的天使？」

「對，天使後裔一號，就各方面來說都有極大的缺陷，他們的光芒一個接一個變得黯淡，墮落之後就從第一度空間的固定交匯口來到地球。」梅拉奇的語氣變得低沉陰暗。「任尼波跟牠的同類就守候在這裡。」

我忍不住深吸了一口氣。

「歐利菲爾拿走後裔的水晶，等於剝奪他們的天賦，讓他們在漫長的生存狀態下毫無自衛的能力——就像成熟的水果，等待農人採摘，因此他們一來到地球，就立刻被送進第三度空間。」

加百列的臉龐浮現在腦海，緊隨而來的是極其可怕的領悟，如果他被拉入第三度空間，就會變成食腐獸。

「眞是不可思議。」我說。

「純種吸血鬼的維生系統已經就定位，加上食腐獸僕從的辛勤工作，牠們分散到四面八方，逐漸建立如軍隊般龐大的吸血鬼大軍，這些大軍不只爲牠們獵殺犧牲者，有一天更要爲牠們而戰；然而並不是所有的墮落天使都會迷失，我搶在純種吸血鬼把他們帶往第三度空間之前救了一些，讓他們去到一個眞正安全的地方。」

「海洋。」我呢喃地說，梅拉奇點點頭。

「他們能夠許下什麼承諾來感謝你的救命之恩？」

「在那個日子來到的時候爲我而戰。」

「什麼日子？」我緊迫追問。

梅拉奇握住我的雙手，我們肌膚接觸的瞬間，懸掛在達文家樓梯轉角那幅畫的影像瞬間充斥在腦海中。

彷彿自己走入畫裡。

就在那一瞬間，明亮的倒三角形閃閃發亮。

大地在腳下搖撼。

狂風在耳朵旁邊呼嘯而過。

蝴蝶狂飛亂舞。

聚光燈急射而出，咻的消失無蹤，地上的樹葉四散紛飛，唯有一片葉子徐徐浮起，墨黑的顏色，如同炭筆，許久以來作者的名字一直隱藏在右下角的地方——梅拉奇。

我嚇了一跳，猛然把手抽回來。「你就是那個先知？」

「我也無法確定，只不過現在看到妳……」他咕噥地盯著我的蝴蝶面具。

「你能預知未來發生的事情？」

「生於水晶星際意味著我們的本質當中涵蓋了穿梭宇宙的天賦，可以在不同的世界之間跳躍自如，只是這麼做的同時會在線性的時間流裡創造一個彎曲點，使我們得以在繼續前進之前從彎處一角偷看一眼。」梅拉奇平靜地將雙手插回口袋裡。

「你看到機器人殺死我？」我問。

他搖搖頭。「影像模糊不清，我只是把自己所領悟的一切畫出來而已。」

小屋慢慢倒退，從眼前消失無蹤，在那一瞬間，四面八方頓時傳來吵雜的呼叫聲，讓我難以專心交談，但是梅拉奇說道。「墮落天使聚集在一起。」這句話把我的注意力引了回去。

我的目光落在他衣襟的別針上面。

「等等，這個飾品，你給他們的樹葉標記——」

「只是一個小工具。」他打斷我的話。「算是回家的信號，墮落天使會跟妳一起奮戰，萊拉，他們已經在路上了。」

「已經在路上——」我沒有機會把話說完，因爲花園裡面傳來碰的一聲，我認得那個聲音。

「達文。」

20

我拋下梅拉奇，思緒一轉，已經來到區隔兩個交匯口的花園邊緣，正好看見達文被第二代吸血鬼擊倒在地。

緊接的反應都是出於本能。

我猛然向前衝，跟吸血鬼撞成一團，雙手掐住惡鬼的喉嚨，牠還來不及尖叫，脖子就被我扭成兩段。

我隨即察覺另一位從背後撲過來，從死掉的惡魔胸前一躍而起，降落在吸血鬼肩頭，牠齜牙咧嘴、雙手高舉過頭，然而我的光已然聽候命令，熱得發紅的雙手像烙鐵似地擦過牠的皮膚，我一把折斷牠的脖子，讓牠身首異處，立時在我炙熱的雙手底下瓦解。

花園突然劇烈地上下震動，勉強爬起來的達文又滑倒在地上，根據經驗我知道接下來是什麼狀況。

「達文！」我大叫。「快跑！」

他一臉茫然，從嘴形來看像是呼喚。「茜希？」

就在這時候，眾多吸血鬼從天而降，從山坡上蜂擁而下，達文楞在原地，雙腳像生了根一樣。

金色的光球聽我命令，聚集在手掌心，看著吸血鬼大軍從斜坡俯衝而下，穿過枝葉濃密的樹叢，在花園邊緣暫時消失蹤影。

我站在達文旁邊，全神貫注保持戒備。看到第一個吸血鬼鑽出樹林，我立刻瞄準牠領口下方的鈕扣，以此爲目標射出帶著電流的白光，吸血鬼大聲尖叫，身體瞬間爆炸，龐大的聲響淹沒周遭刺耳的噪音。

從灌木叢傾斜和折斷的聲響，讓我足以分辨每一個吸血鬼現身的時間點，掌心的火球一個接一個激射而出，彷彿打保齡球一樣，吸血鬼應聲倒地，雖然有個大塊頭的傢伙搶在牠的同伴前面，距離我的臉不到幾公尺遠，但還是被我擊中胸口，牠反彈往後飛起，撞到另一個吸血鬼，硬物碰撞的聲響震耳欲聾，牠們雙雙裂成碎片。

我一次瞄準一位，從容應付、輕而易舉，有的當場融化，有的揮別這個世界的方式稍嫌戲劇化，像煙火一樣爆炸。

在消逝前，牠們的共同點就是尖叫和哭喊。

最後殘餘的只有濃煙。

我轉身面對達文，他依舊躺在地上，嚇得面色鐵青，四肢僵硬。

「你有受傷嗎？」我迅速提問。

「沒有。」他不安地回應，在四周的草地上摸索，終於找到水晶髮夾，就在手掌旁邊閃閃發光，跟梅拉奇的別針一樣；達文肯定在家裡找到了它，於是開始跟隨它發送出來的信號來到這裡。

他的背包掉在一旁，露出了裡頭的物品——一把銀製的刺刀，以及盛裝水晶注射器的木頭盒子——他瞪大眼睛，呆呆地看著它們。

加百列跟羅德韓突然出現。

羅德韓第一個趕來我身邊。「萊拉？」

只知道我叫茜希的達文猛然把注意力轉回我身上，低聲重覆念了幾遍我眞正的名字。看來這件事必須稍後再好好解釋……

加百列正想靠近的時候，一個模糊的黑影擦身而過。

竟是喬納。

吸血鬼大軍的第二波進攻如潮水般轟隆轟隆響，我一躍而起，跳到半空中，拉開自己跟每個人的距離，這回我命令光形成白色平面如紙張一般，從胸口平推出去，掃向花園左邊的範圍，如同陰暗的冬天早晨，陽光慢條斯理地籠罩大地，白光如同海浪切入樹幹之間，迎擊朝我們衝過來的惡魔大軍時，遍野哀號聲立時傳了過來。

我有自信這回的掃蕩是清潔溜溜，逕自轉身撿起背包和裡面的物品，擔心再不趕快還給達文，他會冒險跑回來搶救它們。沒想到這時又有六、七個吸血鬼從天而降。

我逐漸失去耐心。

「退開。」我吩咐羅德韓，看著他把背後的達文拉起身。

六個吸血鬼一擁而上，側翼兩位率先的行動已在我的預料之中，我雙手一揮，白光從指尖激射而出，兩人在最後一秒鐘縱身跳起，不過還是有一位被光束命中，在半空中崩解分裂，左手邊的那位勉強逃過一劫，還不知死活地朝我直墜而下，我舉手擋在眼前，吸血鬼停在半空中，距離我的頭頂只有幾吋遠。我張開手掌，拍向牠的額頭，如高壓電般的電流穿透牠的身體，遇熱的暗物質加速體內循環，牠全身血管鼓起，接著著火燃燒，隨即粉身碎骨、表皮融解，淌在我腳邊成了一灘爛泥。

最後四隻吸血鬼乾脆一起撲上來，我縱身一跳，再度揮出光劍。牠們想抓住我的手腳，接觸到的卻是金色光芒，立刻在腳下化成熊熊火焰。

吸血鬼的灰燼如風雪般飄然落下，我正要走過去拿背包，卻在逐漸散開的煙霧中央，冒出另一個吸血鬼，背對著我蹲踞在地上，我停住腳步，預備發動另一波攻勢。

就在牠轉身之前，我留意到兩件事情：牠握著銀製短刃，格子襯衫的布料看起來很熟悉。惡魔抬起頭來。

「卡麥倫。」我忍不住低呼。

一度點綴在鼻尖上的雀斑而今消失在白皙的皮膚裡，本來圓潤的臉頰稍有改變，顴骨尖銳突起，但我依舊在年輕男孩臉上看見稚氣無邪的表情。

牠舉起達文的短刃，朝我刺了過來，喉間發出咆哮的聲音，但我眼睛所見、耳裡所聞的卻是膽怯的十四歲男孩抓住武器時，那恐懼的眼神、青澀的姿態，以及充滿感傷的嘆息。

牠的獠牙突出於下唇之外，泛著血絲的眼睛紅通通的。而我只看到他甜甜的親吻我的臉頰，一臉害羞地感謝我給他的建議——就是這些建議最後害他枉送性命。

「住手。」我大聲喝令，牠聽進去了，停在不到一公尺的距離之外。

「卡麥倫。」我再次呼喚牠的名字，牠的唇緊緊地抿成一條線，就在短短一瞬間，我以爲牠還認得我。「是我，萊拉。」

「萊拉。」牠粗聲說道。

「是的。」我伸出手。「跟我一起走，求求你，卡麥倫。」

我以爲牠抬腳是要走過來。

我以爲牠唇角彎起是一抹微笑。

我以爲牠抓著短刃的手微微移動是要丟下刀子。

結果我錯了。

牠抬腳是縱身一跳。

笑容是齜牙咆哮。

落地是致命的力道。

我死命壓抑發光攻擊的本能。卡麥倫已經因爲我而死過一次，我不忍心再出手殺他第二次。

突然間一切變成慢動作進行。

刺眼的陽光射在短刃邊緣的弧線上，白花花的星光看得人眼花撩亂，遮蔽了我的視線。

羅德韓陡然拔地而起，躍入我和卡麥倫之間，大衣下襬擋住陽光，也擋住了我。

他揪住卡麥倫一起倒在地上，青草底下的泥土彈得比他還高。

卡麥倫彈了起來，而羅德韓留在原地。

卡麥倫發出刺耳的嘶吼聲，狂奔而去。

「羅德韓，不。」我低語，慌忙衝去扶起他的身體。

羅德韓用力吞嚥著，伸手壓住貫穿胸口的銀製短刃。他抬頭看著我，白皙的皮膚出現一點一點的黑色墨漬，隨即發出燒灼般的嘶嘶聲響，他毫不畏縮，也沒有皺眉頭。

我只能眼睜睜看著，無力阻止黑線逐漸延展到羅德韓的頸項。即便全身發燙，羅德韓依舊奮力盯著我的臉龐，我顫巍巍地抓住短刃的刀柄，考慮要抽出來，然而刀尖已經刺穿他的心臟，貿要拔出來，只會讓他死得更快。

我雙手交握放在鼻尖前，擺出祈禱的手勢。我心慌意亂，試著理解眼前發生的一切，同時又迫切地想尋找解決之道，制止接下來的事發生。

但我束手無策，一點辦法都沒有。

「怎麼辦……我、我不知道要怎麼救你，」我悲痛大喊。「來人，快來幫忙！」我扭轉身體，看著加百列一臉沉痛地走過來。

「甜心……」羅德韓傾身向前，伸手輕撫我的臉頰，說道。「用妳的光拯救我，讓我在光輝裡找到平安。」

我大聲喘息。

銀致命的光輝自心臟透過血管往外擴散，羅德韓的眼角流出如血滴般的眼淚，亮光從體內透射而出，逐漸升高的熱度似乎傳染到我身上，悶得我呼吸困難，四肢僵硬麻痺。

加百列曾經應許羅德韓，要讓他臨終的時刻充滿明亮的光輝，但是加百列已經墮落，沒有辦法履行原先的誓言，給予羅德韓渴望的恩典；而他的要求對我而言卻是難以承受的重擔，他不願意在臨終的一刻落入黑暗或惡魔手中，要求我用光芒結束他的一生。

「我做不到。」我虛弱地呢喃。

我伸手包覆他撫著我臉頰的手，無聲而絕望地緊緊壓住。

「甜——」

他的哀求、他的遺言，在此刻就此破碎。

我深深凝視著已然成了父親的男人的眼睛，看著他的身形在眼前蒸發分解，血滴般的眼淚落在草地上。

顆粒般的遺骸取代他原有的身驅，懸宕在空氣裡，在短短的瞬間，他臉龐的形狀清晰可見，嘴唇吐出最後的呼喚：「——心。」

我大驚失色，整個重量往前傾，目睹他灰燼般的遺骸散裂，我還來不及抓住前，骨灰便隨著輕風飄散。

銀製的刺刀落向地面。

悄無聲息。

平和安靜。

我除了眼睫毛難以控制地扇動，其他身體部位全然僵硬，冰冷的麻木感充斥全身。

我呆坐在原地靜靜等待。

慢慢抬起手掌離開臉頰，羅德韓的手已經不在，就像沙漏裡的細沙一樣，遺骸最後的灰燼也從我指間滑落。

他走得太快。

總是扶持我的人已經消逝，即便還沒有預備好，我還是奮力靠著自己站起來。

「萊拉。」加百列的音調很低很低。

他走了。

羅德韓不在了。

我倒抽一口氣。「他在黑暗中死去。」

我陡然領悟自己做了什麼，只因爲不忍心下手。我抓了一大把空氣，試著捕捉微微發光、最後的一絲火星。

加百列伸手按著我的肩膀。「萊拉。」他重複一聲。

「不！」我憤怒又悲傷地吼，用力推開他。

滿腹的悲傷化成怒火。

「不！」

怒火在體內竄揚，甚至讓我皮膚發癢，墨黑的線條如同蛇一般，纏繞兩手手腕，從手掌、手臂、一路到頸項，我平舉起雙臂，看見陰影中的女孩身上的印記出現在皮膚上。她雖然不在了，但她所代表的黑暗仍然盤據在我的靈魂深處，聽從我的指揮和掌控。

我淚眼婆娑地抬頭看著眼前的每一個人，我舉起雙手，哀求加百列、懇求喬納、拜託達文留在原地，不要靠過來。

忽然起風了，風在耳際呼嘯而過，我雙手握拳，狠狠地捶打堅硬的土地，地面立即形成裂縫，一路延展到花園邊緣，土地裂得更明顯。

我是地震的化身。

我的獠牙爆出，當我抬起頭來，透過充滿血絲的眼睛，眼前的加百列、喬納和達文都染上一片血紅，我發出動物般的哀號，深吸一口氣，使勁吹向區隔花園跟果園的樹林。

我是龍捲風的化身。

猛然轉身，隔著墓園，一直望到教堂最後面高大的彩色玻璃窗上、上面是釘在十字架上耶穌的形象，羅德韓有虔誠的信仰，對那些故事深信不疑，但是信仰又給了他什麼?他死的時候依然帶著魔鬼的身份，善良如他絕對配得上一切，死的時候卻是什麼都沒有。

我收回目光，聚焦在眼睛中央的紅框，我雙手交握成禱告的手勢，然後開始拍手，玻璃震動，先是微微地抖動，並不明顯。

一次。

兩次。

三次。

隨著我一次又一次的拍手，彩色玻璃開始龜裂。

我開始不顧一切，就像瘋了一樣，望著天空大吼大叫。

十字架上的耶穌像猛然爆炸，碎片射向教堂中央，即使隔著遠遠的距離，都聽得到會眾的吶喊與哭叫。

全世界都要爲我的羅德韓哀悼。

我要化爲火山。

這個世界似乎在回應我內心的怒火——羅德韓人生的最後一幕已經落下，隨著幕落的時間，白天轉爲黑夜。

頭頂上方的繁星和行星一一亮起，就像一顆顆的小金幣、點綴著黑暗的夜幕。

我變得更加憤怒，加百列努力不懈，試圖穿透我投射在自己身上的圍籬和屏障，這時喬納也跑到旁邊，進入我的視線範圍，嘴型不停地移動，只是我把自己鎖在隔絕的球體裡面，聽不見他吼叫的聲音。

月亮出現在空中，像十分錢的硬幣一樣開始旋轉。

就算沒有牛仔慣用的套索可以拴住月亮也無所謂，因爲我並不需要工具，只要運用意志力，就可以把月亮拖過來，看它越來越近、尺寸越變越大，全世界都嚇得發抖。地面突然傾斜九十度，所有的物品和每一個人都無法站穩、開始滑動。

逐漸靠近的月亮、看起來就像一面鏡子。陰影中的女孩瞪著我看。

她的模樣嚇了我一大跳，保護盾隨即裂開。

喬納立即抓住我的手肘，試著把我箍在胸前不許移動。

「萊拉，拜託住手。」他低聲懇求。

我一把將他推開，從他肩膀上方看見月亮越來越大，很像我睜得大大的眼睛，瞳孔裡的黑點往外擴散，滲入眼白的範圍，最後變成一個大黑洞。正當我想要把全世界吞進去的時候，所有的一切僵住不動。

月亮停止挪動。

地面不再顫抖震動。

尖叫聲平息。

唯有一個聲音貫穿全然的寂靜。

我命令四肢移動，它們卻不肯聽從指揮，吸入的氣息卡在喉嚨裡頭，一個模糊的人影出現在身旁，全身發光透亮，逼得我必須瞇起眼睛才不致眼盲，過了一會兒，那個實體光亮透明，有如縹緲的幽靈，慢慢飄了過來，影子如水波的漣漪微微起伏，好像水上的倒影一樣。

他穿著深藍色外套，發光的布料亮得好像全身都罩著玻璃一樣，精緻晶瑩的鈕扣，繁複的設計非常吸引人，緊緊扣住布料，圓頂窄邊的禮帽歪歪戴在頭頂上，露出斑白的頭髮，手中以鑲著水晶的拐杖當支撐，明確顯示出他的年紀。

他抬起下巴。

黑色羅馬字體環繞在瞳孔周圍，活生生的就是一個鐘面。

他上前一步，專注地打量著，彷彿在等我開口，接著搖搖頭說道。「當然啦，抱歉，差點忘了。」他的拐杖一揮，我麻痺的肌肉隨即放鬆，再度得以移動自如。

「你是誰？」我大聲詢問，努力控制情緒，並環顧自己失控狀態下造成的破壞。喬納、加百列，甚至躲在六公尺之外的達文，三個人都文風不動——就跟我剛才一樣僵硬。

世界靜止不動。

男子的笑容璀璨，彷彿嘴角點綴著晶瑩的鑽石。

「我是艾密特。」他猶豫了一下，小心翼翼地整理身上的夾克。「穿著夾克的大人。」

祂是神？

直到最近，因爲我所看到的預兆接續出現，連達文那麼相信科學的人都以「穿夾克的大人」這樣的形象來解釋他的信仰系統，讓我生平第一次認眞考慮或許眞的有神存在，或許這也是神選擇用這種方式自我介紹的原因，然而當我跟這樣的存在面對面的時候，最重要的問題立刻脫口而出。

「你是怎麼做到的？」我質問。

「我沒有做什麼，我就是。」

「祢讓時間駐足不動？」

「我就是時間。」祂回答道。

祂拍拍口袋，然後舉起拐杖，示意我望向被我拉出天空的月亮，神情肅穆，顯然不覺得很有趣。

「祢把他帶走了。」我說，半是解釋、半是指控。

祂以拐杖的水晶握柄指著我，說道。「帶走他的人是妳，妳做了選擇。」

「我的選擇是自己替代卡麥倫，不是羅德韓替代卡麥倫。」我咆哮。

「這是妳跟他的抉擇，作用和反作用，有因必有果——這是自由意志運行的本質。」祂聳了聳肩膀，「妳的抉擇就像粉筆畫成的線條，妳順著線條而行，有的線交叉、有的平行、有的彼此相連；有些線比較長、有的很短，你們互相有關聯，都是相同設計裡的一部分。」

「他在虛無裡。」

「根本沒有所謂的虛無，在妳預備好勾勒圖案之前，我會在旁邊監看。」祂眨了眨眼睛，再度睜開的時候，數字出現在虹膜周圍，瞳孔正中央是我的臉，從老爺鐘的邊緣一躍而出。

彷彿變色龍一樣，艾密特的皮膚發生變化：臉頰泛出藍色光輝，白色水晶的碎片點綴在鼻尖就像一點一點的雀斑，造出一片星雲。

「我用自己的存在當成交換條件時，等於放棄自由意志，」我說。「祢把我收回去，把他送回來，直接主張祢的債權。」

「宇宙的拼布遭到破壞撕裂，」祂回答道。「你得負責把它拼湊在一起，這就是妳要支付的代價。」

祂飛快瞥了一眼，評估月亮的狀況。「有些事情容易修補，有些頗有難度。」一顆圓形鈕扣鬆垮垮地垂在口袋外面，在磨損的接縫上擺盪。祂用指尖捏住，扯掉裡布的線頭，順手打了一個小結，月亮立即縮回原處、搖搖晃晃。

「暫時先這樣吧，應該可以。」

地球回歸正確的位置，艾密特伸手摸我左邊臉頰，一言不發，輕輕撥弄著面具，受到時間的洗禮，3D立體的蝴蝶一隻接一隻活了過來，我有些難以置信，茫然地看著牠們飛走，心裡亂成一團，試著理解這一切。

艾密特皮膚上的星雲隨著祂一閃而過的笑容起起落落，就在頭頂上方，三顆流星拖著長尾巴瞬間掠過。

我低聲呢喃。「爲什麼？」

祂突然停住，夾克發出的光芒讓人眼花撩亂，幾乎看不清楚。

「總有一天妳會明白，我很期待那一天到來，萊拉，因爲在那之後，人們會看見妳變成我夾克上面最美麗的鈕扣。」祂直視我的眼睛，就在瞳孔深處，羅德韓安然沉睡。

「在那之前，我會替妳好好照顧他。」

21

綠色三角形的眼睛閃閃發光。

我陡然驚醒，急忙坐起來，陽光從頭頂上方的小窗揮灑進來，壁紙上面的鳶尾花圖案彷彿迎風搖曳一般，我深吸一口氣，吸入床單的氣息，乾淨的香味就像花朵一樣清新，加百列窩在床邊的椅子裡，頭埋在臂彎沉沉入睡。

「加百列？」我用手肘推他。

他抬起下巴。「萊拉。」

盯著我的藍色眼睛睜得很大，神情疲憊，過了半晌我才領悟爲什麼他的眼神會如此哀傷。

「羅德韓。」我沉重地嘆了一口氣。

「沒事了。」他開口。

羅德韓死去那一幕的回憶蜂擁而至，我全身隱隱作痛。因我而起的那些事件浮現在腦海裡，我翻轉手臂，尋找屬於陰影中女孩的印記。

「已經不見了，」他知曉地說。「昨天晚上就消失了。」

「天空的月亮被我拉了出來。」我說。

加百列困惑地看著我。「妳一定是在做夢。」

是夢嗎？發生過的那一切感覺不像做夢，大地撼動的方式、狂風呼嘯而過，和尖叫的聲音……

然後，祂就現身了。艾密特，穿著夾克的大人，難道祂把時間的指針往回撥，將我造成的毀滅恢復原狀？

「發生什麼事？」我提問。

「在他……」加百列住口不語，重新振作自己的情緒。「妳很難過、很沮喪，手臂浮現出汙濁的黑色印記，一路往上纏繞，等它們停止移動的時候，妳就昏倒了。我把妳帶回這裡，自此昏睡了七天七夜，現在才甦醒過來。」

一定是艾密特將時光倒轉回去，回溯到我引發地震之前，再把那段記憶從每一個人的腦海中抹滅，唯獨我例外。

回想起艾密特的瞳孔當中浮現出羅德韓沉睡的影像，原來他沒有消逝在虛無的時空，他的靈魂獲得保全，這給了我些許的安慰和心安。

「喬納在哪裡？」我問。「還有達文？」

「達文沒事，事情過後並沒有多說什麼，很快就收拾東西離開了。」

「髮夾——」我開口。

「已經物歸原主。」我還沒說完，加百列已經搶著回答問題。

我推開羽絨被，挪動雙腳懸在床鋪旁邊。「喬納在哪裡？」

加百列還沒有回應，就聽到孩子的哭聲。我衝進起居室，艾歐娜看到我突然冒出來，嚇了一大跳，愛麗絲的反應正好相反，沒有因爲我突然出現而受到驚嚇，反而停止哀號，伸出一隻手，身體重心往前傾。

「我聽到她在哭。」我微笑地看著小女孩。

艾歐娜停頓了一下，表情十分怪異，張大眼睛看著我說道。「我——我試著讀羅德韓送給她的繪本，這是她最喜歡的故事書。」她輕聲解釋，「她卻吵著要找他。」

愛麗絲從艾歐娜的腿上爬下來，腳步搖搖擺擺，朝我跑過來，邊走邊張開手臂，我伸手去扶。看她站穩腳跟，抱住我的腿。

「乎爹！」她大聲嚷嚷。

「萊拉。」加百列站在後面，手裡拿著鏡子。

加百列將愛麗絲抱在懷裡，把鏡子遞過來，我還沒照鏡子，直覺地伸手摸臉頰——立體圖案的蝴蝶不見了，我想起了艾密特的碰觸釋放它們得到自由。

我定睛一看，鏡中的模樣嚇了我一跳。

布魯克手繪的美麗蝴蝶依然在，只不過不在面具上面，乍看之下彷彿滲透到皮膚底下，變成我臉上的刺青。就像環繞的星雲在艾密特的皮膚上流轉移動，拍動翅膀的蝴蝶看起來栩栩如生。

「猛然一看，彷彿妳剛好走到投影機前面，」艾歐娜揮揮手、指著我的臉頰說，彷彿事情就是這麼一回事，而她恰巧找到證明。

「乎爹！乎爹！」愛麗絲哼哼唱唱，小身軀在加百列懷裡扭來扭去，伸手要抓我的臉。

加百列往後退，但我說道。「沒關係，隨她吧。」

愛麗絲的手掌心貼著我的臉頰，皮膚微微發麻，蝴蝶的翅膀搔得她癢癢的，她咯咯笑，著迷得不得了。

「唸書書！」她尖叫著。

我撿起掉在地板上的繪本。

「羅德韓爺爺！」她伸手拍拍自己小腳。

羅德韓爺爺已經不在了。

我順勢坐在沙發上，加百列將愛麗絲放在我大腿，眼前有很多事要處理，但在我開始之前，必須先找某人談一談。

「我唸故事書給她聽，同時拜託你去找菲南好嗎？」我問加百列。「我需要跟他談一談。」

然後我低頭看著繪本，故事書的封面是一群動物上方有一道彎彎的彩虹，我唸出書名。

「挪亞的方舟。」

愛麗絲的小手急著要撥動書頁，嘴裡大聲嚷嚷。「大鼠！」

「她指的是『袋鼠』。」艾歐娜幫忙翻譯。「來一杯熱茶？」她試探地問，即便一點都不想喝，這卻是我現在最渴望的東西。

「好的，謝謝妳。」我忍不住想起羅德韓。

❦

「……彩虹將會提醒你，」整整唸完第三遍，愛麗絲終於心滿意足，坐在地上開始玩遊戲。

「搞不懂爲什麼這麼久還不來，」我說。

「星期天的彌撒大概現在才結束，」艾歐娜說道。「菲南還在教堂裡面。」

愛麗絲騎著小木馬上下搖晃，發出「得、得」的聲響。想到她的父母不顧我的警告，依然讓她留在盧坎鎮、處於危險正中心，讓我滿心不悅。

「艾歐娜，明天我會離開。」

「明天？」她重複。

「對，當我回來的時候，最最可怕的地獄景象將在妳家大門爆發，讓人無處可逃，妳要確保那時克萊兒帶著愛麗絲去海上避難。」

艾歐娜本來在捻弄外套上的鈕扣，這時摸了摸愛麗絲淺褐色的頭髮，低聲答應。「好的。」

拖車屋的大門還沒推開之前，我已經聽到加百列跟菲南的腳步聲。

艾歐娜抱起愛麗絲走向門口，「我帶她回去找克萊兒。」

菲南雖然派了守衛在屋外巡邏，加百列來回看著我跟艾歐娜，心裡天人交戰，矛盾得很。

「你陪她一起回去吧。」我鼓勵道。

他點點頭，護送她們離開。

菲南看了我臉龐一眼，說道。「好手藝。」

他從後口袋掏出金葉的包裝盒，抽出事先捲好的香菸點燃。

「羅德韓死了。」我直率地說。

「是。」他拿起手捲菸。「聽起來妳似乎很難過。」他語氣平板、毫無憐憫，彷彿只是在尋求印證，讓他可以逕自進行，將難過兩個字從我這「救世主」職務的申請書上面標示出來。

「卡麥倫死了是你說的。」

「對，這有什麼關聯？兩件事風馬牛不相及。」

「他殺了羅德韓。」

菲南立刻反駁。「不可能，卡麥倫被惡魔殺了，是我親眼看到的。」

我仔細審視菲南的氣場，他輪廓周遭依然有一圈淡淡的金華籠罩，從他對我指控的反應判斷，沒有任何跡象顯示他在說謊。

「你或許以爲自己看到的是這樣，但你弄錯了，他沒有死，而是被轉化。」

「要怎麼轉化？」菲南反問。

「牠們把他變成吸血鬼。」

菲南懊惱地搔搔後腦杓。「我不想再一次跟妳爲這種事爭論不休，萊拉，惡魔不可能是人類。」

「我再說一遍，你錯了。」

菲南從鼻腔噴出煙霧，搖搖頭，彷彿我又破了一個記錄。現在我們之間多了一個共通點是今天早上所沒有的，自從艾密特顯現之後，讓我不再質疑這個世界是否另有一個更偉大的力量，遠超過人的想像。

我們都相信神的存在，即便用的稱呼不太一樣，眞正的不同在於菲南所擁有的宗教信仰，對某些事情的眞相一無所知，這一點會讓他跟他的手下遭遇極大的危險，無論我嘗試了多少次想要告訴他，他的教導是錯的，他都當成馬耳東風，看來要讓他親眼看到才會相信。佛格說上主對他的人生自有奇妙的安排，或許他是對的——上主要用他來證明我的觀點。

「跟我來。」我說。

時候到了，菲南不能再盲目下去。

我們一起走向小藍，即便心裡的預期是要強迫佛格對他堂哥坦白，萬萬沒想到我又一次感到驚奇，因爲走進去的時候，他竟然就坐在起居室裡。

「佛格。」我說。

菲南看了我一眼，眉毛揚起。

佛格從椅子上站起來，丟下手中的撲克牌，脫掉毛線帽，理了理亂七八糟的金色頭髮，轉身面對我們。「萊拉。」

我差點被自己絆到腳。

不，不可能……

站在眼前的佛格，是凡人。

「什麼?」我說。「你——」

「活得好好的?」佛格說,「我知道,幾天前我才回來,很高興看到妳。」他微微一笑。

「妳到底要我看什麼?」菲南不耐煩地催促,在狹小的空間裡左看右看,彷彿錯過什麼秘密一樣。

在那短短的瞬間,我開始懷疑。

懷疑自己在花園裡造成的破壞,懷疑我跟艾密特的會面,懷疑在那之前所有的事情。

或許我瘋了。

開罐時啪的一聲引起我的關注,我從佛格旁邊擠了過去,他正舉手擦拭額頭的汗珠,布魯克就站在布簾後面,彎著腰,右手抓著冰涼的健怡可樂,左手拿著一包馬鈴薯片,若不是我太過了解她,眞會以爲她正在跟佛格在玩撲克牌,然後起身去前面拿點心和飲料。

布魯克的模樣也很反常,紅色頭髮凌亂地夾了起來,連在屋裡都戴著名家設計的太陽眼鏡,當我深吸一口氣,陡然察覺她的味道不太一樣。

「布魯克?」她垂著頭,我低聲呢喃。「妳是人類。」

「噓。」她咄道,猛然往前衝,笨拙地撞到我的肩膀,我趕緊伸手扶她一把。

「怎麼一回事?」我質問道。

房門吱嘎作響,喬納進門的時候喊著菲南跟佛格的名字,或許他可以給我一個更直接了當的答案,解釋在我昏迷的時候究竟出了什麼事情。

當我回到起居區域的時候,喬納正拉開頭上的兜帽,撫平眞皮夾克的皺紋。

「萊拉。」他看起來有些驚訝，彷彿不知道我就在隔壁的房間，然後我才明白這是爲什麼。

就像地球再一次停止轉動，時間凝固一樣。

只是這一回，有問題的人是我。

我一時不知該說些什麼，跌跌撞撞地走到屋外，菲南和喬納跟了過來。

「妳要不要解釋一下究竟要我看什麼？」菲南不死心地追問。

放錯位置的不是菲南對於神的信心，而是他相信人手所造的宗教。我的計劃完全失敗，假若他親眼看到佛格變成吸血鬼，他的思想體系無疑會被摧毀，相反的，佛格安全無恙、健健康康、依舊是人類的事實，就是一個奇蹟。如果上主、如果艾密特，像佛格堅信的那樣，對他的人生有一個目的，那麼顯而易見就是要強化菲南的信仰。

我背對他們兩人，先是聽到艾歐娜手鐲叮叮噹噹的聲音，才看到她跟加百列走近，雖然隔了九公尺遠，依然察覺到加百列身體的緊繃。

我移動位置回答菲南的問題。「沒什麼，一定是我搞錯了。」

眼前實在沒有理由再去說服他相信當我上次看到他堂弟的時候，他還是吸血鬼，說什麼他是絕對不會相信我的話。一如我也開始認爲或許，只是或許，菲南注定不用知道。

加百列跟艾歐娜走近時，定定地凝視我的眼睛，看見小藍車門半掩，艾歐娜興高彩烈地跑到我身邊。

「噢！妳知道了！」她眉開眼笑。「慈悲的上主把佛格送回來給我們！」

我移動位置，讓加百列、艾歐娜、菲南、喬納跟我剛好形成一個不甚規則的圓圈，仔細審視每一個人臉上的表情，試著評估究竟誰知道什麼。

加百列第一個上前。

「布魯克以爲佛格死掉了，其實她弄錯了。」加百列意有所指地瞥我一眼，暗示他這麼說是爲了菲南和艾歐娜的緣故，顯然他胡謅了一個故事，根據菲南與艾歐娜的反應，他們應該是相信了。

「他喪失記憶，甚至忘了自己的身分，直到有一天早上醒過來，突然恢復了記憶！」艾歐娜興奮地解釋。

菲南眼神堅定，臉上的肌肉微微抽搐了一下，就我對他的了解足以判定像他那種疑心病很重的天性，肯定會質疑這樣的說法，不過這跟他們深信的信仰緊密結合在一起，所以至少從表面上來看，他選擇接受。只不過我很納悶他會相信多少，暗地裡又有多少的疑問。

「很高興在妳離開之前，還有機會看到他。」艾歐娜補充一句，臉上容光煥發。

「在妳離開之前？」加百列搶在任何人之前，重複了一遍艾歐娜的話。

我清清喉嚨，試著鎮定下來。

「對，等我回來的時候，就是任尼波掀開潘朵拉盒子的日子。」我把頭髮塞在右耳後面，小心翼翼地思索要如何措辭，才能表達得更清楚。

「我打算把歐利菲爾帶來這裡，到時候，任尼波跟純種吸血鬼，還有牠最強的部隊將在這裡守株待兔。」我轉身面對菲南，繼續強調。「這或許是唯一一次讓惡魔跟牠的嘍囉同時聚集在同一處的機會，也是徹底殲滅牠們最好——很可能也是唯一——的機會，全世界將從此脫離牠們的茶毒，你明白嗎？」

菲南點燃另一支香煙，一邊抽菸、一邊抓時間思索。「什麼時候？」

「我明天離開，就在日出之後。」在我臨行之前需要添加燃料，預計今晚補充鮮血，明天一早迎接陽光，準備妥善再進入第一度空間。

「我回來的時間目前還不知道。」也很難估算，因爲一度空間跟三度空間大致相同，時間流逝的速度遠比地球更慢，那裡的一小時約莫等於這裡一年，我得速戰速決，來去之間必須越快越好。

「如果你堅持要參與這場戰爭，手上的武器就只能瞄準第二代吸血鬼，然後遠遠躲開上一回在亨利小鎮看到的那些惡魔，你們不是牠們的對手，只有我才可能打敗牠們。」我對著菲南說道。

喬納煩躁不安地站在那裡。

「你會有一批幫手。」我補充。

「什麼幫手？」菲南抽了一口香菸，紙菸燃燒的氣味侵犯我的嗅覺。

「找你的看守人討論。」我告訴菲南，接著轉向加百列。「說到梅拉奇，他另外召集了另一股力量。」

圈子裡安靜下來，明顯感覺加百列急著想要單獨跟我交談，詢問我對水晶星際的計畫跟打算，然而搶到第一位的卻是喬納，他抓住我的手肘，靠過來低語，熱熱的氣息搔得我的脖子癢癢的。

「拜託——」

我點點頭，走到小藍後面，他一路跟隨，停在一棵大樹下看起來相當隱密的角落。

「怎麼發生的？」我終於問道。

我從來不曾看過喬納臉紅的模樣，但他兩邊臉頰眞的很紅。「我也不確定。」

「布魯克？佛格？和……你？你們三個都變回人類。」我說。「還有其他的嗎？」

在我昏睡的時候發生什麼驚天動地的大事，莫名所以的就讓每一代的吸血鬼回到人類的本相？

「只有我們而已，至少就我所知是這樣。那些年輕的農夫今天早上還在墓園後面射殺另一個吸血鬼。」喬納用力地搓揉雙手，我突然領悟他是感受到秋天早晨的寒意，我包覆他的手，舉到嘴唇旁邊，對著手心吹氣，讓他溫暖起來。

「就在轉瞬之間？或是一個一個接續發生？究竟是怎樣？」我繼續追問，試著理解自己一度認爲不可能發生的事情竟然成眞。

「一個接一個，佛格變回來之後我才知道他也起了變化。」

我的思緒飛快地轉動，努力拼湊所有的細節。

「你比我晚回來的原因……你在樓梯那裡摔了一跤……我們回來這裡的那天晚上你受傷……」

喬納微微點頭。「離開第三度空間之後，我就覺得不太一樣，那時身體就開始變化，這是一種漸進的過程，連我自己都不確定究竟出了什麼事。不過在我之後，布魯克的變化就在轉瞬之間，一點警告都沒有，後來她說佛格的變化跟她一樣快速。」

看著喬納嘴唇的曲線，讓我有點心不在焉，感覺他的嘴唇比以前稍薄，我不是故意一直盯著看，而是情不自禁。喬納不安地伸手撥了撥凌亂的頭髮，陡然察覺那是一種緊張的衝動。

不知不覺間，我再重新審視喬納的五官，他恢復本來的面貌，還沒有被毒液感染之前的喬納——從裡到外，乳白的皮膚幾乎變成褐色，這要感謝佛羅里達州的艷陽，他的臉上多了細微的笑紋，下巴有一道疤痕。記得從盧坎鎮回來的路上，他說起以前的生活，就在橄欖球比賽的時候，跟另一個球員撞成一團，臉上的傷逼得他去醫院縫了好幾針，從此留下那道疤痕。

我仔細打量了一遍，在不完美的五官裡收集毫無瑕疵的細節，最後直視他溫暖的淡褐色眼珠。

「我現在看起來有所不同？」他的拇指靠近我的臉頰。蝴蝶拍動翅膀，讓我想起交織在皮膚底下的東西。看我皺眉頭，他往後退了一步，當時全然沒想到他誤以爲我用表情回答他的疑問。

改變背後的意涵如同冰冷的現實，重重地打在我臉上。

他是人類——有血有肉的人類。

不再進退維谷，孤零零地困在黑暗裡面。

他不再需要我了。

我突然覺得很空虛，自己不顧一切，允許他鑽進心裡，而今他卻要離開。他說的那些話、曾經許下的諾言，已然不復存在，是我不應該讓他跨入心房，不該縱容自己，以爲自己和他能夠在一起，就算只有短短幾秒鐘的時光，也能夠一起擁有某種虛構、如同童話故事般的未來。

「我得離開了。」我轉身要走。

他抓住我的手臂。「怎麼了？哪裡不對勁？」

我猛然回頭、狠狠地瞪著他的眼睛。

「你，不對勁的是你。跟你廝守一個晚上，一切就發生變化，羅德韓曾經說過，只有在你想要爲某人而活的時候，才會懼怕死亡。是你處心積慮，變成我心裡舉足輕重的那一位。」

爲什麼？爲什麼他不聽我的話跟我保持距離，別來攪擾我的心緒？

「當我迫切需要堅強的時候，是你讓我變得軟弱、讓我充滿渴望、期待那些永遠無法擁有的東西，你說只要跟你有關的事情，都不希望我留下遺憾，現在就是這樣，這一切讓我懊悔莫及。」我的語氣緊繃。「因爲你，我害怕極了。」

喬納試著要拉我顫抖的手臂，然而變回人類的他，已經追不上我的速度，只能眼睜睜看著我離開的背影。

22

我從都柏林回來的時候，已經是深夜時分，在路上找了一個靈魂黑暗的人類補充血液，獨處了剩餘的時間。我坐在港口眺望愛爾蘭海，靜靜思索，想到加百列跟艾歐娜，多麼希望他能夠允許自己去愛她，也希望艾歐娜能夠及時拯救他。

我還想到布魯克跟佛格，他們得到了寶貴的機會，可以一起度過正常的人生。

此外，還想到菲南跟他的手下、想到雷利、克萊兒跟愛麗絲，還有世界上跟他們一樣的諸多家庭，如果我能打敗任尼波，他們就可以在夕陽西下的時候，再一次自由自在沿著街道散步。

那一瞬間，我也想到了母親，想到還沒有跟她團聚，卻已經要離開了，遺憾的感覺蜂擁而來。以前一度渴望尋求她的建議，而今我最關心的就是能夠知道她一切平安。

我唯獨不願意去想跟喬納有關的事情，想到他只會帶出我自艾自憐的情緒，現在沒時間處理和應付。至於羅德韓，我很糾結，現在終於明白艾歐娜所說的，她很難在腦海裡勾勒出她所摯愛而失去的那些親人的臉孔，我也一樣，即便努力嘗試，要看到羅德韓的臉實在不簡單。

當我跨進小藍裡面，燈光已經熄滅了，布魯克還沒睡，一個人坐在小桌子旁邊。我打開電燈開關。

「嗨。」我說。

她轉身回應。「嗨。」

我瞄了瞄丟在桌上那一堆糖果紙，「用吃糖果來慶祝妳恢復人類的身分也是不錯的方法——就算吃消夜吧，我想，可以再吃一大堆甜食的感覺應該很棒。」

「是啊，呃，上主給予的、上主也會收回。」她的語氣充滿揶揄，摘下臉上的太陽眼鏡，連眨好幾下眼睛，眼珠看起來彷彿結了一層霜，無法分辨瞳孔和虹膜。「我不確定我願不願意用視力來交換吃糖果的慾望。」她補上一句，再次戴上太陽眼鏡。

「噢。」我一口氣卡在喉嚨裡。

「對。噢。」她站起身，摸索地走到沙發，縮進棉被底下。我不曾看過布魯克走路搖搖晃晃，就算穿了又高又細的高跟鞋她一樣走得很穩，我跟了過去，坐在旁邊，溫柔地拉了拉毛毯，她勉強讓渡部分的溫暖給我。

「除此之外，妳有什麼感受？」我提問。

「到目前為止，還在重新適應瞎子的部分。」她的嗓音微微顫抖，諷刺中透露出悲傷。

「我開始懷念佛格的笑容，不過幾天的時間，我甚至無法在腦海中想像出他的模樣。」

我再一次想到羅德韓，布魯克的說法我完全理解，她把毛毯拉到耳朵下面，蜷縮身體、雙手抱膝，即使努力壓抑，依舊忍不住啜泣。

「好不容易拾回某一種東西，然後又一次被迫失去，這種感覺真的很殘酷。」這一回我依然能夠體會她的感受，「我或許是個吸血鬼，但是妳知道嗎？從來不曾有類似現在這麼漆黑的感受。」她帶著哭腔說道。

我為布魯克心碎，縱然彼此之間關係緊繃、友誼若有似無，經歷過起起伏伏，即便不可能，我們還是成了朋友，不論她的身分是吸血鬼或是凡人，我都了解她，知道她靈魂的顏色，此時此刻，不是黑、不是白，而是憂鬱的藍。

要解決布魯克的難題，其實不是非常困難。就在我找到加百列之後不久，他就嘗試要抹掉我的疤痕，還說我必須記得，唯有他才能夠移除它們。當時不太明白他怎麼會如此厲害，能夠那麼做，然而現在的我一樣擁有天使的天賦，拿走疤痕跟其餘的能耐，都是第二天性，根本無需教導、自然就會了。

我無法起死回生把羅德韓帶回來，也不能跟喬納共度未來的人生，但我可以讓布魯克再次看見佛格的笑臉，把她失去的東西找回來，我可以帶走她的傷痕。

「布魯克，」我伸手拉她坐起來。「讓我幫助妳。」

❦

布魯克再一次對自己彩繪的蝴蝶讚嘆不已。

「若不是我用兩隻眼睛親眼看到，永遠也無法相信。」她說。

「呃，妳現在知道了，無論我在何時何地，臉上的皮膚永遠以妳奇妙的傑作做裝飾。」看了看床頭櫃上面的小時鐘，「說到這裡，時間快到了。」

「妳不必離開。」布魯克扇動睫毛，還在調適眼睛適應光線的強度。

「妳知道我必須走。」我站起身，撫平布魯克借給我的黑色無袖連身褲，我沒有反對她的提議，因爲連身褲搭配黑球鞋，這樣的打扮似乎非常適合進行時空之旅，不管是進入另一個空間或是上戰場，兩者皆宜。

「喬納花了一整天在找妳，還有加百列。」

我猶豫了一下。

「剩下來唯一要做的事就是告別，不過這一件事我寧願省略。」

布魯克給了我一個擁抱。「謝謝妳，萊拉。」

「不需要道謝。」我催她放開雙手，能夠讓布魯克恢復視力，感覺就像總算有親人因我的存在，讓他們得著些許的好處。

「好好享受妳的人生，布魯克。」我硬是擠出笑容，就此轉身離開，不再告別。

屋外的天空逐漸染上黎明的色彩，深吸一口氣，吸入清晨空氣裡露珠清新的香氣，心裡知道這將是我最後一次聞到它們的氣息，天空晴朗無雲，陽光是火紅的橘，太陽逐漸升起，恰恰搭配秋天的氛圍，隨著陽光的露臉，皮膚上微小的水晶跟著發光，就像冰珠一樣，晶瑩透亮，閃爍著潔白的光輝，能量猛然上揚，我的超能力達到滿檔。

我決定散步去教堂，沒走多遠，加百列就追了上來。

「萊拉。」他呼喚，我停在土路末端，再過去就是大馬路邊緣。

他來到身旁，似乎有千言萬語想要一口氣說出來，結果什麼都沒說，僅僅盯著我看了半天，最後捧起我的臉，蜻蜓點水似地輕輕吻了我的額頭，然後頭也不回地轉身離開。

就像是被硬塊卡住喉嚨，我開始哽咽，加百列終於接受了我們要分道揚鑣的事實，從此有各自的方向和路途。

我目送他一步一步地離開，直到安全進入拖車屋，這才轉身繼續走向教堂。教堂一如以往鐵門深鎖，我直接一躍而起，跳過圍欄，沿著長長的小徑往前，教堂裡面傳出講話的聲音，大門半掩，或許是艾歐娜又違背對我的承諾，一個人跑來這裡，哀悼她失去的家人。

我小心翼翼地避開銀製武器走進去，竟然不是艾歐娜，而是菲南。

他雙膝著地，跪在祭壇底下，長槍丟在旁邊，頭低低的。我不想打擾他，正要轉身離去，他突然大聲說話。

「既不是不順路，也不是繞遠路，這樣掉頭就走連掰掰都不說，實在是沒什麼禮貌。」

當我走過去的時候，他仍然面對前方，沒有轉頭。「抱歉，再——見。」我說。

他把長槍撥得更遠，招手叫我靠近一點，剛開始我杵在原地不動，但他再次揮手示意，而且這回還露出跟以往一樣頗為不耐煩的表情。

我重重地坐下去，盤腿坐在他身邊。

「艾歐娜發了簡訊，說妳治好了布魯克的眼睛。」

「所以你知道布魯克重新變成人類？」我說。

這回他沒有再跟我爭辯措辭和語義方面的問題，讓我忍不住納悶這是不是因為他不想浪費時間在這上面，或者是因為他開始認為我或許說對了。

「妳知道有誰能夠醫治盲眼嗎？」他望著彩色玻璃。

我跟隨他的目光望向十字架上的耶穌。

「我們彼此心知肚明，我不是救世主，菲南。」

他抓抓下巴的鬍渣。「耶穌治好生來就眼盲的男子，門徒問他那人瞎眼的原因——是因為那個人犯了罪，或是他父母的罪造成的，耶穌回答兩個原因都不對，他說：『這件事情的發生是要在他身上彰顯出神的作為』。」他停頓了一下，得意洋洋地看著我，追加了一句。「這是約翰福音第九章的紀載。」

「你的重點是什麼？」我問。

「因此，『這件事情的發生是要在他身上彰顯出神的作為』，」他重複。「妳不是我們在等待的救世主，但我認為上主派了一位更好的人選。」

自從抵達盧坎鎮的那一刻起，菲南和我就犯沖，我們經常爭辯不休，現在他卻對我表達出敬意，我總不能置之不理。只能把我對曾經給羅德韓的承諾轉贈給他。

「我會試試看。」我承諾。

「在妳離開之前，讓我為妳禱告好嗎？」

我接受他的善意，十指交握、低下頭去。

「願神賜福妳並保護妳，願神使祂的臉光照妳，賜恩給妳，願神向妳仰臉，賜妳平安，阿門。(注)」

「阿門。」我跟著呢喃。

趁著菲南還沒有機會再說什麼破壞眼前的氣氛之前，我思緒一轉，瞬間離開教堂。

接著我來到果園，推開蘋果樹低垂的枝枒，不管現在是什麼季節，它的花開得極其茂盛，在我四處尋找梅拉奇的時候，黏膩的熱氣黏在皮膚上，取代了原先的寒冷，最後我在花圃找到他，他旁邊還有一位同伴。

「萊拉。」正在和同伴交談的梅拉奇見我走近，轉過身來，脫掉軟氈帽，出聲打招呼。

「我預備好了。」我一邊說道，一邊聚精會神地觀察周遭環境，尋找神奇斗篷那隱形接縫的連接點。

「不要被我的設計侷限，要看得更遠，萊拉，這樣妳就會明白要做什麼。」他引導我走在前面。

「等一等。」

「是的，孩子？」梅拉奇說道。

「我的母親，也是天使。」

「對。」他應道，彷彿我在陳述一件非常明顯的事實。

「她後來墮落……或許你有可能幫過她？你知道她是否平安？」

「我送過數不盡的天使到海上，她很有可能也在他們當中，妳知道她的名字嗎？」

注 這些禱告詞出於《舊約聖經——民數記》第六章。

「安姬兒。」梅拉奇背後的金髮婦女忽然出聲說道，走到梅拉奇前面。

梅拉奇雙眉一皺，搖搖頭，臉上閃過困惑，沒多久額頭的皺紋隨即舒展開來，靜靜瞅著繞過身旁的墮落天使，自言自語地嘟噥了幾句，似乎沒想到自己竟然會忽略如此明顯的事實。

「我的代理人。」他介紹。

我屏住呼吸，歷來遇見的天使長相都是大同小異，金頭髮、藍眼珠、然而看著眼前這位墮落天使，讓我看到從前的自己。

她走過來對我點點頭，並將我擁入懷中。

即便沒有水晶，即便許多年前就失去天使的光芒，然而當她將我擁入懷抱的時候，一股神奇的溫暖和熱流從她身上擴散過來。

這是我生平第一次擁抱自己的母親，同時也是最後一次，她似乎也知道，十分勉強地才將我鬆開。她的笑容一歛，顫抖的嘴角流露出深沉的哀傷。

「我的小女孩，」她呢喃。「妳過得好不好？」

我的母親曾經是天使，當我還在子宮裡面，她來到了地球，因胎兒受到任尼波毒液的感染，我出生在這裡，頂著人類的外觀，直到十七歲死去的時候，體內傳承的超能女孩才甦醒過來。關於第一個前世的記憶，我的印象非常模糊——但是偶爾瞥見那幾眼，已經足以讓我確信我之前過得很幸福，比起任何人的期待都不遜色。

「是的。」我回應。「妳呢？」

「至少我活了下來。」她答道，臉微微轉向梅拉奇，顯然認爲這是他的功勞。

「我不敢讓妳知道，害怕純種吸血鬼會透過我找上妳，」她解釋。「我不能冒險讓那種事情發生。」

「妳差遣了封印獵人來找我。」我想讓她明白，我知道她的付出和努力，即便隔著一段距離，她都用心在保護我。

「是的，妳活了好幾世，只要我能夠做到，總是努力留在妳的周遭，盡量不遠離。」她的嗓音在顫抖。「對不起。」

「以前發生的事情，任尼波的所作所爲，那些都不是妳的錯，妳不必道歉。」

我向她保證自己能夠理解，我對她的感覺只有愛，沒有別的。在我們擁抱的時候經歷到的那股暖流，再度如浪潮一般湧了過來，眞希望事情有所不同，讓我可以多認識她一點，可是這樣的希望毫無意義——事實就是這樣，雖然生命是一份禮物，可是每一次的禮物不一定公平。能夠在結束之前遇見她已經讓我非常感恩，就算只有一次。

我看了母親最後一眼，對梅拉奇點點頭，然後舉步往前走，紅色屋頂的小屋出現在面前，濃密低垂的樹枝底下就是通往一度空間的交匯口，我不想浪費時間，直接將它們撥開。

閃亮的銀和發光的金耀眼得讓人讚嘆，隨著光線起伏，就像陽光照在水面一樣，像是邀請人進入，在悶熱的空氣裡帶出一絲神清氣爽的清涼，我的腳趾探入水中，整個浸在裡面，一股力量把我從這個世界拉往另一個空間，完全沒有聽到喬納在背後的呼喚。

23

眞的就像走向一道耀眼的白光，這裡就是菲南跟他手下號稱天堂的地方，有趣的是，他們對兩個世界之間轉換的描述，出奇不意的正確。

一開始，交匯口的另一端就是炫目的光。

我啓動所有的感官，搜尋生命跡象，毫無發現。

眼睛適應光線以後，發現自己站在一個圓形的房間，直徑至少四十六公尺寬，房間就像一個光環，中間什麼都沒有，就是直落到底。

沿著外圈的邊緣放了四十張座位，每一張都有我兩倍的高度，外觀清澈帶著光澤，看起來就像用冰塊雕刻而成，乍看之下，它們面對著彷彿是毛玻璃做成的窗戶，但是當我伸手壓著圓形窗，觸感竟然像漣漪一樣，整片變成液體，然後像瀑布一樣沖刷而下，現在裡外之間沒有任何的隔閡。

地板開始移動。

光環在旋轉，帶著我一起，轉動的時候，讓我得以擁有三百六十度的角度鳥瞰這個世界，呼吸它甜蜜的柑橘香氣。

白色雲霧繚繞在我下方的建築物周遭，雲霧從地上盤旋升起，由白變藍，變橘，直到最後一圈是紅的，五彩繽紛的霧氣直到抵達海洋的時候才散去。

海洋跟加百列之前形容的一模一樣：藍得璀璨斑斕，如水晶般透明，沒有一點點汙染。第三度空間或許有一個靈魂之海，而屬於這個世界的海洋閃閃發光，就像是星星構成的，就像一面明鏡反映上方所有的東西。

天空裡有著全宇宙匯聚而成最美的銀河，剛誕生的新星爲陰影中的行星提供後方的照明，充滿立體感，外環散發出綠和黃的霓虹，螺旋狀的銀河相互碰撞反彈，彷彿有一隻看不見的手把它們推到一邊，騰出空間，給予新生新奇的景觀。

天空有無數的行星、月亮、和星星點綴在其中，就像灑了一層又一層的發光體，明亮耀眼，看得人眼花撩亂，讓這個世界的白天跟它的夜晚一樣。

眼前彷彿是有史以來最偉大的表演節目，而我有幸坐在第一排觀賞，舞台設計的目的是要呈現艾密特的創造之美，這個空間如同一面鏡子。

而我來的目的卻是要讓它粉碎。

腳下的轉速慢慢放緩，然後靜止不動，前方突然出現一扇看起來像玻璃門，我張大眼睛，向下的綠色箭頭閃啊閃的，門自動開了。

是電梯。

眞要把這個世界帶向終點，第一步要先尋找利用人類光明靈魂爲燃料的水晶所在地，再想辦法關掉它。既然左右都看不到標的物，乾脆進入電梯。我一進入電梯，玻璃盒子旋即墜入隱形的豎井，穿進白茫茫的霧氣裡面，視線內再也看不到海洋。

電梯停住的時候上下微微震動，叮咚一聲，門開了，我站在外面，瀰漫在空氣裡的白色雲霧擋住我的視線，等我調適過來，建築物的鋼筋宛如從地面伸出兩隻長長的手臂，一路糾纏向上，最後像攤開的手掌，捧住在我頭頂上方的光環。

急促的心跳聲像敲鑼打鼓一樣在周遭迴盪，左手邊似乎有異樣的動靜，我閉上眼睛，靈魂一分爲二，我命令黑暗的一面，如薄霧般散去，然後我睜大眼睛，終於看見了，屬於這裡的生物在我前方蹦出來。

我倒抽一口氣，很像雪豹的幼獸緩步前進，但是小腳支撐不住，跪在地上，一身美麗的白色皮毛，湛藍的眼珠，然後一隻接一隻，更多小獸出現在眼前，有一小群彼此翻滾嬉戲，經過我身旁。

這群動物逕自走動，似乎無視於我的存在，然後有兩隻閃閃發光的藍眸盯著我，母貓走上前，然後屁股坐在後腿上跟我對看，我心跳加速，努力遏止體內的黑暗從皮膚滲透出來，就在這時候，體內的陰影陡然出現。

母貓嚇得往後一跳，奔回小寶貝旁邊，磨蹭地催促牠們往前，試著逃離我的存在，我不是故意要嚇牠們，看牠張開嘴巴，發出嗚嗚的聲音，這才發現牠沒有牙齒。

在水晶星際的世界裡，整個食物鏈只有一環，全然倚靠水晶的光輝供應所有的居民，貓沒有牙齒，因爲不用吃東西。

找不到水晶的位置和歐利菲爾的蹤影，我轉頭望向環繞在建築物底層那片濃密的林地，信步走向兩棵大樹，兩側半彎的枝枒剛好形成一道拱門，從樹梢的冰霜和地上的積雪來看，時間應該是十二月，感覺卻很溫暖。

景色看起來是冬天，溫度卻像夏季。

順著蜿蜒的小徑一路穿越森林，隨著每一個腳步，越來越覺得奇怪，一股失重的狀態湧過全身，最後甚至無法辨別四肢的移動，整個飄了起來。

就像順流而下的一片落葉，途中看見更多的生物，或穿梭或跳躍在河岸兩旁的樹幹中間。右側有一隻像白色孔雀的大鳥，長長的腳，細細的脖子像火鶴一樣，從我前面經過，動作輕巧地從一顆石頭跳躍到另一顆石頭上，牠伸出長長的脖子，扇動羽毛，晶瑩剔透的水晶點綴在上面，突然像金色煙火似的爆開。

白鳥後面，是一隻純白的阿拉伯牡馬，貼著樹幹磨蹭鬃毛，當它轉身慢慢走開之後，頭上的角微微發光，原來不是馬，而是獨角獸。

森林裡的動物讓我看得入迷，幾乎沒有發現自己杵在原地不動，卻已然來到森林盡頭、靠近河流旁邊，從左看到右，都是奔流的河水，薄霧瀰漫在河岸另一端，現在變成淡淡的藍。當我從光環頂端望過去，白色內圈已經是終點，我就站在它銜接到第一個顏色的交叉點上。

寶藍色的霧氣壟罩在河床上，從這裡看過去，襯著色彩的光束顯而易見，開啓的縫隙細得像髮際線，還有單調的聲音傳了出來。

這裡的每一分鐘遠比地球的時間漫長，反而讓任尼波有更多機會將B計畫付諸實現。

我迅速動腦，想辦法越過河面，彎下腰，手指探進清澈的河水裡面，閉上眼睛，命令體溫下降，血液轉涼刺得我渾身發顫，接著命令寒氣離開身體，導入清澈的液體，河水開始結冰，一點一滴，上游流下來的河水逐漸結成冰，我揮動雙手，緊抱在胸前，重新提高身體的熱度。

接著我縱身彈起，跨步越過冰凍的河面，進入藍色的雲霧裡面，再度花了一點時間讓眼睛調適光線，霧氣開始散開，視力的障礙通通清除之後，發現自己正跟一個天使的後裔面對面，他高大、金髮、藍眼，五官跟加百列頗爲相似，只不過他不像我的天使那麼英俊美麗。

他站立的位置似乎在一根折斷的樹梢上，事實上，土壤看起來寸草不生，也沒有下雪，無論是周遭的環境、或是這一側河岸給我的感覺，都對這裡氣候的變化感到不解。

天使的脖子後面閃閃發光，水晶跟空氣中形成的裂縫產生交互作用，他伸手指著我，剛要開口說話，但聲音還沒有出來之前，就被拽進裂縫裡面，往地球而去。

有一隻手按住我的肩頭，無須回頭看，我便猜出對方的身分。

「歐利菲爾。」我說。

他沒有應聲，當我轉身面對，他退後一步，凝視著我的眼神只能用冷靜來形容，雖然面無表情，但巨大的翅膀全然開展，氣勢逼人，也展現了他心底的盤算。

渾身散發出駭人的力量。

「來吧。」他揮揮手，意思是要我跟他往回走。

我當然不能示弱，因此特意展現自己黑暗的力量，將黑霧凝聚在手掌心。歐利菲爾點點頭，承認我有自主權，我將黑暗甩開，加緊腳步追趕，不過保持一段安全距離、走在他的身邊。歐利菲爾一直等到我們回到濃密的森林裡，才開口說話。

「萊拉，我一直在等妳。」他說。「我們跟妳預期的一樣嗎？」他舉手向上，彷彿在對我展現他所居住的世界之美，介紹我認識這裡的居民。

「你知道我來這裡的目的？」我沒有回應，故意用問題回答他的提問。

他也採取相同的策略。「告訴我，妳看到什麼？」

我搖搖頭，就在這時候，一隻介於貂和兔子中間的動物從旁邊經過，微微碰到我的腳，我低頭一看，小徑泛出藍色光輝。「我不明白你的意思。」

「這是一個封存已久的秘密，也是平常不會輕易詢問的問題，只不過考量妳的初衷，問問看應該沒有任何妨礙才對。」他的語氣彷彿我是值得信任的對象，昂首闊步的模樣似乎毫無畏懼，也不擔心我的來意。看我沒有作聲，他不死心地再試一遍。

「妳穿過交匯口而來，從展望的觀景台俯瞰我的世界，有看到雲霧裡的彩虹顏色嗎？」

「是的。」我說。

「那麼妳就知道在這裡、在彩虹的中心點，是光最凝聚的地方，而妳在這裡看到光的頻率只是將妳大腦創造的景象顯現出來，」他停頓了一下。「因此每個人看到的都不一樣，妳現在看到的是妳潛意識的投射，是妳預期會看到的東西。」

我深吸一口氣，肺部充滿清爽的柑橘氣息，但我依然不肯回答他的問題，僅僅盯著他看，偶爾轉移注意力是在我們靠近空地的時候，我會分神觀察附近是否有其他動靜。

另一隻像貂一樣的小動物飛掠而過，歐利菲爾暫時停住腳步，讓道給牠。

「每一個生物、每一位天使，包含水晶星際所有的居民，都是極度眞實的生命。」

「你是在告訴我，是我的潛意識創造出一個白雪靄靄的森林？」我終於回答他的提問，這就是梅拉奇提醒，要我看透眞相的「設計」嗎？

「但是雪豹、獨角獸等等都是眞的？它們並不是潛意識的彰顯？」一大部分的我並不希望聽見他證實我的疑問——因爲一旦聽見了，只會讓我想做的事情變得更加棘手——但是現在，我開始質疑眼睛看到的東西。

「一個來自於地球的生命，妳眞的認爲自己能夠幻想出如此神奇的生物？領悟這樣的生活？」他的語氣近乎鄙夷和輕蔑，隨後又恢復輕鬆的姿態。「積雪的森林，那是——」

「平常的很，不，一點都不平凡。」

我的思緒轉回到安列斯山脈的杜蒙山巔，積雪讓夜晚變得幾乎沒有差別，以致那一處既不是黑暗也不是光明，彷彿我的靈魂從裡到外整個大翻轉，用來塗抹周遭的環境，就在那裡我再一次死去，因此從潛意識投射出一個積雪的森林，在我看來並不覺得訝異，綜合過去與現在，兩者連結成爲我死亡的布景。

我們繼續前進，我才留意到樹梢和枝枒上的霜雪逐漸蒸發，彷彿在歐利菲爾告訴我這個地方是想像力虛構的，一切跟著融化。

「你該了解我並不想要結束這個世界，」我說，「是你的抉擇逼得我毫無退路，你的舉動導致地球上太多生命流失……」我猶豫了一下，再度重複提問。「你知道我爲什麼在這裡？」

我低聲呢喃，舉步跨出樹林，這個問題純粹是修飾語。

正前方，許多美麗的生物成群聚集在那裡等待，數目至少上百，美麗而耀眼，各個都有寶藍色的眼睛。

讓我想起加百列曾經說過，擁有光明靈魂的人類被帶來這裡，作為水晶的燃料，然後大量產出相同的光芒，用來創造世界和居住在裡面的生物，因此，牠們的靈魂一度也是人類，在小雪豹的眼睛裡，是一個年輕女孩的眼神，我眨眨眼睛，影像隨即消失無蹤，然而我已經明白自己看到了什麼，這些都是人類靈魂的化身，被帶來第一度空間，一旦我在這裡散播黑暗，牠們會有怎樣的下場？

另一群天使們從鋼鐵後面走上前，跟那些生物並肩而站，他們的體型比歐利菲爾矮小，沒有翅膀，這些都是天使的後裔，感覺很新很嫩，相較於加百列跟我，他們的膚色更加蒼白，大大的眼睛滿是驚慌和恐懼——彷彿剛出生一樣。

我抬頭往上看，雖然失去左眼的視力，依然看見大天使們坐在寶座裡，然而我越是聚精會神，越覺得不太對勁，頭頂的銀河是真的，我感覺得到，就像可以強烈感覺到自己的心跳一樣，但是每隔一小段時間，又覺得似乎少了些什麼。

「以前妳問過我。」在我繼續專心研究，搜尋知覺受到干擾的理由時，歐利菲爾從容說道。

我來回掃視過地平線的每一個方向，最後專注在頭頂上方，這一次，就在玻璃反射光芒的短短一瞬間，我終於發現端倪，揭發隱藏的真相。

我們在一顆大巨蛋裡面。

一度籠罩在這裡的漆黑，如同第三度空間黑暗的翻版，圍繞在巨蛋外圍。

我往下看，白光上下震動，梅拉奇說只要掌握了方法，幾乎可以利用光隱藏所有的東西。

四周的景象再次穩固，終於露出水晶的面目。

鐵條不只往上爬升、托住光環狀展望台的重量，巨大而壯觀的水晶更是穩穩坐落在扭曲的鋼條中間。璀璨的光輝充斥在我身體裡面，當時我只知道這些。

然而它似乎在跟我交談，婉轉地傳遞出訊息，只是受到部分的扭曲，以往加百列和其他人聽見的故事，都是預先編好設計的內容，眞相現在才揭曉。

一系列的影像閃過腦海，終於讓我恍然大悟，明白一切的眞相。

黑暗降臨的那天以後，一向是數以百萬計的人口視爲家園的水晶星際，逐步開始枯萎，瀕臨死亡，歐利菲爾橫跨時空帶進來的光明靈魂，強迫水晶再度散發出光輝，只是它的光芒弱很多，延展出去最多不超過一百英哩，因此歐利菲爾指派梅拉奇進行一項任務，在光芒的周邊建造一個大圓頂，把這個奄奄一息的世界剩餘的部分圈在裡面，同時在光明跟黑暗中間畫上分隔線。

原來這裡現在是一個小島，島上的居民甚至不明瞭在海洋之外什麼都沒有——這是他們世界的盡頭。

一個深奧的問題浮現心底：你如何逆著光看光？

說起來彩虹般雲霧的用途非常清楚，裂縫必須靠著有色的背景幕襯托才能夠分辨，因此那一層又一層的彩虹就是最底層的地基，天使後裔執行任務的所在地。

這一切只爲了要維持最純潔的白光十英哩的周邊範圍，一個重生的地方，一個實現夢想和想像力的所在地，更是爲了讓大天使們可以繼續坐在他們的寶座上俯瞰繁星點點的奇觀。

或許，只是或許，看到這個世界如此神奇，真有可能會考慮值得讓它存留下去的可能性，或許。

然而就在這時候，我聽見了。

哭聲。

同樣的哭聲曾經從任尼波腦海裡傳入我的耳際，隨後就被切斷。

可怕而單調的聲音，卻讓我的眼睛立刻淚水盈盈。

連話都說不出來。

就在水晶底部的基座，天使們和那些生物張大眼睛瞪著我，他們聽不見這個只有我能聽見的聲音，哭聲時有時無、搖擺不定，就像收音機的電波在AM跟FM的頻道之間轉換時一樣的狀況，這個地方的居民已經被謊言同化——埋沒在梅拉奇設定的頻道裡面。

唯有我知道眞相。

歐利菲爾處除掉他的兄弟，把他丟到第三度空間的原因。

還有他差派梅拉奇調整聲波的頻率，再把他驅逐到第二度空間。

而我即將消滅第一度空間的理由。

水晶是活體。

「妳的問題。」歐利菲爾最後一次提問。

哭聲依舊在腦海中迴響。水晶奄奄一息，瀕臨死亡，但是運送進來的光強迫它繼續喘息，每一次的呼吸對它而言都像柔腸寸斷、痛苦無比。

就在我不知不覺的時候，後方通往中間地帶的門突然打開，歐利菲爾傾身靠近我的耳朵，以牙還牙，用我之前贈送給他的一句話當作回答。

「休想求饒。」

24

徒然來到這個中間地帶，加百列曾經把這裡形容是監獄的所在，又一個奇怪的地方需要我重新調整適應，水晶的哭聲在全身每一個細胞內迴盪，聲音之沉重，如同重擔壓在肩頭上，提醒我要採取行動，更加確認自己必須做的事情：殺死水晶、讓黑暗擴散、遍佈水晶星際殘存的地方。

在這個新環境裡面，放眼所見，只有我自己的臉在瞪著我看，我以爲應該找得到歐利菲爾把我推進來的那扇門，以爲他會站在監獄的欄杆外面旁觀，結果看來看去，都是自己的臉。

遠處有一顆光線昏暗的燈泡，那一點微光生出上百個、甚至上千個光球，透過四面八方鏡子的反射，影像扭曲在一起，好像把我丟進萬花筒裡面。

我小心翼翼、聚精會神地在自己的手掌心，光線如蕾絲一般纏繞在手指之間，亮光一閃，在隧道中跳躍，創造出光芒頻頻閃爍的星雲。

這裡是一座監獄，用鏡子構成的監牢。

打破鏡子逃出去應該很容易，然後我就能重新回到水晶旁邊，爲什麼歐利菲爾會以爲這個地方能夠拴住我這樣的強者？

我用力跺腳，鏡面裂開，裂痕逐步擴大，變得越來越細、急速往前延伸。

我一次又一次使勁用腳狠踩，直到裂縫的角度變成垂直，終於碰到牆壁。

身隨意轉，我已然移到裂縫旁邊，看著它逼近巨大而且是無縫接軌的鏡面，雙手平貼在自己的影像上，用力一推，第一面鏡子破裂，產生骨牌效應，其餘的鏡子都跟著倒塌，最後是天花板，整個塌陷下來，帶著我臉孔的碎片如雨落下，反射的光輝就像在進行一場燈光秀。

最後一片鏡子在我的肩膀上破碎。

依然沒有歐利菲爾的蹤影。

這裡沒有水晶。

我也不在原來的地方。

反而置身在一片翠綠的草原上，湛藍的天際，萬里無雲，那一瞬間還以爲自己回到了地球，然而頭頂上方兩顆橘紅色的太陽告訴我這裡並不是故鄉。

鏡子構成的盒子被壓扁，碎片變爲小草的葉脈，讓這裡看起來就像英格蘭的鄉間，鼻孔吸進乾淨清新的空氣，我聚精會神，專注地聆聽，找尋生命的跡象，結果空空如也，什麼都沒有。

大腦飛快地運轉，試著解答自己身在何處的謎題，歐利菲爾毫無疑問地會要求梅拉奇設計一個中間地帶，如果這裡是監獄，那麼牢房的大門在哪裡？或許梅拉奇運用他掩蔽水晶的同一種方式遮住這棟建築物——藉由操縱光線給人錯覺？又或者鏡盒跟現在這些草原只是我潛意識裡的影像投射出來的結果，就跟森林的情況一樣？

我搜索枯腸，努力尋找可能的解釋，試著看破設計的竅門，忍不住納悶如果我認定這些環境都是虛擬的，會不會讓它們也像森林一樣，就此瓦解、消失無蹤？

沒有變化。

最後是天空說服我相信自己的理論錯得離譜，因爲宇宙並沒有在這裡展現，這裡的環境本質上更接近地球，而不是水晶星際，這意味著我在某一個地方。

如果不在第一度空間，那我究竟在什麼地方？

小雪豹的模樣閃過腦際，讓我胸口繃緊，自己正預備進行一場種族大屠殺，滅絕一整個世界，就像當初殺死喬納的純血主人艾莫瑞一樣，我又一次指派自己擔任法官兼陪審團和行刑的劊子手，通通由我一手包辦；梅拉奇說水晶星際的居民是無辜的，然而他們卻要爲了歐利菲爾的決定、爲了我認爲他做錯的事情，付出生命的代價。

梅拉奇說天使後裔的未來，還有那些生物的命運，通通由我來決定，但我實在不認爲自己有什麼決定權。我不可能終結水晶星際，還能拯救其上的居民，即便我帶領他們穿越交匯口前往地球，任尼波跟他的軍隊肯定在另一邊守株待兔，準備屠殺所有人。

我的心情無比沉重。

如果是羅德韓，肯定知道該怎麼做。

「眞希望你在這裡。」我大聲說道，明知他已經無法再參與；然後我又想到了艾歐娜，她說有時候會大聲歌唱，以歌聲爲橋樑，傳給她所失去、摯愛的親人。羅德韓爲了讓我明白，也常常運用說故事的方式幫助我理解他所要傳遞的信息和背後的含意，但我再也聽不到他的故事。

我低頭望著地面，天空突然開了，明明沒有雲，卻是一場傾盆大雨當頭澆下，把我淋成落湯雞。當我渾身濕透時，遠方出現兩道彩虹。

彩虹顏色鮮艷大膽，讓我再一次聯想到站在水晶前方那些配對的天使後裔手牽著手，還有那些動物的眼神。

鮮豔的彩虹跟水晶星際居民的影像隱約喚起埋在內心深處另一個回憶，當我試著搜尋時，潛意識裡有一個聲音在吟唱。

「動物一對一對的走進去。」

我想起愛麗絲稚嫩的嗓音高興的尖叫「大鼠」，忍不住覺得很好笑。

愛麗絲最喜歡的繪本是羅德韓送給她的禮物，繪本的封面忽然閃過腦海，書名是諾亞的方舟，緊接著又想起故事書的最後一句：「彩虹將會提醒你。」

羅德韓的精神依舊與我同在，彩虹就是他的標記，提醒我要留意隱藏在故事裡面的訊息。

我轉過身去，丟出灰色靈魂，取煙霧的形狀往外擴散。

煙霧漫過田野，穿過霧霾，泛著銀色光芒的交匯口陡然出現，接著在對面又出現另一個通道，滲出漆黑的墨液。

我再次想起加百列敘述歐利菲爾拯救水晶星際的那一天，就是黑暗籠罩的日子，通往第二度空間的交匯口因著黑暗的襯托，反而變得很明顯；相反的，在第三度空間，陰暗的交匯口唯有透過明亮的極光對照才能看到。

然而不管交匯口是光明或黑暗，在灰色畫布的襯托底下，它們都無可遁形。

達文曾經把一疊硬幣堆在吧台上面，用來示範他所深信的空間相互堆疊的理論。

第二度空間介於中間，跟一度、三度空間彼此可以互通。

至於一度和三度空間則是通到第四度空間——也就是這裡。

一和三彼此平行，唯一的差異是第一度空間是水晶的故鄉，水晶從天而降、是活生生的實體，用光創造生命；在那之前，第一度空間是虛無的狀態，跟第三度空間一模一樣。至於第二度空間的地球，有太陽、水源、還有可以呼吸的空氣，跟這個世界是平行的。

歐利菲爾肯定在無意間發現第四度空間的存在，然而這裡不像地球，沒有生命的痕跡——換言之，也沒有光明的靈魂可以被偷走。但他依舊找到用途，直接把監獄設在從第一度空間到這裡的交匯口的另一邊。

而我靈機一閃，想到一個更好的用途。

洪水抵達之前，諾亞把所有的動物一對一對的趕上方舟的甲板，而今我就是諾亞，第四度空間就是我的方舟，在洪水來臨之前，我要拯救水晶星際所有的居民，讓他們遷居到這裡。

我在灰霧中前進，順利抵達一度空間的入口，又一次心無旁騖，專心把靈魂的調色板從灰變黑，離開之前，我特意回頭瞥了一眼，對著彩虹——羅德韓——說道。

「很快就回家。(注)」

注 來自諾亞方舟的典故，出自於《聖經——創世紀》第七章。

我鑽過裂縫，發現水晶星際的時間過了還不到一秒，歐利菲爾剛轉身背對我，正要舉步離開，看起來，第四度空間的時間速度幾乎跟地球一般。

水晶的哭聲再次傳入耳際，我的念力化出一團黑霧，往外捲起，加速朝水晶的方向前進，看到致命的黑霧盤旋而上、纏繞著水晶的球體，站在鋼鐵下方的天使和那群動物立刻嚇得一哄而散。

水晶看起來似乎沒有生命，事實是活生生的個體，傳出來的哭聲就像奄奄一息的呻吟，只剩最後幾口氣，我的黑霧吞噬了經由天使後裔帶來這裡餵養它的光明能量。

水晶似乎仰賴維生系統才能苟延殘喘，而我剛剛關掉供應的電源。

「不！」歐利菲爾大叫一聲，舉手一揮，射出一個巨大的光波當頭壓下，黑霧的屏障受到震盪搖搖晃晃，終究撐住了，我繼續把黑暗灌進水晶裡。

哭聲越來越弱，急於求死的生物終於了卻心願。

巨大而強勁的光芒從水晶內部爆發出來，就像炸彈一樣，制服我的黑暗，我被餘震波及，整個人摔在地上。

我奮力睜開眼睛，試著看透刺眼炫目的白光，但它隨即黯淡下來，最後猛然一閃，立即消失無蹤。

水晶本身依然留在鋼鐵中央，但它的生命力已經釋放出來、回歸天地。哭聲止息。

水晶終於自由。

冰冷隨之席捲而來，那些動物再次從森林裡走出來，上方的圓頂開始龜裂，我必須盡速採取行動。

然而第一步是……

我把地上的歐利菲爾拖了起來。

「如果你敢移動，我就讓你死得非常難看，出乎你的想像。」

「妳的舉動已經把所有的生靈判定死刑，落入最黑暗的死亡。」他說。一股詭異的情緒瀰漫在聲音裡，他越來越生氣，大吼大叫。

「妳被玷污了！妳，妳……果然是妳父親的翻版。」

一提到艾瑞爾，我便握緊拳頭，死死揪住歐利菲爾的袍子，只是還來不及回答，巨大的羽毛翅膀就在空中開展，大天使一個接一個的降臨，並沒有試圖從交匯口逃往地球，他們對那裡心懷恐懼，畢竟有這麼多同伴在任尼波手下喪命，他們已然清楚如果前去地球，等待他們的是什麼樣的結局。

透明的圓頂開始崩裂，被黑暗的沉重力道壓垮，沒有光的支撐，只會加速裂解的過程。

白色毛皮、湛藍眼珠的生物圍繞在我身旁，數以百計、成群結隊，奔向他們世界的中央，一股前所未有的情緒——恐懼——變成催促牠們奔逃的能量，彩色的雲霧消散，裂縫再度隱蔽起來，不見蹤跡，天使的後裔大惑不解，成群結隊，運用思想的力量瞬間來到此地。

我繼續抓住歐利菲爾，在彩虹中挑出湛藍，因藍色背景的襯托，凸顯出空中的銀色縫隙，更加吸引人，讓我聯想到加百列微笑時的眼睛。

到了第四度空間，天使的後裔不再承擔任務，生命的目的也突破預先注定的，從此得以自由發揮，同時我還拯救了眼前這些美麗而奇妙的生物。至於看顧這個世界，卻對可怕的眞相睜一隻眼閉一隻眼的大天使們，我很清楚自己想做什麼，然而我也明白如果這些人的命運交由羅德韓決定，他會如何處置，因此，爲了紀念，我要效法羅德韓，給予他們一條寬恕的路。

我轉向歐利菲爾，大聲回答。

「對，我是我父親的女兒，他的名字是羅德韓。」

接著我鼓勵天使的後裔穿過交匯口，兩兩一對走進去，安全地抵達第四度空間，一個全新的世界，由大自然的太陽提供能量，如同地球一樣，而今它將成爲這些水晶子民的新家園。

最後一對天使後裔和剩餘的物種從交匯口離去之後，黑暗逐漸逼近鋼鐵的底部，我揮手示意，要大天使們跟著過去。

他們一一經過，沒有任何一位看歐利菲爾一眼，也沒有人開口，直到最後一位要離開時，才出乎意料地扭頭對我說了一句。「謝謝妳。」

現在只剩歐利菲爾和我還在原地，我們也要離開，只是去的地方大不相同，時間緊迫不能浪費。

我拖著不停掙扎的歐利菲爾走向電梯，用拳頭捶打玻璃，直到門關上爲止，就在黑暗伸向建築物的底層時，電梯震了一震，下方的鋼鐵逐漸彎曲，讓我不敢確定是否有足夠的時間能夠衝出去。

門一開，歐利菲爾便消失得無影無蹤，他或許有辦法隱形，但我比他更強悍，依然死死抓住他的頸脖不放，不管有沒有看到身影，仍舊拖著他一路走到光環盡頭。即便有超人的速度，依舊擔心會遲了千分之一秒，來不及趕到交匯口。

這時展望台陡然鼓起，傾斜了九十度，歐利菲爾和我一起摔倒，我抓住他的腳，一起滑行，光環突然崩裂、斷開。

我們被推過交匯口，它閃爍地射出最後一道光輝，然後跟這個世界一起，從此消失、不復存在。

25

臉朝下摔進土裡的時候，我依然緊緊抓住歐利菲爾的袍子，拉著他起身，他背後的翅膀完全伸展，臉上露出驚慌的表情，交匯口依然銀光閃爍，裂口逐步縮小，我們從蘋果樹底下鑽出來，進入梅拉奇隱形的透明罩裡面。

梅拉奇從門口的台階一躍而下，匆匆跑過來，帽子飛落在地上。「孩子！」

「水晶星際消失了。」我坦白告知。

「拿開妳的手！」歐利菲爾試著把我甩開。

我轉而眺望著果園深處和鄰近的土地，盡力運用受損的視力，大略數了一下，單在視力所及的範圍內，至少有兩百名以上的第二代吸血鬼佈署在這裡，看到任尼波預備這麼多的武力，讓人深感苦惱，然而讓我近乎窒息的不是這個因素，問題在天空，極光已然從第三度空間滲透、滿溢出來，浸潤地球，雖然血紅色主要集中在它潑灑到的部分天空，但是橘紅的微粒像薄霧似的浮懸在地平線邊緣。

「我離開多久？」我匆忙詢問。

「平靜下來，孩子，才過了一年，妳及時趕了回來。」他回答得急促。

「是你派她去水晶星際？」歐利菲爾控訴般地質問梅拉奇。

「是的，兄弟，是我。」梅拉奇脫掉外套和毛衣，轉動肩膀，放鬆身上的肌肉，一對巨大的白色翅膀從肩胛骨底下彈出來，隨著翅膀微微發光，額頭的皺紋像被燙平了一樣，藍色眼珠整個亮了起來，簡簡單單就把歲月的痕跡甩開。

我不知道自己為什麼會大吃一驚，畢竟他是偽裝大師，一流的易容高手，梅拉奇說自己是最早被創造出來的天使之一，我還以為他的意思是第一代的天使後裔。

「你是大天使？」我沉重地吐了一口氣。

「是的，我的寶座就在歐利菲爾旁邊，事實上，算是他的左右手，直到，當然啦，直到他不再需要我的時候。」

「你了解水晶的狀況，還替歐利菲爾遮掩那些哭聲……」

我沒有說完，任尼波已經讓我看過牠的故事，在不知情的情況下，任尼波反對歐利菲爾的統治方式，因此歐利菲爾使詭計讓任尼波再也無法反對；而在另一方面，梅拉奇知道水晶是活生生的實體，不只隱藏水晶不讓人看見，還掩蓋那些哭聲。那麼，為什麼既然梅拉奇都聽命行事了，歐利菲爾還加以懲處、把他流放到地球？

「是的，嗯。」梅拉奇開口。「在我完成第一度空間的工作任務後，我們偉大的領袖認為應該把我派到第二度空間、長期駐紮在這裡，不只看守交匯口、同時監視第三度空間的動靜。」

「你的任務是監看，不是採取行動。」歐利菲爾的嘴角流露出輕蔑和鄙夷。「我可沒有指示你把那個女孩送到我們的世界，進而帶來毀滅。」

「不，你沒有，但你非常樂意看到這個世界燃起戰火，假若我不採取行動，也會一起燒死在其中。」

這兩個傢伙顯然彼此防範，各懷鬼胎，從他們你來我往的對話裡面，更加證實我對梅拉奇的懷疑。他根本不想來到地球，是出於被迫和無奈，因此處心積慮地想要另闢蹊徑，透過兩面手法周旋在兩方之間，確保自己的生存。他只重視自身的利益——就算拯救眾多的墮落天使，把他們送到海那裡，也是爲了要他們信守諾言，保證在他需要的那一天，聽候他的呼喚，回來這裡爲他奮戰。他絕對不是值得信任的對象，只不過在眼前的景況，他的目標剛好跟我的目的一致，就算動機自私自利，對我也無妨。

「聊夠了。」梅拉奇揮揮手，要我離開相對安全且隱密的木屋。「任尼波在等他，孩子。」

我猶豫了一下，還有一點瑣事卡在心頭。

「這就是任尼波不會要你穿越裂縫到第三度空間的原因，你答應要把歐利菲爾交到牠手裡，對嗎？只要牠饒了你？」

梅拉奇拍動翅膀。「任尼波不是人，是物種，牠的話根本不可信，一旦我對牠的利用價值到了盡頭，牠會直接把我拉進第三度——」

「屆時你就變成純種吸血鬼。」我立刻下了結論。

他點點頭。「那不是我想要的命運，孩子，幸好，還有另一個可以交易的籌碼。」他再度望著歐利菲爾。

「歐利菲爾離開之後，」我說。「你便再也沒有可供利用的籌碼，任尼波一定會來找你，所以你要我了結牠，對嗎？」

「我不能否認牠的毀滅可以讓我得以活下去，不過，地球的人類也會跟著逃過死劫，當然啦，我知道妳要拯救的是全人類，如果妳成功了，這樣的結果恰好也對我有利。」

交匯口的光芒在我背後閃爍不已，立即引起遠處那些第二代吸血鬼的注意力。

梅拉奇繼續說下去。「我故意操縱來自固定交匯口的光芒，為了隱藏我們的蹤跡，現在水晶星際消失了，所有的裂縫也將會終止，來吧，不用多久，它們就會永遠封閉，最好先去找任尼波，不要等牠找上妳。」

梅拉奇又一次鼓勵我向前，但是歐利菲爾極力抗拒，我才知道原來他害怕面對任尼波，心裡忍不住納悶自從上回他親自出手到現在，究竟間隔了多久，他都不曾再與人交手？

「有問題嗎，孩子？」梅拉奇追問。

短短一瞬間我開始懷疑自己，再次想起羅德韓，如果他在這裡又會說什麼？但我甩開那些猶豫，我絕對相信一件事，就是凡事要公平，這個信念並非來自於黑暗的那一邊。

「沒有。」直視歐利菲爾的眼睛，說道。「你兄弟報仇的時間到了。」

我將歐利菲爾甩過肩頭，快速穿過果園，來到花園正中央，扣住歐利菲爾巨大的翅膀邊緣，大聲呼叫任尼波眞正的名字。

「伊甸！」我大喊。

空氣凝結不動，四周寂靜無聲。

然後天空打開了，傾盆大雨當頭澆下。

任尼波憑空出現，矗立在前方幾公尺遠的地方，轉動下顎，發出尖銳的嚎叫，刺耳的聲音讓人手臂寒毛直豎，我還來不及眨眼睛，純種吸血鬼就環成一圈，把我圍在中間，熱熱的暗物質成液體狀從牠們手掌滲出，環環相扣，一個接一個、連在一起形成致命的圓圈。圈子越圍越廣，一個堆一個，向上遞增，最後把我們關在一個熟悉的圓錐狀牢籠裡面。不過這一次的設計要鎖的不是我，而是爲了困住歐利菲爾。

透過暗物質圓圈之間的空隙，我看到封印獵人冒著滂沱大雨往前衝，但在任尼波的肩膀後方，懸崖震動搖晃，地面裂開，老橡樹的樹根被連根拔起，樹幹傾斜歪向一邊，上百個第二代吸血鬼從地底墳墓裡竄了出來，吼聲震天。

潘朵拉的盒子掀開了，惡魔降臨人間。

第二代吸血鬼急速地衝鋒陷陣，迎戰封印獵人，正當人類與惡魔的戰爭揭開序幕時，我跟著放開歐利菲爾，他終於被迫面對自己親手殘害的兄弟。任尼波舉步上前，我退到旁邊讓出空間，惡魔跟大天使終於面對面的打量對方。

歐利菲爾的身體語言看似自信滿滿，獨獨無法掩飾顫抖的聲音。

「河水又一次衝擊石塊，好久不見，兄弟。」

但是眼前這位已經不再是歐利菲爾曾經熟悉的兄弟，就在伊甸墜入三度空間的那一天起，他已經徹底沉淪在黑暗裡，取而代之的是任尼波，至於任尼波思思念念的只有一件事，就從伊甸消逝的那一天開始，牠的所作所爲歸根究底只有一個目的。

報復。

任尼波咆哮一聲，露出尖銳的獠牙，刺青印記從斗篷底下往頸脖蔓延，垂在身體兩側的雙手冒出縷縷黑煙，毫不遲疑地命令黑暗捲向歐利菲爾。

歐利菲爾採取類似的回應，揚手拋出護身的白光。

光明與黑暗有史以來第一次也是最後一次的碰撞。

任尼波跟歐利菲爾的力量勢均力敵，光與暗相互碰撞、分別彈開，連帶兩人往後滑行，歐利菲爾重重摔在地上，力道之大地面跟著裂開，但他迅速爬起來，及時舉起防衛，抵擋任尼波下一輪的黑暗攻勢，黑煙擊中翅膀，那是歐利菲爾用來保護身體的盾牌。

純種吸血鬼們齜牙咧嘴、嘶聲咆哮，充當歐利菲爾被判處死刑的見證人。歐利菲爾和任尼波都是擁有超凡能力的實體，唯獨一件事他落居下風，就是人數上是任尼波取勝。我很納悶任尼波是否會召集純種吸血鬼加入戰局，立即結束這場戰役。不過目前看起來，歐利菲爾的死屬於任尼波專有的權利，除非別無選擇，牠不會願意跟別人分享。

歐利菲爾一躍而起，在半空中連續翻滾好幾次，順著最內圈的弧線，發出白色電光，宛如發射流星鏢一樣。它們咻咻地破空飛來，我低頭避開，看著它們撞上一圈又一圈熱的暗物質，隨即被黑暗吞噬，一一失去蹤影。

在純種吸血鬼黑暗的圓圈之間，第二代吸血鬼已經突破菲南的人牆，惡魔的嘍囉輕而易舉地屠殺人類，屍首分離、鮮血四濺，封印獵人依然不肯撤退，試著收復失土。一陣陣的槍聲接連響起，雖然牢籠外有個吸血鬼崩然倒地，爆炸之前發出尖叫哀號，但封印獵人的進展依舊不太好。

他們需要援手。

我環顧純種吸血鬼連接而成的圓圈，命令灰色靈力在濃霧中顯現，專心一意發揮想像力，就像熊熊燃燒的篝火釋放出嗆人的濃煙，任尼波以爲牠需要囚禁歐利菲爾才能阻止牠逃跑，但我能藉機對付這些純種吸血鬼，同時也把歐利菲爾關在圈內。

任尼波跟歐利菲爾繼續猛烈地交火，我指揮灰色的靈魂脫體離去，快速散開、纏住純種吸血鬼，只要遇上暗物質，灰色煙霧就化整爲零，但依然可以繚繞惡魔的喉嚨，像套住頸項的繩索一樣拉緊，讓煙霧侵入牠們。

最靠近我的純血即將窒息，身體前傾，切斷了連結的鎖鏈，暗物質的溶液逐漸枯竭，就此滴落。歐利菲爾並沒有試圖逃跑，事實上，當我恢復平衡的時候，他和任尼波同時縱身一跳，在半空中互撞，兩位一起摔在地上，這回是大天使壓在上方，歐利菲爾的大拇指插向任尼波的黑眼珠，電光滋滋作響，任尼波的眼球融化乾枯，順著臉頰滴落，彷彿在流油。任尼波極力掙扎，揮動他的利爪，劃破歐利菲爾的臉頰，指關節處突起的爪子越伸越長，揮出拳頭，一舉擊碎歐利菲爾的骨與肉。

歐利菲爾的外觀看起來或許無懈可擊，但是任尼波的尖爪切進去就像切奶油一樣。

我猛然反胃，專注力一分散，灰霧立刻熄火停頓。

歐利菲爾鬆開任尼波，往後仰倒，發出痛苦的哀號。

任尼波收手只爲了再度進擊，剪刀般的尖爪刀刺向歐利菲爾的身體側面。

歐利菲爾又一次慘叫。

我別開目光，聽見歐利菲爾皮開肉綻、骨頭碎裂的聲響，膽汁立刻湧向喉嚨，注意力分散的結果，本來侵入純血體內的煙霧，隨即煙消霧散。

任尼波抬高下巴，熱的暗物質從牠蜥蜴般分岔的舌頭兩端湧流而出，黑色液體如項圈一般纏住歐利菲爾的喉嚨，牠底下的皮膚焦燙，發出紅光，任尼波使勁一拉，牽著一度高高在上的天使長走開，彷彿牽著鐵鍊拴住的小狗，當牠轉身的時候，斗篷的下襬隨風揚起，純種吸血鬼們讓出一條路，目送任尼波掉頭走進雨中，返回到懸崖的方向。

我背後有一位純種吸血鬼，正準備攻擊，距離我脖子後方只有一寸遠。我駕馭著光威嚇牠，牠識相地縮了回去，在離開之前，牠嘶聲咆哮，口沫濺在我皮膚上。

花園跟墓地爲血腥的屠殺提供施展的場地，我在混亂的場景中找到菲南的身影，他從教堂後面召集了更多人手，順勢佈署，試圖從兩側夾擊第二代吸血鬼，但敵方的人數實在太多。

就在鄰近處，佛格極力抵擋一個惡魔，這時艾歐娜突然憑空冒了出來，舉起銀製刺刀插進對手的肩胛骨中間。

純種吸血鬼從任尼波後面一個接一個魚貫而出，彷彿是皇家貴族，人山人海的士兵分出一條路，讓主人在極光的紅毯上滑步而過。然而還有一位純種吸血鬼躺在我的腳邊，痛苦地揪住胸口，牠是被我的灰色煙霧侵入的第一位，雖然煙霧蒸發了，對牠而言依舊遲了一步，牠過往的影像和現在的身分交叉閃現，過沒多久便起火燃燒。

純種吸血鬼的灰燼飛揚四散，在最後一道火星熄滅之前，梅拉奇出現在我身邊，周遭狀況之悽慘遠遠超過我能夠想像的程度，菲南說對了，這是末日大災難，惡魔即將得勝。

現場一片狼藉，情勢混亂，傷者的哀號聲此起彼落，我聽不到梅拉奇的聲音，於是我登高望遠，發現就在花園邊緣下方的河岸上，梅拉奇的墮落天使大軍終於出現。

他們擁有淺色頭髮、藍色眼珠、白皙的皮膚，跟我以前見過的大不相同。他們光著腳，四周圍繞著藍綠色的光暈，赤手空拳，沒有攜帶任何武器，但是當他們開口吟唱，曲調和諧、聲音優美，我才領悟原來他們的武器來自於內心。

他們唱的詩歌讓人聽得入神，舉凡在現場的，不管是人類或惡魔，都停住手上的動作，彷彿被凍結，然後他們換了曲調，陡然提高八度音，依序排成隊伍，每排三十人，大步往前邁進，曲調的變化喚醒了菲南跟他的手下，他們逐漸從催眠般的歌聲中甦醒過來，歌聲獨獨繼續蠱惑吸血鬼們，牠們動也不動地站在原地，視線黏在金髮天使身上無法挪移。

男性墮落天使一絲不掛，只在腰間圍了一條薄薄的銀色布料，用葉子狀的水晶別針繫著，每一個飾品都是獨一無二的設計，女性配戴的飾品有的是項鍊上的墜子、有耳環、也有髮夾，這些天使停在花園中央，水晶飾物同時閃爍發光，類似摩斯密碼的型態。

天使的歌聲更加嘹亮了，梅拉奇朝菲南揮手示意，他舉起武器瞄準定住不動的第二代吸血鬼，舉凡有槍的封印獵人開始砲火齊開，偏好用銀製匕首的也掏出武器就定位。

任尼波遲疑了一下，時間很短，歌聲影響牠的效果不過一小片刻，牠很快就丟下那些猶在恍神的純種吸血鬼，拖著歐利菲爾穿過花園和山坡之間的樹林，我立刻察覺牠的目的地，就是通往第三度空間的交匯口，牠的目的不只是殺死歐利菲爾那麼簡單，不，那樣對他來說太簡單、太仁慈，任尼波想要以其人之道還治其人之身，讓牠的兄弟也嚐一嚐同樣的命運。萬一牠成功了，順利達成報復計畫，而今水晶星際已不復存在，牠的下一步會是什麼？

我不願意再花時間費心思考之後的可能性，我必須解決牠，不能再拖了，必須是現在。

我腳跟用力一蹬，急速往前衝，同時左右閃避躲開封印獵人的子彈，詩班裡面某一個墮落天使吸引了我的視線，那麼多人當中，她是唯一一位沒有直視前方的，那是我的母親。在我漫長的存在裡，她一直站在遠處關注我的一舉一動。站在她右邊的墮落天使頭上戴著水晶髮夾，閃爍的光芒讓我不禁瞇起眼睛，飾品的樣式看起來無比熟悉。

「那個髮夾。」我自言自語，艾歐娜把衣服連同髮夾一起借給我，後來加百列說髮夾已經「物歸原主」——原主就是墮落天使，也就是艾歐娜的母親。

她依然活著。

艾歐娜站在前面，我呼喊她的名字，她轉過身來跟我四目相對，我用眼神示意她望向墮落天使的隊伍，從她豐潤的下唇微微張開，我知道她已經看到思念已久的母親，她激動地往前跑，腳步踉蹌，另一隻手扣住她的手腕，是加百列。

他突然看到我。「萊拉。」

而加百列後面，另一位射手聽到我的名字，垂手放下弓箭，是喬納。而布魯克就站在旁邊，將刀子刺入站在她右邊、文風不動的吸血鬼的肋骨下方。

我親愛的家人。

他們都來了。

展望正前方，任尼波快速逼近隱密的墓室，通往第三度空間的固定交匯口就藏在裡面，而今崩裂的地表讓交匯口顯而易見，暗黑的墨液徐徐滲透出來，這時我發現有人偷偷潛近洞口，即使背對著我看不見他的臉，卻仍然從他架在頭上的玳瑁框眼鏡認出對方的身份。

達文，他在搞什麼鬼？

我加快腳步，跟第二代吸血鬼擦身而過，我陡然嚇了一跳。墮落天使的歌聲彷彿具有催眠的魔力，將牠們釘在原地，文風不動地落入封印獵人手中，要殺要剮，都不反抗，但是某些吸血鬼的臉龐似乎變得溫暖起來，肌膚紅潤，其中有一些甚至恢復成人類的樣貌。

就在這時候，純種吸血鬼從恍惚中清醒，大怒地暴吼一聲，衝向墮落天使的隊伍，打斷催眠般的歌聲，封印獵人穿梭在第二代吸血鬼跟重新甦醒的人類之間，試著協助天使抵禦惡魔的攻擊。

當我追上任尼波，牠已經把歐利菲爾甩到背上，曾經的天使長臉上的表情充滿絕望、痛苦不堪，但是我深切了解，對他而言，寧願忍受此時此刻肉體的煎熬和折磨，也不願意墜入第三度空間的虛無世界，變成跟伊甸一樣的惡魔。

任尼波明知我在後面，卻置之不理，繼續專注手邊的動作，同時發出淒厲刺耳的吼叫聲。從潘朵拉的盒子裡，那些任尼波精心保留最後一批的第二代吸血鬼大軍傾巢而出，直接朝我撲過來，甚至無視於潛伏在附近的達文。達文正顫抖地打開隨身攜帶的工具包，偷偷摸摸躲在漸漸縮小的交匯口旁邊。

我直覺地一躍而起，從空中落地時抓住一名短小精幹的吸血鬼，扣住牠的手臂，用力甩飛出去，好像在擲鉛球一樣。牠凌空滑行，撞向樹林邊緣，也因此我剛好看見加百列跟喬納撥開灌木叢，努力朝我靠近，艾歐娜就跟在他們後面不遠的地方。我低聲詛咒，心情矛盾極了，一方面氣他們不顧生命安危跑來這裡，可是看見他們的臉龐又再次加強我的決心。

第二代吸血鬼節節敗退，我一步一步往前挺進，任尼波還在前面，搶先一步抵達裂開的墓室，牠直接跳了進去，我只差一點點就抓住歐利菲爾的袍子下擺。

另一個惡魔突然從左側冒了出來，因我左側視力受損，沒有及時發現而被牠擊倒在地，被拖著往後走。

我緊緊攀住墓穴突出的石塊，一腳踢開對方，使勁抓住岩石邊緣，並把它當成槓桿，整個人彈射出去，我在空中接連變換動作，從倒立轉成後空翻，最後腳尖著地，直接站在任尼波面前，擋住逐漸縮小的縫隙。

我以為會看到達文的蹤影，這裡正是最後看到他的地方，現在卻找不到人。唯一顯示他來過的跡象就是那只被掀開的盒子，原本裝了工具，而今空無一物，躺在交匯口旁邊。想到他很可能是爲了抽取洞口滲出來的暗物質，而不慎被吸進第三度空間，我的心幾乎停止跳動。

任尼波的速度快了一步，就在我聚集灰霧的時候，牠大吼一聲，長長的爪子橫掃過來，刺透我的肩膀，煙霧停頓不動，我砰然倒地，摔在冰冷堅硬的地上，痛得呻吟出聲，身體側躺，不停地顫抖，任尼波看也不看我一眼，逕自把歐利菲爾甩向黑黝黝的洞口。

歐利菲爾虛弱無力地懸在半空中，受制於任尼波的威力，他完全無法動彈，直勾勾地看著我的眼眸，看來已經無能爲力，只能接受命運的安排。他顫抖地吸進最後一口氣，再次重複我說過的話語，似乎想要印證我會履行自己曾經給過的諾言。

「絕不留情。」

他的光芒擴到皮膚表面，就如同電擊般竄過全身，由內往外燃起，那一瞬間我的話衍生出另一個全新的型態，對比從前，突然具有完全不一樣的意義。

救世主跟英雄不會說出這樣的話。

它讓我成了惡棍。

裂開的皮膚迅速癒合在一起，我再一次命令灰霧升起，歐利菲爾的哀號聲已經安靜下來，他那如燜燒狀態的身體，逐漸被交匯口吸進去，最先消失的是歐利菲爾的頭和肩膀，他身上的長袍由白轉灰、最後變成炭黑，整個黑洞被吞噬。

交匯口瞬間鼓起，連同歐利菲爾一起消失蹤跡。

裂縫就此封閉，無論歐利菲爾的外觀有什麼改變，在交匯口另一端，他都將被永遠困鎖在黑暗裡面。

任尼波矗立在眼前，像大烏鴉一樣自由飛翔，牠存在的目的就是要以牙還牙式的報復，但我可以從牠微微顫抖的上唇掀起，遮住獠牙、發出失望的咆哮聲看出端倪，期盼已久的勝利帶來給牠的卻是極大的空虛。

復仇不等於復原。

我依然伏在地上，灰霧在手掌心逐漸凝聚顯現，被我用力推出去。

任尼波立即應變。

牠從原地猛然轉身，被雨水浸濕的斗篷隨之飛揚，牠像颶風般打轉，整個身體變成模糊的黑影，灰霧黏在斗篷外面，根本無法切入貼近皮膚，就像在煙霧瀰漫的房間，牠甩動沾水的毛巾，輕而易舉地吸走濃煙。

牠把最後一簇灰煙收進黑色翅膀形成的盾牌裡。

任尼波停止轉動，眼前的颶風終於歸於平靜。

我筋疲力竭地躺在地上。

我瞪著旁邊那灘水窪，是牠黝黑眼球的殘餘物，我眨眼睛，不想再看，然而眼前突然閃過一個影像，一幕靜止的畫面，是未來世界的影像，任尼波在其中自由遊蕩。

那個世界到處都是燃燒的火苗，硝煙四起。

恐懼侵占我的心，像任尼波這樣的存在不可能了解，類似的情緒唯有人類才能體會。

我渾身發冷，血液瞬間冷卻。

任尼波的獠牙爆開突起，把我從地上拽起來，舉起利爪的手，身體微彎居高凌下，驀然有一種似曾相似的感覺閃過腦海，想起第三度空間被凍結的純種吸血鬼，時間停駐不動，讓我有機會把感覺跟影像結合在一起，我終於明白要如何打敗任尼波。

我急促又尖銳地倒抽一口氣，拇指插入牠另一邊黝黑的眼窩裡，指尖按住牠的太陽穴，把我冰涼的體溫灌輸出去，套用我把水晶星際的河流凝結成冰一樣的方法，開始凍結任尼波的靈魂。

牠體內循環全身、炙熱的暗物質直線墜落，從液體凝結成固態，任尼波狂亂地擺盪，在我的碰觸底下，牠的皮膚鼓起、發紅、變紫，試圖把我甩開，可惜四肢逐漸僵硬，難以動彈。

牠下巴脫臼，尖叫聲卡在喉頭，像蜥蜴般分岔的舌頭隨即結冰。牠根本逃不掉，龐然大物般可憎的軀體在原地變成堅硬的冰塊，直到我的指尖開始灼熱，黏住牠皮膚的乾冰，我才開始撤退。

任尼波的頭顱抖動兩次，隨後就變成雕像。

我木然地盯著牠的臉龐，終於看見在惡魔的表層底下，有一個大天使困居在裡面，我湊近牠的耳朵，低聲呢喃。「去吧，伊甸。」

極光橘紅的霧氣在腳下凝聚，圍繞著我們漸漸升起，在我扭轉牠的脖子——一度是大天使的牠，軀幹裂開，瞬間粉碎，變成無數的小碎片，像晶瑩發光的星團，翩然離開這個世界。

我如釋重負地呼了一口氣。

沒有岩石。

沒有河流。

也不再要復仇。

26

我從地穴底下爬出來，外面煙消霧散，輪番射擊的槍聲終於止息，當我俯視花園四周，發現受困在封印獵人與墮落天使之間的純種吸血鬼大都奄奄一息，瀕臨死亡邊緣。

有些純血像瓷器般當場爆裂、粉身碎骨，其餘的則是起火燃燒，冒出白色火光，瞬間融化、變成一灘泥濘的水坑。純種吸血鬼的殘骸跟灰燼漫天飛揚，炸開的吸血鬼的體液甚至濺向四面八方，就像鑽到油井一樣，連花園邊緣紅色、白色的玫瑰都受到波及、染上汙黑。

墮落天使的歌聲逐漸歸於寂靜，僥倖存活的第二代吸血鬼宛如大夢初醒，即便能夠移動，也是步履蹣跚，走得跌跌撞撞。墮落天使的隊伍隨即解散，從懸崖邊緣一躍而下、投進河裡，再度出現的時候，似乎載浮載沉，本來微微發出藍綠色光芒的雙腳幻化成了魚鰭，爲了躲避任尼波和純種吸血鬼的追擊，他們在水裡藏匿了幾千年，已然演化成海中生物，就是幾世紀以來，人類口耳相傳的傳奇美人魚。

老橡樹後面傳來艾歐娜的尖叫，立刻轉移我的注意力，我疾步衝向加百列、艾歐娜跟喬納所在的地方，看到他們跟任尼波釋放出來的最後一批第二代吸血鬼纏鬥在一起，打得不可開交。

復原的喬納雖是凡人，卻依然掛著特有的招牌笑容，一臉傲慢、笑嘻嘻地擊退圍繞他的惡魔，他這回用的是現學現賣的銀製武器，肩膀掛著十字弓，反手揮出刺刀的模樣，彷彿他是殺戮惡魔的專家一樣，讓我忍不住納悶是不是菲南親自指導他操弄武器的技巧。該不會就在我離開的這一年當中，這兩個人化干戈爲玉帛，變成結盟的好朋友。

攻擊加百列的惡魔佔了上風，獨特的黑手套讓我認出了對方的身分——漢諾拉的伴侶。牠已經連續好幾次試圖奪走加百列的性命。

右手邊是喬納，左側是加百列，兩人都在纏鬥，同時需要幫忙，我左右爲難，眼前只能幫一位，就看我怎麼抉擇。

乍看之下，加百列的處境比較緊急，生命危在旦夕，我正要衝過去幫忙，眼角餘光卻瞥見攻擊喬納的吸血鬼陡然撲向他的肩膀，雙手掐住咽喉不放。

聽到喬納近乎窒息的聲音，我出於直覺地衝了過去。我的撞擊力道極大，地面直接被撞穿，吸血鬼陷了進去。

位於左側的艾歐娜撲向攻擊加百列的吸血鬼，一面舉起削尖的木樁，對方正揪住加百列的衣領，已然料中她的行動，搶在她衝過來之前，伸出一隻腳，絆了艾歐娜一腿，害她重摔在地上，鮮血從耳朵後面流了出來，加百列大叫她的名字。

喬納彎腰駝背，雙手放在膝上，不停地喘氣，等他抬起頭時，已經不見我的蹤影。我立即衝去支援加百列。

吸血鬼率先一步、搶在加百列之前抓住了削尖的木樁，一心要致他於死，毫不顧忌我在背後。牠火速舉起木樁插進加百列的胸口，鮮血從他的嘴巴狂噴而出，身體不停地抽搐。

我聽到自己在尖叫。

我飛身撲向吸血鬼，掐住對方的咽喉，牠對我吐了口口水，就在我收攏手指、用力掐緊牠咽喉的時候，牠的肌膚逐漸溫暖，當下我就知道是怎麼一回事。雖然在那一瞬間，我是多麼希望不要發生這樣的事，好讓我可以以暴制暴，把牠折磨致死。

我的五臟六腑好像整個被掏空，感覺無比空虛，內心的破洞越來越大，變成陰鬱黑暗的所在，讓我可以躲進去逃避自己即將要做的事情。

爲什麼牠可以活命，而加百列卻要橫死在這裡？

我的片刻猶豫讓吸血鬼有時間眨眼睛，血紅眼珠中的凶光逐漸黯淡，變成清澈的綠。身下的吸血鬼再度回復成人類，我氣憤地啜泣，留下哀怨憎恨的淚水，虹膜裡的黑點往外擴散膨脹，使我眼前看到的就是一片墨黑，但是我的手指頭依舊感覺得到對方跳動的脈搏。

我大聲哀號，只能鬆開雙手。

淺促的呼吸聲就像奮力喘息的加百列一樣急促、艱難。

我不想轉身。

也不要他死去。

但我終究轉過頭去看他，這是他的最後一口氣。

我停住腳步，艾歐娜手腳並用地爬到加百列身邊，傾身靠近他的胸口，一聲聲哀求他不要走。加百列虛弱地舉起手，隔著艾歐娜的肩膀和我相視一眼，猶豫不決地伸手撫摸她的臉頰。

加百列看著我的眼睛，用盡最後一口氣低聲呢喃。

他的手臂變得虛軟無力，垂落的瞬間被艾歐娜緊緊抓住。

加百列躺臥的地方，地上的落葉隨風揚起，在空中飄盪旋繞，飛散到逐漸褪去的橘紅色光暈裡面。

當我舉步經過艾歐娜旁邊時，雙腳幾乎無力支撐身體的重量，我搖搖晃晃地走到懸崖邊緣，俯瞰底下的河水。

看起來如此沉默。

安靜不動。

艾歐娜的啜泣聲逐漸停息，開始張口唱歌。我了解她的心意，她試著聯繫加百列，用歌聲把思念傳給她心所愛的、但剛剛失去的人。

我知道這首歌，它的曲調跟加百列和我曾經合唱過的一模一樣——那首歌是他跟我之間的聯繫。

雖然艾歐娜唱的是《丹尼男孩》的歌詞，這是現代重新改寫過的版本，然而還是同一首歌——這首民謠把她和她所愛的人圈在一起。

加百列向來相信命中注定，我一直提醒他不要再尋找徵兆，應該傾聽內心的聲音。無論加百列現在身在何處，他終於聽見了。

艾歐娜從加百列的胸口抬起頭來，脖子上掛的是我的水晶，依舊鑲在加百列送我的指環上，這時垂在胸前的墜子開始發光，就像微小閃爍的星光，光芒伸向加百列的鼻尖和嘴巴，跟漸次褪去的極光餘暉像不同色的緞帶一樣捻在一起，閃爍的水晶光輝纏繞加百列全身上下，把他重新組裝，打包成世上最珍貴的禮物送給艾歐娜。

加百列失去光芒的藍眸再次恢復生機，湛藍的眼珠清澈明亮，一道光籠罩在他們身上，即便我盯著他看，這回，加百列卻選擇凝視艾歐娜。

他坐起身，一隻手仍然被艾歐娜緊緊握住，他把手舉到唇邊，親吻她的手指頭。

她救回了加百列，這是我做不到的事。

讓他不再墮落。

他不再是我的天使，從今以後只屬於她。

雨勢停歇，樹葉搖晃擺盪，剩餘的家人一個個爬上山坡會合，包括布魯克、佛格、還有菲南，他的手臂環住卡麥倫的肩膀。

卡麥倫。

當我環顧四面八方，每一位大難不死、倖存下來的第二代吸血鬼都恢復成凡人的模樣，這讓我想起梅拉奇的理論，他說只要任尼波死去，經牠一手建立的骨牌屋就會跟著倒塌，果然是這樣。

我的思緒率先轉到喬納身上。

他的純種吸血鬼主人一死，按著因果關係，艾莫瑞這一系的吸血鬼都應該變回人類，只不過艾莫瑞消滅之後不到幾分鐘，喬納就墜入第三度空間，時間的扭曲延緩毒液脫離他肉體的過程，等毒液終於消逝的時候，不只是喬納，也影響了被喬納創造出來的吸血鬼——布魯克，等她也恢復了人性之後，被她所感染的佛格也跟著解脫束縛。

任尼波的末日導致牠注入在大天使身上的毒液隨之蒸發，只是淪落在黑暗世界的時間太久，他們已經沒辦法回復原來的形體，偏偏又不像人類，可以生活在灰色地帶，大天使們靈魂的生成和存在都處於純粹光明的狀態，因此每一位質變成純種吸血鬼的大天使都逃不過死劫。

然而他們的死帶來人類的解放，使被轉化的人類得以恢復自由。

我的指甲掐入手掌心。我也受到了任尼波毒液的感染，並且同時擁有天使的身分，但我依舊站在這裡，活得好好的。

陡然有一股刺痛的感覺。

紅色液體從手指間滲出來。

我在流血。

就在極近的距離，藍色蝴蝶脫離了我的表皮，停駐在鼻尖，接著伸展翅膀、凌空飛去。

我跟喬納一樣，一路以來做了許多抉擇，即便在似乎不像有選擇的地方，也是一個選擇的過程，當我決定接受並擁抱灰色的靈魂時，我認爲自己是超人，而此時此刻，我不過就是一個普通人。

我終於容許自己直視喬納的眼睛，我們目光膠著在一起。

我活下來了。

喬納和我都是凡人。

本來我要用自己的命換回喬納的人生，但是艾密特說宇宙的結構已經被扯得支離破碎，必須由我把它縫合在一起，原來這就是我要償還的代價，並不是我一開始以爲的要拿命來交易。

我有自由意志。

艾密特留了諸多的徵兆和隱藏的訊息給我……如果我注定要死在懸崖，他又何必給我那些警告？作用和反作用，艾密特說道，有因必有果，這是自由意志運行的本質。

現在發生的事將交由我來決定。

或許喬納和我可以擁有童話般的未來，或許經過努力，我可以得到喬納的三字箴言。

就在幾乎被連根拔起的老橡樹彎曲的枝枒底下，喬納移動步伐，來到洞穴上方，定定凝視著我。

等等。

我記得這個。

我再次環顧四周，放眼所見只看到家人，他們三三兩兩地聚集在橡樹底下，當我正要邁步走去喬納身邊時，肩膀後傳來呼喚我名字的聲音。

我深吸一口氣，轉身面對右方，沒有看到預期中的機器人殺手，只看到面容憔悴的達文，他腳步踉蹌、跌跌撞撞地走過來，雙手握拳靠近胸前。

我放鬆地吁了一口氣。

來回看了看我的家人跟達文。

當下決定家人即使少了我，還可以活一陣子，於是我逕自走向達文。

即使受了傷，至少達文還活著，如釋重負地感覺立即取代了我心底的恐懼，他露出苦笑，似乎非常感謝能夠看到我。他用我一貫熟悉的姿態，慢慢地走近我，然後舉起雙手，與我十指相握。

他用力握住我的手，某種尖銳的物品刺入我的掌心。

針尖輕而易舉地穿透了皮膚。

我低頭一看，針筒末端突出於他的食指跟拇指之間，他按著注射筒，把熱的暗物質推送到我的皮下。

「達文，你做什麼？」

他藉著交握的雙手把我拉近胸口，在外人看來，這動作彷彿善意的擁抱。他湊近我的耳朵嘶啞地低語。

「如果你錯怪我們，難道我們不該以其人之道還治其人之身嗎？」他用我的話回敬。

他的呼吸變得很沉重。「原來一直都是妳，把自己偽裝成某種拯救世界的超級英雄……」

他沒有說下去，低聲補了一句。「但妳掩飾不了那些印記。」

達文指的是自從羅德韓死後、纏繞在我手臂上的刺青，圖案看起來一定很像他在閉路電視影帶上看到在法國謀殺他弟弟的純種吸血鬼身上的印記。

達文以爲我是殺死艾略特的兇手。

我用力吞嚥了一下才開口。

「她……我……的確殺了某人，但那人的名字是布萊德里。」

達文一臉鄙夷地哼了一聲。「父親常常囉哩囉嗦的強調家族姓氏非常重要……」

他不許我動彈，手腕的血管發出嘶嘶的聲響，噁心反胃的感覺越加強烈。

「妳看到我的名片時，說了一句話，『你的名字也太長了。』顯然妳沒看到重點的那幾個字。」

我往後拉扯，這回他終於鬆手。

「達文B．B．蒙莫雷西，」他停頓了一下。「艾略特的家族姓氏當然跟我一樣，全名就是艾略特．布萊德里──包利．蒙莫雷西。他平常慣用中間名介紹自己。」

整個世界似乎扭曲變形，達文玳瑁框眼鏡的鏡片裡反射出一幕幕影像。

❦

「你要去哪裡，孩子？」那是羅德韓的聲音。

在安列斯的穀倉裡，喬納溜進加百列的辦公室翻箱倒櫃，站在名片架前方翻閱了半天，最後在標記加百列生意夥伴的姓名標籤「亞伯特．布萊德里──包利．蒙莫雷西」後面，拿出一張名片，上面只有簡單幾個字「LE BARON（注），利穆鎮」，喬納將俱樂部的資料鍵入手機，動作迅速無比，回頭對羅德韓嚷嚷了一句。「我要出門。」

❦

在俱樂部的吧檯前面，布萊德里坐進旁邊的高腳椅，主動搭訕。「我只是經過……順便來

注 LE BARON，二〇〇四年於巴黎開幕的夜店，現在成了全球知名的連鎖品牌。這裡只是借用名稱。

看一眼，我父親是這裡的老闆。」他瞄了一眼我脖子上的水晶。

漆黑的夜色裡，唯一的照明是忽明忽暗的舊燈泡，布萊德里從口袋掏出尖刀，陰影中的女孩突然現身，一個過肩摔把布萊德里甩飛到夜店牆邊，撕裂他的身體、屍首分離。

「你確定要看？」

父親的手按著肩膀，達文堅定地點頭，接過平板，四平八穩坐進壁爐旁邊的扶手椅裡面，手肘抵住膝蓋，按下播放鍵……

達文腳步蹣跚地站了起來，看我悍然拒絕加百烈的安慰，我正沈浸在極度悲憤中，陰影中的女孩身上獨有的刺青圖案纏繞我的手臂，玷汙本來白皙的皮膚，達文陡然睜大眼睛。

世界的腳步慢了下來。

暗物質朝著我的心臟而去，梅拉奇在第三度空間的設計，要順時鐘攪動暗物質，因爲他跟達文都知道一件事：只要粒子相互碰撞，就會摧毀對方。

感覺頭好暈。

達文退後一步，這時我才看見。

圓圓的腦袋、綠色三角形眼睛的機器人、雙手戴著黑色手套。

神的名字是艾密特，顯然死亡也不例外。

他的名字叫馬文（注）。

機器人一直是一個警告性的徵兆，隱約指向達文，就在他襯衫上銀河旅遊指南的標記上方，綉了一個機器人公仔的圖案。

達文雖然心裡忿恨不已，但表情還是流露出了些許哀傷，他躊躇了一下，才默默轉身離開。

我舉起手臂穩住身體。新的一天，黎明乍現，最後一道極光盤旋不去、環繞在我周遭。我從懸崖頂端俯瞰我的家人，即便滾燙的暗物質在血管裡面萬馬奔騰，我卻全身冰冷。

注《銀河旅遊指南》一書中的機器人名字。

金色光暈環繞在加百列輪廓四周，襯著灰色背景越顯得光芒萬丈，我欣然微笑，靜靜看著這一幕。當他察覺眼前發生的事情，就算嘴角想彎也笑不出來，想起我們曾經共同擁有的愛與諸多回憶，他用眼神回應我的笑容。

加百列伸手攬住艾歐娜的背，目光依然停駐在我臉上，他的下巴貼著她的太陽穴，直到這時候才移開他的目光。

我的焦距轉向菲南和卡麥倫，他們兄弟倆並肩站在那裡，背脊挺直，頭垂得很低——嚴肅地對我表示敬意。

布魯克想要走過來，佛格扣住手腕硬是把她拉回去，她把臉龐埋在他的胸口，低聲啜泣。

最後我跟喬納四目相對。

我們差一點就成功了。

就差一點。

在回憶飛逝而過的瞬間，我感覺擊鼓的聲音配合著我的心跳，節奏一致。

「對不起。」我用嘴型表達。

爲了我曾對他說過的那些話，也爲了現在即將要離開喬納，而深深感到抱歉。即使此時此刻的恐懼遠遠超過以前，我也不會因爲任何因素而後悔愛上他。

艾密特在此時驀然出現，他慢慢走上前，身上的外衣亮得讓人眼花撩亂，我這才領悟自己不再是搖搖晃晃地走在懸崖邊緣，而是直墜而下，這時我輕聲告訴他。

「我還沒有做好心理準備。」

接著我眼睛一眨，在灰色微光中看到了羅德韓。他在無人察覺的情況下，悄悄地飄到家人後方，然後他的嗓音就在我腦海中響起。

「從來沒有人做好預備，甜心。」

我彎曲膝蓋、閉上眼睛、雙手平舉，從懸崖掉了下去。

在身體著地之前，一雙結實的手環抱住我的腰，我睜開雙眼看見喬納。

極度的黑暗在我的皮膚底下洶湧翻騰，我大聲警告，要他離開。「快走！」

喬納現在變回了凡人，已經脫離黑暗，不再孤單。

也不再需要我的陪伴。

他把我的頭髮塞在耳朵後面，輕聲說道。「妳為我而活，現在讓我為妳而死。」

我哽咽得近乎窒息，淚水滂沱而下，他緊緊抱住我，用鼻尖磨蹭我的皮膚，抹去我的眼淚。

我不停地抽氣。「喬納——」

他搖搖頭，低聲說道。「別怕。」嘴角一彎，露出心滿意足的笑容，低頭吻我。

炙熱的暗物質在胸腔內相互碰撞，但我毫無所覺，一心一意傾聽喬納湊近耳朵低聲的告白，他信守承諾，給了我今生最重要的那三個字，是我人生故事終了的時候眞正配得的獎勵。

在那完美的瞬間，靈光一閃。

瞭解了箇中深意。

黎明時分、微光之中，我終於找到自己的定位。

強光一閃，照亮天際，我們一起化身成無數美麗的蝴蝶。

尾聲

喬納

對著她的耳朵，我輕聲呢喃。

「我愛妳。」

中英名詞對照表

A

Aingeal 安姬兒

Alexander McQueen 亞歷山大・麥昆

Andorra 安道爾

Anne Hathaway 安・海瑟薇

Azrael 艾瑞爾（搭檔安姬兒）

B

Beaconsfield 碧康菲爾德

beast 魔獸

Bradley 布萊德里

Brooke 布魯克

Buckinghamshire 白金漢郡

C

Calvert 卡爾弗

Carcassonne 卡卡頌

Cardiff 卡地夫

Cathar 迦他利教派

Cessie 茜希

Christian Louboutin 克里斯提・盧布登

Creigiau 克雷高鎮

D

Dior 迪奥

E

Eglise de rupestre de Vals 瓦爾斯教堂

Elen 艾倫

Eligio 艾立歐

Emerald Isle 翡翠島

Emery 艾莫瑞

Ethan 伊森

F

Fleet Street 艦隊街

Francesca 法蘭西斯卡

Frederic 佛瑞德

G

Gabriel 加百列

Grand Prix 國際汽車大獎賽

Gualtiero 葛堤羅

Guinness　健力士

H

Hanora　漢諾拉

Harvey Dent　哈維・丹特

Haydon　海登

Hedgerley　黑澤雷

J

Jack Daniel　傑克丹尼爾

Jonah　喬納

L

Lailah　萊拉

Lana Del Rey　拉娜・德瑞

Limoux　利穆鎮

Lucan　盧坎鎮

M

Maison des Consuls　領事官邸

Malachi　梅拉奇

Marseille　馬賽

Michael　麥可（弟弟）

Mirepoix　米雷普瓦

Monts d'Olmes　杜蒙山

Morpho butterfly　藍閃蝶

Mr. Broderick（Glyn）
布德克先生（葛林）

Mrs. Kynoch　奇諾太太

N

Neylis　安列斯

O

Orifiel　歐利菲爾

Oxford Street　牛津街

P

Pair　搭檔

Perpignan　佩比尼昂

Pierre　皮耶

Pureblood　純血

Pureblood Vampire
純種吸血鬼

Pyrenees Mountains
庇里牛斯山

R

Range Rover Sport　路華跑車

Reverend O'sileabhin
歐希勒辛主教

Ruadhan　羅德韓

S

Saint Maurice Cathedral 聖莫里斯大教堂

Selfridges 塞爾福里奇百貨公司

St. Barthelemy and Galinat's peaks 聖巴瑟米和葛林納山峰

Stansted Airport 史坦斯特機場

stars of Ceylon 錫蘭星

Styclar-Plena 水晶星際

T

the Arch Angels 大天使

The Dark Knight 黑暗騎士

The White Horse 白馬

Thomas 湯瑪斯（哥哥）

Toulouse 土魯斯

U

Uri 烏麗（馬名）

W

Windsor 溫莎

Y

Yorkshire 約克夏

Z

Zherneboh 魔獸任尼波

混血之裔3：永恆

原著書名／Jonah（The Styclar saga, Book3）
作　　者／妮琦・凱利（Nikki Kelly）
譯　　者／高瓊宇
企劃選書人／楊秀真
責任編輯／張婉玲

行銷企劃／周丹蘋
業務主任／范光杰
行銷業務經理／李振東
副總編輯／王雪莉
發 行 人／何飛鵬
法律顧問／台英國際商務法律事務所　羅明通律師
出版／奇幻基地出版
城邦文化事業股份有限公司
台北市 104 民生東路二段 141 號 8 樓
電話：(02)25007008　傳真：(02)25027676
網址：www.ffoundation.com.tw
e-mail：ffoundation@cite.com.tw
發行／英屬蓋曼群島商家庭傳媒股份有限公司城邦分公司
台北市 104 民生東路二段 141 號 11 樓
書虫客服服務專線：(02)25007718・(02)25007719
24 小時傳真服務：(02)25170999・(02)25001991
服務時間：週一至週五09:30-12:00・13:30-17:00
郵撥帳號：19863813　戶名：書虫股份有限公司
讀者服務信箱 E-mail：service@readingclub.com.tw
歡迎光臨城邦讀書花園　網址：www.cite.com.tw
香港發行所／城邦（香港）出版集團有限公司
香港灣仔駱克道193號東超商業中心1樓
電話：(852)25086231　傳真：(852)25789337
e-mail : hkcite@biznetvigator.com
馬新發行所／城邦（馬新）出版集團
【Cite(M)Sdn. Bhd】
41, Jalan Radin Anum, Bandar Baru Sri Petaling,
57000 Kuala Lumpur, Malaysia.
Tel: (603) 90578822　Fax:(603) 90576622
email:cite@cite.com.my
封面設計／黃聖文
排　　版／極翔企業有限公司
印　　刷／高典印刷有限公司
■2017年（民106）6月6日初版

售價／320元

國家圖書館出版品預行編目資料

混血之裔. 3, 永恆 / 妮琦.凱利（Nikki Kelly）著；高瓊宇譯. -- 初版. -- 臺北市：奇幻基地, 城邦文化出版：家庭傳媒城邦分公司發行, 民106.06
面；　公分. --（幻想藏書閣）
譯自：The styclar saga, 3, Jonah
ISBN 978-986-94499-7-7（平裝）

874.57　　106008178

ISBN　978-986-94499-7-7

廣　告　回　函
北區郵政管理登記證
台北廣字第000791號
郵資已付，免貼郵票

104台北市民生東路二段141號11樓

英屬蓋曼群島商家庭傳媒股份有限公司城邦分公司 收

請沿虛線對摺，謝謝

每個人都有一本奇幻文學的啓蒙書

奇幻基地官網：http://www.ffoundation.com.tw
奇幻基地粉絲團：http://www.facebook.com/ffoundation

書號：**1HI103**　　書名：混血之裔3：永恆

奇幻基地15周年龍來瘋慶典

集點好禮獎不完！還可抽未來6個月新書免費看！

活動期間，購買奇幻基地作品，剪下回函卡右下角點數，集滿點數，寄回本公司即可兌換獎品&參加抽獎！

集點兌換辦法

2016年06月起至2017年12月20日前(郵戳為憑)，奇幻基地出版之新書，剪下回函卡右下角點數，集滿點數貼至右邊集點處，寄回奇幻基地，即可兌換贈品(兌換完為止)，並可參加抽獎。

集點兌換獎品說明

5點：「奇幻龍」書擋一個（寬8x高15cm，壓克力材質)

10點：王者之路T恤一件 (可指定尺寸S、M、L)

回函卡抽獎說明

1.寄回集滿5點或10點的回函卡，皆可參加抽獎活動！回函卡可累計，每張尚未被抽中的回函卡皆可參加抽獎。寄越多，中獎機率越高！

2.開獎日：2016年12月31日(限額5人)、2017年05月31日(限額10人)、2017年12月31日(限額10人)，共抽三次。

回函卡抽獎贈書說明

中獎後，未來6個月每月免費提供奇幻基地當月新書一本！

(每月1冊，共6冊。不可指定品項。)

特別說明：

1.請以正楷書寫回函卡資料，若字跡潦草無法辨識，視同棄權。

2.本活動限台澎金馬。

【集點處】

1

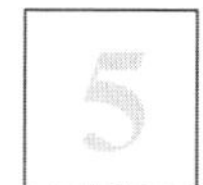

（點數與回函卡皆影印無效）

個人資料：

姓名：＿＿＿＿＿＿＿＿＿＿＿＿＿＿ 性別：□男 □女

地址：＿＿＿＿＿＿＿＿＿＿＿＿＿＿＿＿＿＿＿＿

電話：＿＿＿＿＿＿＿＿＿＿ email：＿＿＿＿＿＿＿＿＿＿

想對奇幻基地說的話：＿＿＿＿＿＿＿＿＿＿＿＿＿＿＿＿

＿＿＿＿＿＿＿＿＿＿＿＿＿＿＿＿＿＿＿＿＿＿＿＿

請剪下右側點數，貼於背面的集點處，集滿5點以上，即可寄回兌換抽獎